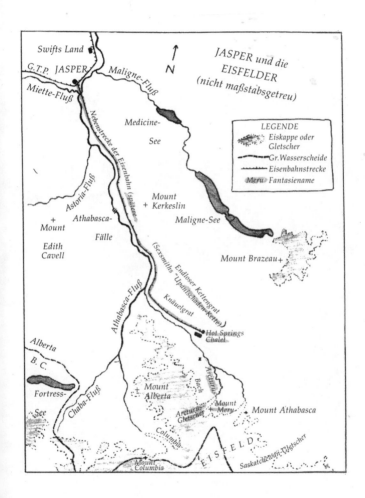

Thomas Wharton

Der Klang des Schnees

Roman

Aus dem Englischen von
Gabriele Gockel und
Bernhard Jendricke

Schneekluth

Die Deutsche Bibliothek – CIP-Einheitsaufnahme
Wharton, Thomas:
Der Klang des Schnees: Roman / Thomas Wharton.
Aus dem Engl. von G. Gockel und B. Jendricke
München: Schneekluth, 1997
ISBN 3-7951-1563-9

Die vorliegende Übersetzung wurde freundlicherweise
unterstützt von *The Canada Council for the Arts*
in Ottawa, Ontario.

Die Übersetzer gehören zum
Kollektiv Druck-Reif, München

Die englische Originalausgabe
erschien unter dem Titel
ICEFIELDS
bei Stoddart Publishing, Don Mills, Ontario, Kanada

ISBN 3-7951-1563-9
© 1995 by Thomas Wharton
© 1997 für die deutsche Ausgabe by Schneekluth
Ein Verlagsimprint der Weltbild Verlag GmbH Augsburg
Gesetzt aus der 11/13 Punkt Sempel Garamond
Satz: FIBO Lichtsatz München
Druck und Bindung: Ebner, Ulm
Printed in Germany 1997 a

Meiner Familie gewidmet

Als wäre alles in der Welt die
Geschichte des Eises
Michael Ondaatje, Buddy Boldens Blues

Hinweis an den Leser
Dieses Buch versteht sich als Roman und enthält
als solcher mit voller Absicht historische und
geografische Ungenauigkeiten. Die beschriebenen
Figuren, Orte und Ereignisse sind der Fantasie des
Autors entsprungen oder wurden in einen fiktiven
Kontext gesetzt. Bei Ähnlichkeiten mit tatsächlichen Begebenheiten, Örtlichkeiten, Personen oder
Gletschern, seien sie tot oder lebendig, handelt es
sich um reinen Zufall.

FIRNFELD

SOLCHE SCHNEE- UND EISHOCHEBENEN, DER DIE GLETSCHER ENTSPRINGEN, SIND VOM TAL AUS NICHT ZU SEHEN, MAN MUSS SIE SICH VORSTELLEN.

I

Um ein Viertel vor drei am Nachmittag des 17. August 1898 rutschte Doktor Edward Byrne auf dem Eis des Arcturus-Gletschers in den kanadischen Rocky Mountains aus und stürzte in eine Gletscherspalte.

Frank Trask, der Bergführer der Expedition, bemerkte als erster sein Verschwinden. Trask unterbrach seinen langsamen Gang um die Expeditionsmitglieder durchzuzählen und sah, als er in das grelle Weiß des Eises blinzelte, dass in der Kette der sich mühsam vorwärts bewegenden dunklen Silhouetten plötzlich ein Glied fehlte. Er alarmierte die anderen, die ein Stück weiter vorn über den Gletscher stapften. Auf sein Rufen hin drehten sie sich um und stiegen rasch wieder zu ihm hinunter.

Auf diesem kahlen, windgepeitschten Eishang gab es nur einen Ort, an dem Byrne gelandet sein konnte. Die Kletterer knieten sich an den Rand der Kluft, wo die Gletscherbrille des jungen Arztes lag. Ihre Riemen hatten sich an einem vorspringenden Eisgrat verfangen. Sie riefen seinen Namen in die Finsternis hinab, erhielten jedoch keine Antwort. Trask entrollte das

Seil, das er um die Schulter geschlungen hatte, und verknotete ein Ende zu einer Art Steigbügel.

»Ich bin nicht verheiratet«, sagte Professor Collie. »Lassen Sie mich gehen.«

Trask schüttelte den Kopf.

»Ich bin's«, entgegnete er. »Ich gehe.«

Zum Streiten blieb keine Zeit. Ein Ende des Seils wurde um einen behelfsmäßigen Pfosten geschlungen, den sie aus dem Eis gehackt hatten, das andere band sich Trask um die Brust. Er steckte den Fuß in die Schlaufe, packte das Seil und stieg mit einem Schritt nach hinten in den Abgrund.

Knapp sechzig Fuß unter der Gletscheroberfläche, in blauschwarzer Dunkelheit, berührte seine behandschuhte Hand einen Stiefel des Doktors. Er erkannte, dass Byrne kopfüber zwischen den sich nach unten verengenden Wänden des Spalts eingeklemmt war. Trask sprach ihn mit seinem Namen an und stupste ihn vorsichtig mit dem Knie, doch Byrne reagierte nicht. Das gedämpfte Tröpfeln des Schmelzwassers bildete das einzig vernehmbare Geräusch. Trask rief zu den anderen hoch. Kurz darauf senkte sich schlängelnd ein zweites Seil zu ihm herunter. Er packte das Ende und wartete in der Luft baumelnd, bis sich seine Augen an das tiefblaue Dunkel gewöhnt hatten. Schließlich sah er, dass Byrne mit seinem Rucksack an einem Vorsprung in der Eiswand verkeilt war. Zwar hatte ihn dieser glückliche Umstand vor einem noch tieferen Sturz bewahrt, doch für seine Rettung stellte der Rucksack eher ein Hindernis dar.

Trask zwängte sich neben Byrne in den engen Spalt. Mit seinem Jagdmesser zertrennte er einen der beiden

Schulterriemen, fädelte das lose Ende des Seils hinter dem Rücken des Doktors hindurch, tastete mit der anderen Hand danach und zog es langsam herum. Der Doktor rührte sich nicht. Trask atmete tief durch. Er spürte, wie ihm kalter Schweiß den Nacken kühlte.

Als das Seil fest unter Byrnes Armen verknotet war, schnitt Trask auch den zweiten Riemen durch und versetzte dem Rucksack einen Stoß mit dem Stiefel. Mit einem gedämpften, metallischen Klirren stürzte er in die Dunkelheit hinab.

Was, zum Teufel, hat er darin nur mit sich herumgeschleppt?

Byrne begann abzurutschen, doch das Seil straffte sich und hielt ihn.

»Ich hab ihn!«, rief Trask. »Zieht ihn rauf, aber langsam!«

Erst wurde Byrne, dann Trask an die Oberfläche gehievt. Die Haut des Doktors hatte einen Stich ins Hellblaue, Bart und Kleidung waren mit einer Firnis aus überfrorenem Schmelzwasser überzogen.

Professor Collie kniete sich nieder um Byrne zu untersuchen, wickelte ihm den eisverkrusteten Schal vom Hals und fühlte nach einem Pulsschlag.

»Er lebt. Hat das Bewusstsein verloren.«

Mit den Zähnen zog Trask seine durchnässten Handschuhe aus und spie sie aufs Eis.

»Dann hat er ja meine tolle Ansprache gar nicht mitbekommen, die ich ihm hielt, während ich versuchte dieses verdammte Seil um seinen Oberkörper zu fummeln.«

»Unterkühlung«, konstatierte Professor Collie. »Wir müssen ihn irgendwie aufwärmen.«

Die vier Männer trugen Byrne die lange, abfallende Gletscherzunge bis zur Gletscherstirn hinunter zum Lager, wo die Treiber mit den Pferden warteten. Nigel, der Koch, hatte sie kommen sehen und bei ihrer Ankunft war bereits ein Feuer entfacht, auf dem Teewasser brodelte. Byrne wurde seiner durchnässten, steif gefrorenen Kleidung entledigt und, in eine Wolldecke gehüllt, aufrecht vor die Feuerstelle gesetzt. Während er erschlafft vornüber sank, gab er einen kaum hörbaren Laut von sich, einen keuchenden Schluckauf. Der Professor rieb ihm Arme, Beine und Brust.

»Der Puls ist zwar schwach, aber er ist noch bei uns.«

Byrne erschauderte und bewegte die Arme. Sein Atem wurde hörbar. Langsam legte sich, von der Mitte seiner Brust ausgehend und sich allmählich bis zu den Gliedmaßen ausbreitend, eine leichte Rötung über seine bleiche Bläue. Er gähnte und schlug die Augen auf, schloss sie aber sogleich wieder.

Der Professor flößte Byrne heißen Tee ein.

»Wir müssen ihn vom Eis wegbringen«, meinte Collie. »Ich befürchte, dass er einen Rückfall erleidet, wenn wir hier biwakieren.«

Während er sprach, bog er gewaltsam Byrnes geschlossene Faust auf, die eine Taschenuhr umklammert hielt.

2

Der Einbruch der Dunkelheit im Tal brachte eine feuchte Kälte mit sich. Collie beabsichtigte das Lager im Schutz der nächstgelegenen Bäume aufzuschlagen, die den schneidenden Wind vom Gletscher hinab ein wenig abhalten würden. Er unterbrach seine Bemühungen um den Doktor, erhob sich und blickte umher.

»Wo ist Trask?«

»Er meinte, er hätte Licht gesehen«, antwortete Thompson, »weiter unten im Tal. Er wollte hinunterreiten um sich das genauer anzusehen.«

Nach einiger Zeit kam Trask zurück.

»Ich habe eine Unterkunft für uns.«

Er war auf Leute gestoßen, die an der Stätte des ehemaligen Arcturus-Handelspostens lebten, nur einen kurzen Ritt entfernt. Nachdem er den Siedlern von Byrne erzählt hatte, wollten sie bis zur Ankunft der Expedition Decken und warmes Essen bereithaben.

Trask staunte selbst über seine Entdeckung.

»Ich dachte, der Ort sei seit Jahren verlassen.«

Die Treiber bauten eine behelfsmäßige Trage aus Weidenruten und einer Decke, legten Byrne darauf und machten sich auf den Weg. Die anderen bestiegen die Pferde. Trask führte sie an einem Bachlauf entlang durch das Krüppelholz bis zu einer grasbewachsenen Lichtung. Als ihnen im Dunkeln Fenster entgegenleuchteten, hielten sie darauf zu.

»Mein Gott«, sagte Stutfield. »Sich vorzustellen, dass hier Leute den Winter über hausen, bloß wegen ein paar Marderfellen.«

An der Tür zur ersten Hütte stand eine Frau, die eine Öllampe in die Höhe hielt. Mit einer Handbewegung bedeutete sie ihnen einzutreten.

3

Byrne träumte von Blumen.

Er atmete ihren Duft und las ihre Namen, die in ordentlichen Spalten die Seiten seines Botanikheftes füllten. Namen von Blumen, die er gesammelt hatte. Samen und Knollen, die er mitsamt ihrer angestammten Muttererde in der Botanisiertrommel in seinem Rucksack aufbewahrte. Er wanderte zwischen ihnen herum, sog ihren Duft ein und benannte sie ohne sie zu kennen oder sich einen Deut darum zu scheren, ob ihr jeweiliger Duft zu der Bezeichnung passte, die er ihnen gab. Blumen der Schneeschmelze, des Früh- und des Hochsommers, des trockenen August.

Amerikanische Anemone, auch Kuhschelle genannt. Gletscherlilie. Blauer Wildflachs. Vier Arten von Veilchen, drei *Orchidaceae*.

Blumen aus den saftig grünen Tälern und von den hoch gelegenen, windgeschrubbten Almen. Gelber Silberwurz. Blauglöckchen, *hedysarum*. Flussschönchen und Sumpfherzblatt. Scharlachrote Kastillea.

4

Er erwachte unter weichen Felldecken, in einem Bett, in einem Blockhaus. Über sich sah er rußgeschwärzte Dachbalken, das Glitzern von schmelzendem Reif auf dem Holz. Sein Arm war steif, mit einem Stück Stoff oder einer Bandage eng an seine Brust gebunden. Erst als er sich bewegte, bemerkte er, dass er unter den dicken Fellen nackt war.

Er hob den Kopf. Sein umherschweifender Blick fiel auf durchhängende Wandborde, voll gestopft mit Büchsen, Flaschen, Büchern. An den Wänden zwischen den Borden hingen Tierhäute und seidig glänzende Felle. In einer Ecke bollerte ein Kanonenofen. Die Hütte hatte drei kleine Fenster, zwei davon, mit ölgetränktem Pergament bespannt, an einer Wand.

Eingerahmt durch die offene Tür eine blühende Wiese. Auf einem Stuhl an der Tür saß eine Frau und las.

Als er sich regte, blickte sie auf.

»Die Blumen«, sagte Byrne. »In meinem Rucksack.«

»Fort«, sagte die Frau. »Dem Bergführer blieb nichts anderes übrig, als Ihre Ausrüstung abzuschneiden um Sie zu befreien. Versuchen Sie lieber gar nicht erst sich aufzusetzen. Ihr Schlüsselbein.«

Byrne sank in die Felle zurück.

»Sie werden eine Weile hier bleiben müssen«, sagte die Frau.

»Wo bin ich?«

»Wir sind hier in Jasper.«

5

Sein Sturz.

Erst wenige Minuten zuvor hatten sie sich auf Drängen von Professor Collie ausgeseilt. Das Eis war völlig blank, schneefrei, das Wandern in der Seilschaft daher zu gefährlich. Täte einer einen falschen Schritt, würde er die anderen mit sich in die Tiefe reißen. Der Bergführer war anderer Meinung gewesen, aber Collies Wort galt. Trask war in Banff angeheuert worden um dort, wo er sich besser auskannte als der Professor, die Expedition zu führen; doch der Gletscher war für ihn unbekanntes Terrain. Hier war Collies Revier.

Nachdem sie von dem Seil befreit waren, bahnten sie sich ihren Weg durch das Labyrinth von Gletscherspalten und Schneebrücken am Fuße des ersten Gletscherbruchs.

Sie wanderten am Rand einer schmalen Kluft entlang. Fasziniert von den gekräuselten Eisbändern trat Byrne nahe an den Gletscherspalt heran. Gefrorene Wellen. Eine blasse Kindheitserinnerung wurde in ihm wach, an ein Meer aus einem der Märchen, die seine Mutter ihm erzählt hatte. In dem Buch, aus dem sie ihm abends beim Zubettgehen immer vorgelesen hatte, war ein Bild gewesen von Wellen wie diesen. Um besser sehen zu können nahm er seine grün getönte Gletscherbrille ab. Das Eis war aquamarinblau und wurde nach unten hin dunkler, bis es sich in einem Blauschwarz verlor.

Er blickte auf und sah sich um. Collie und die anderen befanden sich bereits ein ganzes Stück weiter vorn. Und Trask ging einige Meter hinter ihm, langsam und bedächtig, mit gesenktem Kopf.

Byrne tastete sich näher an die Gletscherspalte heran, genau wissend, wie verwegen das war. Doch die feuchte Kälte schien nicht nur seine Finger und Zehen, sondern auch seinen Verstand betäubt zu haben. Den hinteren Fuß sicher aufgestützt ließ er den anderen vorsichtig auf die Kante zugleiten. Mit ausgebreiteten Armen, um wie ein Seiltänzer das Gleichgewicht zu halten, beugte er sich vor und reckte den Hals. Da verlor sein vorderes Bein den Halt.

An den Sturz selbst konnte er sich nicht erinnern, doch plötzlich fand er sich im Dunkeln wieder und Schmelzwasser tropfte auf ihn herab. Er spürte, wie ihm das Eiswasser in kleinen Rinnsalen am Hals hoch in Gesicht und Haare floss, bis ihm nach einem Moment der Verwunderung klar wurde, dass er kopfüber hing.

Er spürte keinen Schmerz, zumindest in diesen ersten Augenblicken nicht. Von oben erreichten ihn ferne Rufe, doch als er zu antworten versuchte, hallte seine Stimme nur flach und tot von der Eiswand zu ihm zurück.

6

Die Frau war gegangen. Er lag allein in der Hütte. Er trieb zwischen Schlafen und Wachen hin und her, fuhr manchmal hellwach hoch, weil seine Arme oder Beine zuckten, als wollten sie einen Schlag abwehren oder einer unsichtbaren Gefahr ausweichen. Dann kam es ihm vor, als läge eine unendlich weite Entfernung zwischen seinen einzelnen Körperteilen.

Ihm fiel ein, dass die Frau gesagt hatte, sie wolle Collie und die anderen holen. Das verwirrte ihn, da er die Männer noch auf dem Gletscher wähnte und glaubte, sie müsse hinter ihnen her auf den Berg steigen. *Wir sind hier in Jasper.* Er lag in einem Blockhaus. Sie hatten ihn vom Eis hinuntergetragen und hierher gebracht.

Er schloss die Augen wieder und erinnerte sich an die tote Finsternis in der Gletscherspalte. Und daran, wie das Eis geknarrt und geächzt hatte, als es sich langsam mit Licht füllte.

7

Die Sonne musste durch die Wolken gebrochen sein, die tief über dem Gletscher gehangen hatten. Auf irgendeine Weise hatte ihr Licht in die Tiefen des Spalts hinuntergefunden. Die Eiswand vor ihm erstrahlte in einem blassen Blaugrün.

Zuerst war er nur ärgerlich gewesen, auf sich selbst und auf die anderen. Hoch über ihm genossen sie – Professor Collie, Stutfield, Thompson, Trask – sicherlich den Sonnenschein, solange er anhielt, wickelten sich die Schals vom Hals, zogen ihre dicken Handschuhe aus und erfreuten sich an dem plötzlichen hellen Segen. Ein Augenblick der Erholung von dem trüben, bedeckten Himmel und den stechenden kristallenen Scherben, die aus dem Firn auf sie herabströmten. Und während sie sich sonnten, saß er hier durch eigene Dummheit kopfüber in der Falle und war dabei zu erfrieren.

Mühsam versuchte er sich zu bewegen, seinen Kopf zu drehen und hinaufzurufen. Noch immer spürte er keine Schmerzen. Nichts, und dann plötzlich das blanke Entsetzen. *Ich habe mir den Hals gebrochen.*

Er bewegte seinen Arm. Dann die Beine. Sie gehorchten ihm noch. Es war die Kälte, die ihn lähmte, und der durch den Sturz ausgelöste Schock. Sein

Rückgrat war nicht gebrochen. Die anderen würden ihn finden. Sie würden ihn befreien und dann könnte er Collie von einem Wunder berichten. *Eine bislang unbekannte periskopische Eigenschaft von Gletschereis.*

Er starrte geradeaus und hatte den Eindruck ziemlich weit in das Eis hineinsehen zu können. Es war fast völlig frei von Verunreinigungen, wie eine Wand aus zerfurchtem, getöntem Glas. Er kniff die Augen zusammen. Da war etwas im Eis, eine Gestalt, die mit zunehmendem Licht immer deutlichere Umrisse annahm. Eine Ansammlung eingeschlossener Luftblasen, oder vielleicht eine Schneeader, bildete eine Zufallsfigur, eine ins dunklere Eis eingebettete weiße Form, vom Sonnenlicht enthüllt.

Eine bleiche menschliche Gestalt mit Flügeln.

Die weiße Figur lag auf der Seite, den Kopf von ihm abgewandt. Ihre riesigen Flügel waren weit ausgebreitet. Über den einen verlief nahe der Spitze ein schräger Riss, sodass das Flügelende fast wie abgetrennt wirkte.

Auch ein ausgestreckter Arm war zu sehen, in einer Geste, die Byrne von irgendwoher zu kennen meinte, aber nicht mehr einzuordnen wusste. Vielleicht erinnerte es ihn an eine Skulptur, die er einmal gesehen hatte, oder an einen der schwebenden, mitleidvollen Engel von William Blake.

Die Gestalt glänzte feucht, wie feines Porzellan oder zart geäderter Marmor.

Byrne tastete nach seinem Notizbuch, musste jedoch feststellen, dass er die Seitentasche seines Rucksacks nicht erreichen konnte. Sein anderer Arm war eingeklemmt und abgestorben. Er wand sich und atmete gegen den Druck auf seiner Brust an, der ihm nicht gestattete richtig Luft zu holen. Da erwachte der Schmerz, fuhr ihm reißend durch Nacken und Schulter.

Ich lebe.

Er hielt still und biss die Zähne zusammen um einen Schrei zu unterdrücken. Schlagartig wurde ihm bewusst, dass ihn jede Bewegung tiefer in den Gletscherspalt stürzen lassen konnte.

8

Er hatte Durst.

Mit der freien Hand kratzte er an der Eiswand, presste die Finger dagegen, bis sie brannten, um sie sich dann in den Mund zu stecken.

Er spürte ein dumpfes Pochen in Kopf und Brust, das er als seinen Herzschlag erkannte. Er musste nachdenken, musste sein Gehirn in Gang halten, wach bleiben. Wie wäre die Figur wohl ausgerichtet, wenn er sie nicht kopfüber betrachtete? Ob sie von oben heruntergefallen war? Oder langsam von unten hochgedrungen? Hatte das Eis, das sie umgab, einen Vergrößerungseffekt? Die Figur kam ihm sehr groß vor. Groß genug jedenfalls um ihn, sollte sie plötzlich zum Leben erwachen und durch das Eis hindurch zu ihm geflossen kommen, mit ihren Flügeln zu umfassen und einzuhüllen.

Er schloss die Augen. Als er wieder hinsah, war das Licht verloschen. Die Eiswand war leer.

Er lachte. Es war wirklich absurd. Eine wunderbare, aber unwirkliche Gestalt aus einem längst vergessenen Kindheitstraum.

9

Wie lange bin ich schon hier?

Ein paar Minuten, vielleicht ein paar Stunden – unmöglich festzustellen. Der Schmerz hatte nachgelassen und sich zu einem scharfkantigen Stein in seiner Brust zusammengeballt. Wenn er seinen Unterkiefer bewegte, konnte er die Eishaut an seinem Hals knacken hören. Er stritt mit sich, redete sich gut zu gegen seine Müdigkeit anzugehen und gegen den verrückten Gedanken, er stecke schon seit Jahrhunderten in dieser Gletscherspalte fest. Zur absoluten Bewegungslosigkeit erstarrt, kristallisierten sich seine Gedanken um eine einzige Idee. Er rührte einen Arm, nestelte an seinem Mantel nach seiner Taschenuhr.

Er musste unbedingt wissen, wie spät es war.

Zeit war die einzige Konstante. Sie veränderte sich nicht, konnte nicht zur Reglosigkeit erstarren. Solange die Zeit weiterlief, lebte er.

Halte ich jetzt die Uhr in meiner Hand? Er war sich nicht sicher. Seine Finger waren taub.

Vielleicht spielte es auch keine Rolle. Er schloss die Augen.

10

Ihr Name war Sara.

Sie fütterte Byrne löffelweise mit Brühe aus einem Topf mit Mulligatawny-Suppe. Seit er zum ersten Mal aufgewacht war, brannten ihm Zunge und Kehle wie Feuer, während der Rest seines Körpers vor Kälte schlotterte. Die würzige Brühe schmerzte zwar beim Schlucken, doch nach ein paar Löffeln spürte Byrne, wie Wärme in ihm aufstieg. Nun betrachtete er die Frau genauer.

Sie war dunkelhäutig, hatte ein schmales Gesicht und vorstehende Wangenknochen. Ihr langes ergrauendes Haar war im Nacken mit einem altertümlichen Lederband zusammengehalten. Unter ihrem Wollumhang trug sie zu Byrnes Verblüffung eine Art Sari aus dunkelgrünem, eng um den Leib geschlungenem Stoff. An ihrem Hals erblickte er flüchtig eine Brosche, einen Schwan auf blauem Email.

In dem Licht, das durch die Türöffnung hereinfiel, schimmerte ihre Haut wie die einer jungen Frau. Ihr Alter trug sie in den grauen Augen, in den gemessenen Schritten, die sie vom Ofen zu seinem Bett machte.

Als sie sich von ihm abwandte um den Suppentopf auf den Tisch zu stellen, sah er seine Großmutter. Nana. Er lag in seinem Kinderbettchen in ihrer Küche, unter einer dicken Wolldecke. Fiebernd. Krank. Draußen im Garten fiel ein leichter Nieselregen. Nana legte mit einer Zange qualmende Torfballen rings um den großen Eisenkessel im offenen Herd. Sie buk Brot und sang ihm dabei zum Trost etwas vor.

Die Frau, die Sara hieß, ging leise zur Tür.

»Ihre Freunde warten draußen. Ich sage ihnen, dass Sie aufgewacht sind.«

Diesmal erkannte er den schwachen Anklang eines angloindischen Akzents.

Byrne hatte das Gefühl, er sollte mit ihr reden, aber ihm fielen keine passenden Worte ein. Sie zog die Tür hinter sich zu. Er legte sich in die Kissen zurück und schloss die Augen.

11

Als er wieder aufwachte, kamen ihm bruchstückhafte Erinnerungen an die letzten Stunden. Ein stechender Schmerz, der wie ein Messer durch den Deliriumnebel schnitt, als Collie sein gebrochenes Schlüsselbein verarztete. Die ärgerliche Schwäche in seinen Gliedern, als er sich an den Bettrand vorgearbeitet, die Beine unter den Decken hervorgestreckt und versucht hatte aufzustehen. Er wollte Collie beweisen, dass er in der Lage war mit ihnen zu gehen, zumindest bis zum Basislager, vielleicht sogar noch weiter. Aber Collie hatte nichts davon wissen wollen. Sie überlegten ihn auf dem Trail nach Banff hinunterzubringen. Eine Trage über den Pass zu bekommen war schlichtweg unmöglich. Zur Zeit waren die Flüsse sicher vom spätsommerlichen Schmelzwasser angeschwollen und sogar für kräftige, kerngesunde Wanderer gefährlich. Manchmal fantasierte er, er stecke noch immer in der Gletscherspalte und belausche ihr Gespräch aus großer Tiefe.

Wütend auf sie, auf sich selbst, hatte er Collie angeschrien. Dann war er erschöpft ins Bett zurückgesunken.

Sie hatten ihn in der Obhut der Frau gelassen um noch einen Versuch zu unternehmen den Berg zu finden, den Collie suchte. *Diesmal ersteigen wir den Gipfel, der den Gletscher flankiert,* hatte Collie gesagt, *anstatt uns noch einmal aufs Eis zu begeben. Von dort oben müssten wir einen freieren Blick auf die Umgebung haben. Wir sehen uns da mal um, dann kommen wir wieder und holen Sie ab.*

Da Byrne weiter schwieg, hatte Collie hinzugefügt: *Hier sind Sie doch gut versorgt.*

Nach ihrer Rückkehr sollte er in einem Ponykarren ostwärts, nach Edmonton, befördert werden, von einem Mann namens Swift, einem Amerikaner, der weiter unten im Athabasca-Tal lebte.

Nun, während er allein in der stillen Hütte lag, hieß er diesen Plan richtig. Auch er hätte ihm zugestimmt, wäre einer der anderen verletzt worden. Das gehörte zu den ungeschriebenen Regeln, denen er sich durch seine Teilnahme an einer Expedition der Royal Geographical Society verpflichtet hatte.

Also würde er hier liegen bleiben und sich ausruhen.

Er schlief ein.

12

Seine Träume führten ihn nach England.

Erinnerungen an Besuche im Botanischen Garten von Kew, hinaus aus dem Dunst der Stadt und hinein in eine duftende, wohl geordnete Wildnis. Wie er

Blumen bewunderte, Züchtungen aus jenen Exemplaren, die David Douglas und andere frühe wissenschaftliche Erforscher der Rockys gesammelt hatten. In der schwülen Glaskathedrale des Gewächshauses für Hochgebirgspflanzen beugte er sich vor und atmete ihren zarten Duft.

Einmal war er mit einer jungen Frau hierher gekommen. Martha Croston. An jenem Tag hätte er beinahe um ihre Hand angehalten.

Sie waren doch jetzt dort, oder nicht? Wenn er die Augen öffnete, würde er sie beim Anblick der langen, gepflegten Beete am Arm nehmen und mit ihr zwischen all den Pflanzen entlangspazieren, die sich vermengenden Düfte einatmen und in einem seltenen Anfall von Neid zusehen, wie der alte Pflanzenzüchter mit dem Backenbart ehrfürchtig seine Kästen mit Setzlingen durch die Gänge trug.

Er schlug die Augen auf. Über ihm das Gesicht der Frau.

»Sie sind wunderschön«, sagte er.

Einen langen Moment blickten ihre grauen Augen in die seinen, dann ging sie hinaus.

13

In Kew hatte er auch Professor Collie kennen gelernt und von dessen geplanter Expedition erfahren. Er war fasziniert von Collie: Chemiker, Pionier der Farbfotografie, Künstler. Das Bergsteigen war nur eine seiner vielen Leidenschaften.

Das Ziel ist der Mount Brown, hatte Collie gesagt. *Ihn*

zu finden oder zu beweisen, dass er ein Schwindel ist. Seit sechzig Jahren ist er auf jeder Landkarte des Empire als höchste Erhebung dieses Kontinents verzeichnet. Doch kein Mensch weiß, ob es ihn wirklich gibt. Bisher ist allerdings noch niemand auf den Gedanken gekommen loszuziehen um die einzige Sichtung eines Einzelnen zu bestätigen, durch die er überhaupt auf die Karten geraten ist.

Er hatte sich in den Kopf gesetzt den verlorenen Riesen wieder zu entdecken und, wenn irgend möglich, als Erster den Gipfel zu erreichen.

Zwischen den Blumen in Kew hatte Byrne sich um den Posten des Expeditionsarztes beworben, doch nicht ohne insgeheim einen eigenen Plan zu verfolgen: Nach seiner Rückkehr nach London wollte er eine private botanische Sammlung anlegen, gezüchtet aus den Exemplaren, die er während der Suche nach Collies verlorenem Berg zusammentragen wollte. Vielleicht würde er eines Tages sogar eine seiner Pflanzen hier, in den erhabenen Beeten von Kew, blühen sehen.

Außerdem wollte er bei seiner Rückkehr Martha bitten seine Frau zu werden.

14

Er erwog, noch einmal in die Gletscherspalte hinabzusteigen um seinen Rucksack zu suchen, genauer genommen die Botanisiertrommel aus Blech, die sich darin befand. Um von seinen Proben möglichst viele zu bergen. Aber Collie wäre sicherlich dagegen; und selbst wenn er es gestattete, hatte die enge Kluft, in die er gestürzt war, vermutlich inzwischen ihre Form verändert oder sich durch das unaufhaltsame Vorwärtskriechen des Gletschers wieder geschlossen.

Dann fiel ihm wieder ein, was er in der Eiswand gesehen hatte.

15

Tagsüber versammelten sich an der offenen Tür des ehemaligen Handelspostens Kinder und starrten Byrne an. Frauen kamen um sie zu verscheuchen, drehten dann aber selbst die Köpfe und starrten. Außerdem sah er – oder zumindest glaubte er das, während er zwischen Wachsamkeit und Traum hin- und hertrieb – auf der Lichtung die dunklen Umrisse von Männern, von Männern mit Pferden, hinter denen die Hunde herliefen, und von Männern mit Bündeln auf dem Rücken.

Sara war die Einzige, die in seine Nähe kam, und sie sprach selten.

16

Ein Geräusch, ein fernes Pochen auf Glas. Jemand klopfte. Holte ihn aus dem Schlaf, damit er die Tür öffnete. Um diese Uhrzeit, das musste etwas Dringendes sein.

Er setzte sich auf. Dort am Fenster trommelte die Hand eines Riesen mit ausgestreckten Fingern gegen die Scheibe.

Ihm entfuhr ein schlaftrunkener Schrei des Erschreckens. *Hahhh!*

Die Hand bewegte sich ruckhaft, wie aus Holz geschnitzt, dann verschwand sie unterhalb des Fensterrahmens. Ein Wapitigeweih.

Er schnappte nach Luft, die Albtraumängste seiner Kindheit legten sich wieder. Ihm glitt die Felldecke von der Schulter. Auf seinen gesunden Arm gestützt horchte er, wie das riesenhafte Tier beim Stöbern im hohen Gras an der Hüttenwand entlangrumpelte.

Dann bemerkte er, dass Sara in der Tür stand.

»Ich habe Sie schreien hören«, sagte sie.

Byrne schüttelte den Kopf.

»Es war nichts. Nur dieser Wapiti; er hat mich aus dem Schlaf gerissen.«

»Er kommt hierher um sich den Bast vom Geweih zu schrubben. Es ist Brunftzeit.«

»Ach so.«

»Brauchen Sie etwas? Ich zünde das Feuer an.«

Draußen war der Himmel grau. Die Sonne noch nicht aufgegangen. Er fragte sich, ob Sara jemals schlief. Als er sie beobachtete, wie sie Reisig für den Ofen sammelte, begriff er plötzlich, dass sie noch jung war, nicht viel älter als er. Er hatte sich von ihren gemessenen Bewegungen täuschen lassen, die den Gedanken an Alter nahe legten, in Wirklichkeit aber in der stillen Anmut ihres Körpers ihren Ursprung hatten.

»Nein, nichts. Oder doch. Jetzt, wo ich wach bin, hätte ich gern eine Tasse Tee.«

Sie wandte sich dem Ofen zu.

»Warten Sie«, sagte er. »Einen Augenblick.«

Er betrachtete sie eingehend.

»Erzählen Sie mir etwas über diesen Ort.«

Er würde nicht erzählen, was er in der Gletscherspalte gesehen hatte, nichts preisgeben. Nur zuhören.

17

Sara erzählte ihm, dieses kleine Blockhaus sei einst ein Posten der Hudson's Bay Company gewesen. Snow House, das Schneehaus. Saras Vater, Viraj, habe es übernommen, nachdem der vorige Händler sich aufgemacht hatte sein Glück beim Goldschürfen in den Cariboo Mountains zu versuchen. Seit Jahren gab es keinen Pelzhandel mehr in diesem Tal und nun war es ihre Hütte. Solange Byrne hier schlief, übernachtete sie bei ihren nächsten Nachbarn.

Ehe ihr Vater sich im Tal niederließ um den Handelsposten zu übernehmen, war er Kammerdiener bei einem Engländer, Lord Sexsmith, gewesen.

Sexsmith hatte Viraj auf einer seiner Reisen durch Radschastan als Pferdepfleger eingestellt. Der junge Mann mit seiner unaufdringlich tüchtigen Art gefiel ihm, sodass bei der Rückkehr nach England auch Viraj in seiner Begleitung reiste.

»Sexsmith war krank«, erzählte Sara. »Die Lunge. Sein Arzt meinte, ihm täte ein weniger feuchtes und nebliges Klima gut. Irgendwo weiter oben, wo es kälter wäre. Er schlug einen Atlas auf und entschied sich für die Rocky Mountains. Meinem Vater blieb natürlich kaum etwas anderes übrig als mitzukommen.«

Byrne saß angelehnt in dem schmalen Bett. Während sie sprach, bereitete sie ihm Tee und Pfannkuchen, und als er aß, setzte sie sich zu ihm.

»Als mein Vater dieses Land betrat, wurde ihm ganz weh ums Herz. Er ahnte wohl, dass er hier sterben würde, unter Fremden und fern seiner Heimat.«

Byrne starrte in seine Teetasse, schwenkte die kalte Neige. Er war allein hier, allein mit dieser jugendlich alten Frau. Einer Frau, die Geschichten zu erzählen hatte.

18

»Es war auf der Ebene bei Fort Edmonton, wo nur Krüppelholz wächst«, sagte Sara. »Sexsmith saß auf seinem Lieblingspferd, einem Rappenwallach, den er »Die Nacht« getauft hatte. Mein Vater hielt ihm die Zügel. An jenem Morgen brachen sie auf in die Berge, eskortiert von Männern der Company. Da breitete Sexsmith die Arme aus und erklärte:

Der Gefangene der Zivilisation ist frei.«

19

Vor den Moskitos was Sexsmith gewarnt worden. Doch er pfiff auf die Geschichten. Typische Schauermärchen aus dem Wilden Westen.

Als die Sonne unterging, fielen sie dann in Scharen ein. So viele Moskitos, dass keine Sterne mehr zu sehen waren. Unterwegs hatten die Männer von der Company den ganzen Tag über Berge trockenen Holzes gesammelt und zündeten am Abend qualmende Feuer rings um das Lager an, damit die gepeinigten Pferde nicht in Panik gerieten und durchgingen.

Der Irokese Baptiste zeigte Viraj, wie man Erlenblätter zerstößt und die Stiche zur Linderung mit dem Brei einreibt.

Sexsmith ließ sein Zelt mit mehreren Schichten eines feinmaschigen Netzes wie einen Kokon einhüllen und zog sich, Gesicht und Arme dick mit einer Kampfereissalbe eingeschmiert, zurück um Shakespeare zu lesen.

Eines Abends gewährte ihnen ein Gewitter Ruhe vor der summenden Plage. Bei Tagesanbruch trotteten mehrere Pferde vom Lager fort und wälzten sich in einer feuchten Büffelsuhle abseits des Pfades. Man hatte sie so, mit dem Panzer aus getrocknetem Schlamm, reiten oder bepacken müssen. Die Tiere rieben sich unter den Sätteln schrecklich wund und ihre Flanken wurden mit Salz eingerieben, damit sich Schwielen bilden konnten. Danach waren drei der Ponys nicht mehr zum Lastentragen geeignet und mussten freigelassen werden.

Eines Morgens erschien beim Abbrechen des Lagers auf einem Hügel eine Gruppe von Cree-Jägern, die langsam auf sie zugeritten kamen. Sexsmith hatte schon die Hand an sein Flintenhalfter gelegt, als einer seiner Männer einen freudigen Ruf des Wiedererkennens ausstieß.

Die Cree-Jäger sagten, sie hätten von Sexsmiths Expedition erfahren und kämen um dem großen Häuptling, der ihr Land besuchte, Bärenzungen zu schenken. Macpherson verhandelte mit ihnen über einen

Pferdetausch. Um den Handel abzuschließen sah Sexsmith sich gezwungen die Hälfte seines Tabaks abzutreten.

Außerdem war Sexsmith von den Jägern in einer feierlichen Zeremonie eine Kappe und ein Mantel aus Büffelleder überreicht worden, die er noch am selben Tag an Viraj weitergab.

Ich fürchte, in diesen Häuten mache ich mich nur zur Witzfigur.

20

Es waren zwei Visionen gewesen, die den englischen Lord tiefer in die Berge getrieben hatten.

Die erste war ein Grislibär, der über eine Wiese auf ihn zugestampft kam. Er und Macpherson knieten mit angelegten Flinten und starr wie ein Felsen im Gras. Macpherson, der so gute Augen hatte, dass die anderen Männer behaupteten, er könne am Tage die Sterne sehen. Ein Blitz und ein Knall, ein banger Herzschlag, dann wankte der große Bär und stürzte, ein Berg aus silbernem Pelz und Muskeln, in den Staub. Baptiste würde das Bärenherz herausschneiden und es ihm überreichen. Er träumte davon, wie das warme, sinnliche Organ in seine Hand glitt.

Seine zweite Vision war der Gral.

21

»Sie sind wohl Ire«, meinte Sara zu Byrne. Pfeife rauchend saß sie auf einem Kiefernholzstuhl in der Eingangstür. Das wässrige Licht der Abenddämmerung spiegelte sich in ihren grauen Augen.

»Ich bin in Dublin geboren«, erwiderte Byrne nickend und runzelte die Stirn. Er drehte sich im Bett um und blickte von ihr weg zum Fenster. »Aber ich lebe seit meinem elften Lebensjahr in England.«

Sara lächelte.

»Ich meine es an Ihrem Tonfall erkannt zu haben. Außerdem haben Sie mich um noch eine Tasse ›Täi‹ gebeten. Mein Vater hat immer den Akzent nachgemacht: *Jäisus, Maria und Josef.* Die Händler haben sich darüber schiefgelacht.«

Byrne schob die Erinnerung an eine dunkle Kirchennische beiseite, an düsteren Kerzenschein. Ein trauriges, freundliches Gesicht aus kaltem Stein. *Begleite mich auch diesen Tag.*

»Mein Vater war Arzt«, fuhr Byrne fort. »Vor seiner Hochzeit hatte er einige Jahre in London praktiziert. Nach dem Tod meiner Mutter sind wir dann dorthin gezogen.«

Er nippte an seinem Tee und wartete, dass Sara weitersprach.

»Sie haben sich immer über meinen Vater lustig gemacht«, sagte sie schließlich. »Die Männer von der Company. Geteerter Butler nannten sie ihn, schwarzer Mann. Obwohl er, wie so viele, auch in seiner Heimat ein Mischling war. Sein Vater war Engländer.«

22

Pünktlich am von Sexsmith vorherbestimmten Tag kämpften sie sich eine enge Klamm hinauf, von tropfnassen Felsüberhängen eingekesselt und taub vom Rauschen der Stromschnellen.

Der Pelzhandelspfad führte sie hoch über den Fluss und verschwand dann am Fuße einer Felswand in einer steilen Böschung aus Schieferscherben. Die Pferde scheuten, stolperten. Sexsmith stieg ab. Viraj führte das nervöse Pferd, während Sexsmith sich die Pfeife anzündete und hinter den anderen zurückblieb, sich rauchend und bedächtig seinen Weg durch den losen Gesteinschutt suchte.

Als ginge man auf einem Kirchendach, rief Sexsmith Viraj zu. *Einem Dach allerdings, das dringend einer Reparatur bedarf.*

Die Männer von der Company, die sonst oft Lieder sangen, wenn sie unterwegs waren, schwiegen. Sie kämpften sich durch den klirrenden, scheppernden Schiefer wie Schlafwandler, wie von einer unterirdischen Melodie betörte Ritter. Erst als ein Pferd ausscherte, störte ein widerhallender Fluch die Stille.

Teufel! Alter Sünder! Heute Nacht zieh ich mir dein Fell als Decke über.

Jeder Einzelne von ihnen war ganz davon in Anspruch genommen, geradeaus zu gehen, einen Schritt vor den anderen zu tun und nicht seitlich in das sich vertiefende Schieferbett einzusinken. Nach einer Weile war die vormals dichte Kolonne aus Pferden und Menschen weit auseinander gezogen und kroch in Schlangenlinien durch das Geröll.

Sexsmith klopfte seine erloschene Pfeife an einem Felsen aus und sah auf. Er befand sich mehrere Meter unterhalb der Gruppe. Er war beim Rauchen ganz in Gedanken versunken gewesen, an Calibans wunderbare Rede im dritten Akt von Shakespeares *Sturm*, deren Rhythmus sich auf sonderbare Weise mit dem *Klingklang* des Schiefers unter seinen Stiefeln vermischt hatte.

Sexsmith schüttelte den Kopf und machte sich an den Aufstieg, musste aber feststellen, dass eine derartige Anstrengung nach dem Tagesmarsch seine Kräfte überforderte. Die Sonne hatte die flachen, stumpfen Scherben zu gebackenen Ziegeln aufgeheizt. Als Sexsmith sich die Stirn abwischte, troff seine Hand vor Schweiß. Mühsam setzte er einen Stiefel auf dem Boden auf, spürte jedoch, dass sein Fuß keinen Halt fand, unter ihm wegrutschte und eine regelrechte Scherbenkaskade lostrat, die den Abhang hinuntertoste. Fluchend tat er einen Satz nach vorn, stolperte, fiel auf alle viere, strampelte um sein Leben. Er war dabei, im Gestein zu versinken, zu ertrinken.

Viraj! Hilf mir!

23

Viraj hörte den Schrei und drehte sich um. Durch die fließende, flirrende Hitze sah er Sexsmith mit den Armen rudern. Er ließ die Zügel los und machte ein paar Schritte den Abhang hinunter. Das Geröll gab unter ihm nach, warf ihn aus dem Gleichgewicht. Um nicht zu stürzen machte er einen Satz nach vorn, fiel in

Laufschritt, machte ausladende, federnde Schritte und warf mit jedem Tritt einen Wall von Steinen auf, während er schon zum nächsten Sprung ansetzte.

Ein Lächeln breitete sich über sein Gesicht. Jetzt bewegte er sich mit dem Element, nicht mehr dagegen. Er sprang wie eine Gazelle und die Fransen an seiner Büffellederkappe flatterten.

Wie der beflügelte Merkur, kam es Sexsmith in den Sinn, als er Viraj beim Hinabsteigen beobachtete, *so leicht gewandt sich schwingend!*

24

Oberhalb der Canyonwand erhob sich ein verschneiter Gipfel, der Bergkegel, dessen Schönheit sie am Vortag von ferne bewundert hatten. *Ein Palast*, hatte Sexsmith abends in seinem Tagebuch notiert, *rosenfarbenes Perlmutt in der Abendsonne, ein in der Luft schwebender asiatischer Tempel.*

Nun, aus der Nähe betrachtet, war der Berg eine massive Erscheinung. Von einem plötzlichen Schwindelgefühl erfasst schloss Sexsmith die Augen. Dies war der Rand der Welt und tief darunter trieben Wolken über ein leeres blaues Meer. Erschauernd machte er einen tiefen Atemzug. Sein Körper erschlaffte. Kraftlos ließ er die Zügel fallen. *Viraj, deinen Arm!*

Sexsmith kroch aus dem Sattel und stolperte vorwärts. Mit zitternden Fingern hob er das Fernglas, das um seinen Hals hing, dann sank er auf die Knie.

Ein Viktorianer im Angesicht der erhabenen Natur. Damals war er einunddreißig Jahre alt gewesen.

25

Sara nahm Byrne mit auf diese Reise, die sie nicht selbst erlebt hatte und die, soweit er es beurteilen konnte, ebensogut aus der dünnen Bergluft geholt sein mochte. Eine Mythologie aus ausgemusterten Legenden, Dichtung und Bruchstücken historischer Fakten, die wuchs und ihre Gestalt veränderte wie Rauchkringel im Halbdunkel einer eingeschneiten Blockhütte. Über sie selbst erfuhr er fast nichts, alles wurde überschattet von der Lebensgeschichte des Vaters.

Sie lebte allein in ihrer Hütte, mitten in dieser Métis-Siedlung. Die Stoney, die sie als Kind gekannt hatte, überwinterten längst nicht mehr im Athabasca-Gebiet. Bei der Unterzeichnung der Abkommen hatten sie sich für weiter südlich gelegenes Land entschieden.

Viraj, ihr Vater, war tot. Genau wie er es befürchtet hatte an jenem Tag, als Sexsmith mit dem Finger auf den leeren, unbeschrifteten Fleck im Atlas getippt hatte, war er nie wieder von hier fortgekommen.

Am Morgen des vierten Tages beteuerte Byrne, er sei wieder kräftig genug um aufstehen zu können. Er hielt die Felldecke um sich geschlagen, während Sara ihm seine Kleidungsstücke und seine persönliche Habe anreichte, die Collie für ihn dagelassen hatte. Auf seinen Wunsch wartete sie draußen, während er sich mit Hemd, Hose und Stiefeln abmühte. Als er fertig angezogen war, kam sie wieder herein und legte ihm einen Pelzmantel über die Schultern. Dann führte sie ihn hinaus auf die kleine Veranda.

Der Ort, den Sara Jasper nannte, bestand aus einer

Ansammlung von Blockhütten und Bretterbuden, die sich über eine grasbewachsene Flussniederung verteilten. Über jedem Dach stieg ein dünner Rauchfaden auf. Kein Mensch war zu sehen. Ein sandfarbener Hund, der auf der Veranda der Nachbarshütte lag, hob kurz den Kopf und beäugte Byrne, dann schlief er wieder ein. Am anderen Ende der Aue bewegten sich losgebundene Pferde zwischen den Bäumen und senkten ihre dunklen Köpfe ins Gras.

Byrne schauderte und zog den Mantel fester um sich.

Über dem dunklen Hang erhoben sich die Berge. Byrne, der sich an die höhlenartige Dämmerung in der Hütte gewöhnt hatte, hob eine Hand um die Augen vor der schmerzhaften Grelle abzuschirmen. Im ersten Moment erschienen ihm die wuchtigen, undurchdringlichen Felsmassen unwirklich, als wären sie am Himmel aufgehängt. Als ob ein kurzer kalter Hauch genügt hätte, sie wie eine Illusion aus Eiskristallen und Licht bersten zu lassen.

Blinzelnd forschte sein Blick nach den Spalten und Gletscherbrüchen des Arcturus-Gletschers. Aus dieser Entfernung wirkten sie wie zarte, spinnwebartige Fältchen in blassblauer Seide. Darüber, dort, wo der Gletscher aus einem Durchbruch zwischen zwei Gipfeln quoll, leuchtete der weiße Saum des Firnfeldes. Eine dünne geschwungene Linie aus gleißendem Schnee.

Wenn beim zweiten Anlauf alles gut gegangen war, müssten Professor Collie und die anderen jetzt dort oben sein, hinter der leuchtenden Kante.

»Hier gibt es keinen Arzt«, sagte Sara. »Es heißt, in einigen Jahren würde die Eisenbahn bis hierher gekommen sein. Die Arbeiter werden einen Arzt brauchen, der die Strecke abfährt. Sie könnten sich hier stationieren lassen.«

Byrne schüttelte den Kopf.

»Ich gehöre nach England.«

26

Am übernächsten Tag war Swift noch immer nicht eingetroffen um Byrne abzuholen.

»Er kommt nur einmal im Jahr zu uns«, erklärte Sara, »um Felle und genügend Trockenfleisch für den Winter einzukaufen. Er sagt, er sei zu sehr mit seiner Ernte und seinen Erfindungen beschäftigt um sich auch noch mit der Jagd abzugeben.«

»Was für Erfindungen?«

»Er will sich sein Mehl selber mahlen, also baut er sich ein Wehr und ein Wasserrad.«

Lucas Napoleon Swift aus Saint Louis. Mit siebzehn hatte er das Signalhorn in General Custers Kavallerie geblasen. Dann bekam er die Cholera und wurde nach Hause entlassen, zwei Wochen vor Little Bighorn.

»Seitdem ist er viel herumzogen«, erzählte Sara, »immer in der Angst, der Tod, dem er von der Schippe gesprungen war, käme ihn holen. Er wollte niemanden in der Nähe haben, wenn es so weit wäre.«

Fünfundzwanzig Jahre nach Sexsmiths Reise hatte es Swift ins Athabasca-Tal verschlagen, als einen der wenigen Weißen, die in der langen Zeit seither überhaupt hier aufgetaucht waren. Der Pelzhandel war langsam zum Erliegen gekommen und so gab es keinerlei materiellen Anreiz mehr dem alten Handelspfad zu folgen. Bis Männer wie Swift auf der Suche nach dem einzig noch verbliebenen wertvollen Rohstoff herkamen: das Gold der Einsamkeit und der Stille.

Sara setzte sich neben das Bett und schlug ein Buch auf. Von den stockfleckigen Seiten fielen trockene Papierstäubchen herab, die in den schräg einfallenden Sonnenstrahlen glitzerten.

»Sexsmith liebte es, wenn mein Vater ihm Gedichte vorlas. Und als ich ein junges Mädchen war, las mein Vater sie für mich.«

Langsam blätterte sie das Buch durch, als suche sie eine bestimmte Stelle, und begann dann laut vorzulesen. Mit einer Stimme, die klang wie Frühjahrsblätter, wenn sie ans Fenster klopfen.

In Xanadu schuf Kubla Khan
Ein Lustschloss, stolz und kuppelschwer:
Wo Alph, der Fluss des Heiles, rann
Durch Höhlen, die kein Mensch ermessen kann,
In sonnenloses Meer.

Am Ende des Gedichts angelangt fragte sie ihn, ob sie weiterlesen solle.

»Ich will mehr über Sexsmiths Expedition hören«, antwortete er.

Sie stand auf und stellte das Buch zurück an seinen Platz auf dem Wandbord. Als sie sich dann wieder zu ihm umdrehte, lächelte sie.

27

Viraj bereitete dem Lord ein Bad.

Auf den Rat des Expeditionsausrüsters in Fort Edmonton hin war jegliches überflüssige Gepäck zurückgelassen worden. Doch diese Klappbadewanne aus indischem Kautschuk war einer der wenigen Luxusgegenstände, von denen sich Sexsmith nicht trennen mochte. Niemand außer ihm durfte sie benutzen. Im Wasser sitzend, das auf dem Lagerfeuer erhitzt worden war, las er Shakespeare und kritzelte – das Buch gegen einen gespaltenen Holzklotz gelehnt, der quer über die Badewanne lag – kritische Anmerkungen an den Buchrand.

Perfekt, seufzte Sexsmith, während er sich in die bauchige Wanne gleiten ließ. Er lächelte Viraj zu, der wartend am Zelteingang stand. *Genau die Temperatur und Feuchtigkeit eurer Monsunzeit.*

Eines Abends, als das Bad gerade bereitet war, teilte Viraj seiner Lordschaft mit, dass eine Gruppe von Stoney-Jägern ihr Lager am anderen Flussufer aufgeschlagen habe. Ein paar von ihnen hätten übergesetzt um sich mit den Männern von der Company zu unterhalten. Darunter seien auch zwei Brüder, die behaupteten, das vor ihnen liegende Land schon oft bereist zu haben.

Lass sie holen, befahl Sexsmith und blätterte mit dem ausgefransten Ende seines Federkiels eine Seite um.

Als die Stoney-Brüder – Joseph und Elias – unangemeldet das Zelt betraten, badete er noch immer. Der aufgebrachte Viraj bemühte sich vergeblich sie mit wilden Armbewegungen zu verscheuchen. Verständnislos starrten sie auf Sexsmith, dann huschte ein leises Lächeln über ihre Gesichter. Viraj hüstelte und Sexsmith blickte von seinem Shakespeare auf. Er schnaubte amüsiert.

Sprecht Ihr Englisch?, erkundigte er sich bei den beiden. Sie nickten. Sexsmith winkte Viraj, er könne gehen. *Lass sie ruhig. Die üblichen Anstandsregeln erübrigen sich hier wohl.*

28

Am nächsten Tag kamen die Brüder wieder und brachten eine junge Frau mit. Ein dünner Hermelinmantel bedeckte ihre Schultern. Ihr Gesicht war mit blauer Farbe bemalt. Die Männer von der Company beobachteten schweigend, wie sie mit den Stoney-Brüdern durch das Lager schritt. Als ginge ein nie gesehenes Tier vorbei.

Abgesehen von dem Mantel war sie wie die Brüder gekleidet und ihr Haar war zurückgebunden. Viraj hielt sie zunächst für einen jungen Mann. Doch als sie an ihm vorbeiging, drehte sie sich um und ihre Augen blitzten weiß aus der dunkelblauen Gesichtsbemalung.

Wapamathe, meinte Baptiste. *Die Halsabschneider.*

Und das Mädel ist mit Sicherheit so eine gottverdammte Windigo, flüsterte jemand Viraj in gespieltem Entsetzen zu. *Die verschlingt dich nachts bei lebendigem Leib.*

Die Brüder trafen sich mit Sexsmith in einem Tipi aus Fichtenholz am Rande des Lagers. Joseph stellte das Mädchen als ihre Adoptivschwester vor. Sie kenne das Land besser als sie beide, denn ihr Volk habe früher hier im Tal und sogar noch tiefer in den Bergen gelebt. Sie nannten sie Athabasca.

Sie ist vom Stamm der Snake, sagte Joseph. *Vielleicht sogar die Letzte. Eine Heilerin.*

Auf dieser Reise, so erklärte er Sexsmith, könne sie Kräuter für ihre Arzneien sammeln.

Ihre Zaubertränke soll sie gefälligst für sich behalten, entgegnete Sexsmith. Mit den Fingerspitzen griff er einen Kegel aus Papier und hielt ihn vor Joseph und Elias, die ihm in der Männerrunde gegenübersaßen, in die Höhe.

Dann biss er in das Ende des kleinen weißen Kegels und zog ihn rasch vom Mund fort. Das Papier ging in einer blauen Stichflamme auf. Die Brüder blinzelten und Joseph zog mit einem Ruck den Kopf zur Seite, als Sexsmith das zischende Feuer in seine Richtung schleuderte.

Das Tipi füllte sich mit Gelächter. Sexsmith lächelte und hielt die winzige Flamme an seine Pfeife.

Das kleine, bescheidene Prometheusstreichholz, sagte er. Die junge Frau saß nur da und starrte in die Feuerstelle. Sexsmith runzelte die Stirn.

Seid Ihr etwas, das man befragen darf?

Sie rührte sich nicht. Sexsmith wandte sich an Joseph.

Spricht sie kein Englisch? Ich würde nur zu gern wissen, wie sie angeblich so unfehlbar den Weg zu finden gedenkt, wenn sie niemals den Blick hebt.

Joseph sagte etwas zu ihr in einer Sprache, die von raschen Handbewegungen unterstrichen wurde. Sie hob den Kopf. Der Widerschein des Feuers fing sich in dem flachen Stein, der an einem Lederband um ihren Hals hing, und brachte ihn zum Leuchten.

Die junge Frau streckte ihre linke Hand mit der Handfläche nach oben Sexsmith entgegen.

Sie hat die Flussläufe dabei, sagte Joseph. *In ihrer Hand. Alle Flüsse und Bäche.*

Sexsmith beugte sich vor und starrte gebannt auf die Hand der jungen Frau. Er tippte mit dem Finger auf ihren Handteller.

Was hat es mit diesem rötlichen Fleck auf sich?

Ihre Feinde, erklärte Joseph. *Sie kamen und haben alle umgebracht. Sie wollte wegrennen und ist auf die Feuerstelle gefallen.* Er zeigte auf ihren Anhänger. *Den da hielt sie in der Hand.*

Also eine unvollständige Karte, sagte Sexsmith. *Ich kann mir allerdings vorstellen, dass es ein paar Goldsucher gibt* – dabei sägte er mit dem Pfeifenstiel an seinem Handgelenk herum – *die alles dafür täten, sie an sich zu bringen.*

29

Am Abend kam es in Jasper zu einem Temperatursturz. Ein ernster junger Mann, den Byrne noch nie gesehen hatte, kam mit einem Arm voll Brennholz herein.

»Danke«, sagte Byrne.

Der junge Mann legte das Holz neben den Ofen und ging wieder hinaus ohne ein Wort zu sagen.

Mit seinem heilen Arm zerrte Byrne den Kiefernholzstuhl näher an den Ofen, kauerte sich nieder und summte vor sich hin; er war gelangweilt und fühlte sich unbehaglich. Als das Holz niedergebrannt war, fiel es leise zischend und bummernd in sich zusammen. Das waren die einzigen vernehmbaren Geräusche, bis Byrne plötzlich Musik zu hören meinte.

Trommeln, Flöten, eine Fiedel. Schallendes Gelächter.

Er erhob sich. Die Fensterscheibe war zugefroren. Er hauchte auf das Glas, rieb es mit dem Ärmel blank und spähte hinaus. In der Dunkelheit hing ein winziges Quadrat aus goldenem Licht. Das Fenster einer nahe gelegenen Hütte, darin flackernde Schatten.

Während Byrne noch hinausstarrte, überzog wieder Frost das klare Stückchen Glas und das entfernte Lichtquadrat verschwamm zu einer Konstellation goldener Punkte.

Sankt-Agnes-Abend – bitterer Frost war das!
Verfluchte Poesie!

Er ließ sich in den Sessel zurückfallen. Hier umfing ihn wieder die wohlige Wärme, die gerade so weit reichte wie sein Arm. Die Grenzen dieser Hülle wurden deutlich sichtbar, wenn er ausatmete und die Luft aus seinen Lungen eine Dampfwolke bildete, die gefroren zu Boden sank. Wenn er beim Schaukeln zu weit nach hinten geriet, sträubten sich ihm die Nackenhaare in der kalten Luft.

Gelegentlich hob er einen Holzscheit auf und warf ihn auf das Feuer. So wartete er, bis die Nacht vorüber war.

30

»Bei Sonnenuntergang wateten sie dann durch den Fluss«, erklärte Sara Byrne, »und rasteten auf einer Insel.«

Kaum mehr als eine überwucherte Kiesbank in der Mitte des Flusses. Sexsmith war schwindelig vor Erschöpfung gewesen und er bestand darauf, an dieser Stelle das Lager aufzuschlagen.

Ist doch recht malerisch hier. Ich werde es Klein-Albion taufen. Es hat sogar fast dieselben Umrisse wie England, findest du nicht, Viraj?

Er ging ein Stück am Ufer entlang, wobei er seinen Stock in die steinige Erde stieß.

Schau, hier ist Southampton mit dem Solent. Der Felsen dort ist die Isle of Wight. Passt alles wunderbar.

Aber die Pferde haben hier nichts zum Fressen, meinte Macpherson. *Am Ufer auf der anderen Seite gibt es wenigstens ein bisschen Labkraut.*

Doch Sexsmith hörte gar nicht zu. Macpherson führte die Pferde über das seichte Wasser zum anderen Ufer und blieb bei ihnen.

Die übrigen Männer auf der Insel schichteten gebleichtes Treibholz auf, entzündeten ein Feuer, brieten ein Waldhuhn und sangen.

Mein Junge ist weit weg in dem Land, das Kanada heißt
Dorthin ist er gegangen, obwohl ich jetzt einsam und traurig bin
Oh, Gold wollte er finden und seiner Mutter schicken
Wird er jemals zu mir zurückkommen, mein kleiner irischer Junge.

Sexsmith machte einen Spaziergang über eine blau schimmernde Hügel- und Muldenlandschaft, kletterte über den Hadrianwall zum flussaufwärts gelegenen Ende der Insel. Im Westen lag der Himmel leuchtend grün über den schwarzen Bergzinnen.

Nach dem langen Ritt durch die Flussauen waren seine Sinne betäubt – bis auf das Gehör. Im Dämmerlicht lauschte er dem Rollen der Steine im Flussbett. Die Weidenbüsche raschelten und knackten im Abendwind.

Die Gänse riefen spöttisch im Dunkeln.

We ho, we ho, we ho, we ho, we ho.

Schließlich sah er sie, einen Schwarm von fünf Vögeln in einer wogenden Linie, Lettern eines unentzifferbaren Wortes, das ständig die Form änderte, während sie in der Ferne verschwanden.

31

Um Mitternacht blies Sexsmith den Kerzenstummel aus, der sein Zelt erleuchtete, und trat ins Freie. Er schlich sich an Viraj vorbei, der mit geschlossenen Augen neben dem verglimmenden Wachfeuer zusammengekauert lag.

Macpherson stand am anderen Ufer. Als er Sexsmith sah, lächelte er unbefangen, als könne kein Klassenunterschied, keine Ungleichheit der Herkunft den Strom zwischen ihnen überwinden.

Im Westen, über der schwarzen Silhouette des ersten Bergkamms, leuchteten silbrig die Unterseiten tief hängender Wolken.

Dieses Licht, sagte Sexsmith mit lauter Stimme um das Rauschen des Wassers zu übertönen. *Es hat Schatten auf meine Zeltwand geworfen.*

Ich habe so etwas noch nie gesehen, erwiderte Macpherson. *Ist wohl der Mond, der auf den Schnee scheint.*

Sexsmith senkte die Stimme zu einem Flüstern.

Dies ist der Ort, nach dem ich gesucht habe.

32

In jener Nacht träumte Sexsmith von einem alten Mann in verrosteter Rüstung, dem der Westwind das lange weiße Haar nach hinten blies. Er ging mit steifen Schritten einher, als würde er eher von dem knirschenden Metallpanzer aufrecht gehalten als von seiner eigenen, schwindenden Kraft. Und er trug seinen geheiligten Schatz, einen unter einem weißen Tuch verhüllten Gegenstand, über die Ebene in die blauen Berge.

Sexsmith schritt neben ihm her ins Licht der untergehenden Sonne. Als er an sich herunterblickte, sah er, dass er ein Gewand aus Wildleder und über den Schultern einen Umhang aus Büffelfell trug.

Wer bist du?, fragte er den alten Mann.

Unser waren sieben. Ich bin der Letzte. Wir gelobten dem König nach Westen zu folgen und den Gral verborgen zu halten.

Schließlich stolperte der Alte und sank in das hohe Gras. Eine Windbö hob das Tuch und trug es fort. Der alte Mann hielt einen silbernen Kelch in der Hand. In diesem Augenblick fiel die Sonne auf den

Rand des Bechers und füllte ihn mit Feuer. Das blendende Licht quoll über auf seine Rüstung und ließ sie in gleißendem Gold erstrahlen.

Sexsmith wachte in der Morgendämmerung auf. Der Traum klang in ihm nach, blieb wie ein Leuchten am Rande seines Bewusstseins.

Viraj saß am Lagerfeuer, goss einen Tee auf und erhitzte Wasser für die Morgenrasur des Lords. Sexsmith war überrascht die junge Frau neben ihm sitzen zu sehen.

Nun, da ihr Gesicht ungeschminkt war, war sie nur noch ein mageres Mädchen, das sich am Feuer wärmte. Eine frierende, hungrige Sterbliche. Die Brüder standen in ihrer Nähe und sprachen mit Macpherson, der mit zwei Tragtieren auf die Insel zurückgekehrt war. Sexsmith kratze sich den stoppeligen Hals. *Halsabschneider.*

Er setzte sich auf den Hocker am Eingang zu seinem Zelt und hob einen seiner Stiefel auf. Von dem Feuer, das Viraj die ganze Nacht vor seinem Zelt gehütet hatte, war nur mehr kalte Asche übrig geblieben. Das war ihr Feuer, nicht seines. Schweigend nahm er den Becher Tee entgegen, den Viraj ihm brachte.

Elias, der jüngere Bruder, lachte. Ein ruhiges, angenehmes Lachen, das Sexsmith aufblicken ließ. Er mochte Elias, seine sanfte Stimme und sein bescheidenes Auftreten.

Was immer auch Elias gesagt haben mochte, es hatte sogar Josephs hagerem, vernarbtem Gesicht ein Lächeln entlockt. Sexsmith beugte sich hinunter und zerrte sich ungeduldig die Stiefel über die Füße. Dieses Lächeln ließ sich durchaus als *diabolisch* bezeichnen.

Als Sexsmith erneut aufblickte, reichte Viraj der jungen Frau gerade einen Becher Tee.

33

Als sie wieder trockenes Gelände erreicht hatten, meinte Sexsmith:

Irgendetwas hat die Stoneys heute Morgen wohl sehr belustigt.

Macpherson nickte.

Elias hatte einen Traum, Sir, den er für erzählenswert hielt.

Sexsmith rief die Brüder zu sich und bat sie ihm den Traum zu erzählen. Elias nickte.

Ich reiste mit Ihnen in Ihre Stadt, nach London. Dort gab es eine Menge Büffel und ich machte Jagd auf sie, zusammen mit den Söhnen der Königin. Wir hetzten sie über eine Klippe. Aber als wir am Fuß des Steilhangs ankamen, hatten sich die Tiere in Bücher verwandelt.

Er grinste seinen Bruder verlegen an und fuhr, beinahe flüsternd, fort:

Die Söhne der Königin versuchten die Bücher zu lesen, aber die Wörter waren alle zertrümmert.

Sexsmith blickte Joseph an, doch dessen hageres Gesicht hatte sich in graue Ungerührtheit zurückgezogen.

Sag mal Joseph, du bist doch ein kluger Kerl. Willst du nicht den Traum deines Bruders deuten?

34

Die Jagdgesellschaft erklomm einen Grat, der sich an einem sanften Abhang aus schmutzigem Schnee und Eis entlangzog.

Arcturus-Gletscher taufte ihn Sexsmith. *Bärenhüter.*

Im Westen türmten sich dunkle Wolken über den Bergspitzen. Macpherson rechnete jeden Augenblick damit, dass es anfangen würde zu schneien. Außerdem gäbe es in dieser Höhe kein Wild, erklärte er Sexsmith.

Diese Verbrennung in der Hand des Mädchens, rätselte Sexsmith. *Wenn ihre Karte stimmt, befinden wir uns jetzt genau darunter. Ich möchte wissen, was da oben ist, was sie vor uns verbirgt.*

Die junge Frau schüttelte den Kopf und sagte etwas zu den Stoney-Brüdern. Joseph wandte sich an Sexsmith.

Sie ist dort gewesen, sagte er. *In einem Traum. Sie sagt, es sei eine Geisterstätte. Nichts für die Lebenden.*

Ich werde es selbst herausfinden, erwiderte Sexsmith. *Vor irgendetwas hat sie Angst. Etwas, das wir entdecken könnten, wenn wir dort hinaufgehen.*

Die junge Frau sah ihn nicht an.

Sie haben sie von den Snake bekommen, dem Schlangenvolk, meinte Sexsmith zu Viraj. *Und wie jeder weiß, ist die Schlange listiger als alle anderen Tiere auf dem Felde.*

Er schickte alle zum Lager zurück und wies Macpherson an die junge Frau genau im Auge zu behalten. *Sie ist das Unterpfand für meine sichere Rückkehr.* Dann ging er mit den Stoney-Brüdern allein weiter.

35

Es war spät geworden. Byrne und Sara saßen einander vor dem Ofen gegenüber. Auf dem Wandbord flackerte die Kerze, bis ihre Flamme schließlich im Wachs ertrank. Das sepiafarbene Licht ließ Saras Haut wie Pergament erscheinen.

»Mein Vater und die Leute von der Company blieben unten im Lager zurück. Während sie warteten, kam die Sonne heraus und von der Gletscherwand brachen Eisbrocken los. Die Männer sammelten die Stücke, die in ihrer Nähe niedergingen, ein um die Blasen an Händen und Füßen zu kühlen.«

Sara kniete sich vor die Ofentür, stieß sie mit einem Holzscheit auf und schob es hinein. Dann stand sie auf und drehte sich zu Byrne um.

»Athabasca ging zu meinem Vater und hielt ihm eines dieser Eisstücke hin und er nahm es. Es hatte ganz genau die Größe einer Kricketkugel, hat er mir erzählt, und sah aus wie ein blaugrüner Edelstein. Er hielt es einen Augenblick fest.«

Sara umschloss mit den Händen ein unsichtbares Stück Eis.

»Es brannte wie Feuer«, sagte sie.

Ihre Hände lösten sich wieder voneinander.

»Er ließ es fallen. Es war das erste Mal, dass er dem Eis so nahe gekommen war. Er hatte es nie zuvor berührt.«

36

Am nächsten Abend kehrten Sexsmith und die Brüder ins Lager zurück. Macpherson wurde ins Zelt des Lords zitiert. Kurz darauf kam er wieder heraus und verkündete, der Jagdausflug sei beendet. Am nächsten Morgen würden sie den Rückweg antreten.

Die Leute von der Company grinsten einander an. Einer holte seine Fiedel hervor, doch Macpherson hob warnend die Hand. Sexsmith sei in düsterer Stimmung. Wenn er hörte, dass gefeiert wurde, könnte er möglicherweise seine Meinung ändern.

Der Musiker setzte seine Fiedel ab, schloss die Augen und begann mit dem Fuß lautlos einen Takt auf den Boden zu schlagen. Seine Finger schlugen die Saiten eines unsichtbaren Instruments, sein Körper wiegte sich zu unhörbarer Musik. Die anderen starrten ihn an, Macpherson schüttelte den Kopf und wandte sich ab. Die Männer von der Company zögerten noch einen Augenblick, dann traten sie langsam zusammen, verbissen sich das Lachen und hakten sich unter um lautlos einen Reel zu tanzen.

37

»Was war der Grund?«, fragte Byrne. »Warum ist Sexsmith umgekehrt?«

Sara zuckte die Achseln. »Schnee, Eis«, vermutete sie. »Vielleicht war es nur das.«

Byrne runzelte die Stirn und lehnte sich in seinem Stuhl zurück.

»Als ich in der Gletscherspalte hing ...« Er hielt inne, rieb sich die Schulter. »Was genau hatte das Mädchen mit ... Geisterstätte gemeint?«

»Ich weiß nicht«, erwiderte Sara. »Ich war noch sehr klein, als sie fortging. Ich habe keinerlei Erinnerung an sie.«

»Sie war Ihre Mutter.«

»Ja.«

38

Auf dem Rückweg zog sich Sexsmith einen Bronchialkatarrh zu. Er blieb im Zelt und weigerte sich tagelang weiterzugehen. Die Jäger kampierten in den Flussauen nahe der Handelsstation.

Die Stoney-Brüder erklärten Viraj, ihre Schwester könne dem englischen Lord vielleicht helfen.

Viraj überbrachte Sexsmith diese Nachricht, der sich von ihm den Büffelmantel hatte zurückgeben lassen und nun, fest darin eingehüllt, im *Sturm* las. Er wollte nicht an die Welt außerhalb seines Studierzimmers aus Leinwand erinnert werden.

Ich wünschte, ich könnte mich nach England zurückbringen lassen ohne dieses Zelt zu verlassen. Das wäre wirklich angenehm.

Viraj drängte Sexsmith die junge Frau vorzulassen.

Vielleicht kann sie Ihnen helfen, Sir.

Andererseits kann sie auch mein Tod sein.

Viraj schüttelte den Kopf. *Nein.*

Sexsmith schwang das Buch herum und schlug ihm damit auf die Wange.

Du vergisst, wer du bist.
Sie haben Recht, erwiderte Viraj.

Er verließ das Zelt und ruderte mit den Brüdern und der jungen Frau in einem Kanu zu ihrem Herbstlager auf der anderen Flussseite. Als Sexsmith nach ihm rief, weigerte er sich zurückzukommen.

Am Ende bemühte sich Sexsmith selbst hinüber. Im Lager der Stoney, zwischen lauter Fleischstücken, die zum Trocknen auf Gestellen aus Weidenholz hingen, kamen sie zu einer gütlichen Einigung: Viraj sollte fortan nicht mehr in Sexsmiths Diensten stehen.

39

Im nächsten Sommer nahm sich Athabasca Viraj zum Mann. Ein Jahr darauf kam ein Kind zur Welt, das Viraj Sarasvati nannte. Ihre Mutter aber rief sie bei einem anderen Namen, einem aus ihrer eigenen Sprache.

Im Herbst nahmen Joseph und Elias Viraj mit auf die Jagd, lehrten ihn die Spuren von Hirsch, Elch, Bär und Wolf zu lesen. Und noch eine weitere. Einen einzelnen Abdruck im Schnee, den Viraj erst bemerkte, als sich die Brüder danebenknieten. Ein Stück weiter stießen sie in einer engen Schlucht auf ein Lager und eine Feuerstelle mit warmer Asche. Joseph hob einen abgeknickten Zweig auf, der noch hellgrüne Nadeln trug. Er war von woanders hierher gebracht worden, von einem Baum, den Viraj nicht kannte, einer Sorte, die nicht auf dieser Seite der Berge wuchs.

Die Snake, erklärte Joseph.

Als Viraj mit den Brüdern zum Lager der Stoney zurückkehrte, kamen die Snake aus dem Wald heraus und folgten ihnen wie Geister, vier Männer, drei Frauen, ein Kind. Sie waren von Westen her ins Tal gekommen um Pelze zum Tausch anzubieten und obwohl Athabasca sich nicht an sie erinnern konnte, so kannte sie doch ihre Geschichten.

Eines Abends gab Athabasca Viraj den Stein, den sie um den Hals trug. Und als die Snake in jener Nacht weiterzogen, ging sie ohne ein Wort mit ihnen fort.

In meinem Dorf gab es einen Geschichtenerzähler, sagte Viraj einmal zu Sara, als sie schon viel älter war, *der hatte ein grünes Auge. Als kleiner Junge wagte ich es einmal, ihn darüber zu befragen, und er erzählte mir, sein Auge sei grün, weil seine Frau ihn verlassen habe. Vor langer Zeit habe sie einen Ballen grünen Stoff gewebt, den schönsten, den man jemals gesehen habe. Er war sehr stolz darauf, da es ihm im Dorf großes Ansehen verschaffte. Eines Tages legte seine Frau den grünen Sari an, den sie aus diesem Stoff genäht hatte, trat hinaus in das hohe Gras am Rande des Dorfes und verschwand. Der Geschichtenerzähler suchte tagelang nach ihr, setzte sich an das hohe Gras und wartete, aber sie kehrte nicht zurück. Er beugte sich vor und zeigte auf sein grünes Auge.* Schau genau hin, *sagte er*, und sag mir, ob du sie siehst.

Sarasvati wuchs bei ihrem Vater auf. Die Leute aus dem Tal aber, die Jäger und Trapper und deren Kinder, fanden ihren Namen seltsam und schwierig. So nahmen sie ihn, trugen ihn mit sich herum, spannten und schabten ihn wie einen Streifen Fell und nutzten ihn ab, bis er kürzer und vertrauter war.

Sie wurde nie mehr bei dem Namen gerufen, den ihre Mutter ihr gegeben hatte, und mit der Zeit geriet er in Vergessenheit. Sie war Sara geworden.

40

Rufe, von den Kindern draußen auf der Wiese.

Collie und Stutfield kehrten endlich zurück, allein. Thompson, Trask und die Viehtreiber waren bereits gen Süden zu ihrem Stützpunkt in Banff aufgebrochen. Die beiden Männer traten in die Hütte, sonnenverbrannt, erschöpft, aber triumphierend.

Collie hatte seinen Berg nicht gefunden, doch er war auf eine neue Welt gestoßen.

»Das Eisfeld«, sagte er. Seine Augen strahlten in dem vom Wind ausgedörrten Gesicht. »Ich dachte, es wäre ein ganz gewöhnliches Firnfeld, das einen einzigen Gletscher speist. Aber es ist riesig, Ned. Etliche Meilen lang. Größer als jedes *mer de glace* in den Alpen. Atemberaubend.«

Stutfield nickte zustimmend.

»Wir sind vermutlich die ersten Menschen, die es jemals gesehen haben. Mit Sicherheit die ersten, die es überquert haben.«

Byrne blickte zu Sara hinüber. Ihre Miene war unbewegt. Sie wusste, dass er nichts verraten würde, er konnte es in ihren Augen lesen. Er hatte immer noch Angst, sie hätte vielleicht gelogen. Eine Wolke der Fantasie um ihn gesponnen, die sich im kalten Licht der Vernunft, das mit den beiden Wissenschaftlern in die Hütte gedrungen war, in nichts auflösen würde.

»Man stelle sich nur vor«, flüsterte Collie. »Der letzte große Überrest der Eisdecke, die einst diesen Kontinent überzogen hat.«

41

Am nächsten Morgen begaben sich Collie und Stutfield auf die Suche nach Swift.

»Ich habe das Eisfeld noch nie gesehen«, sagte Sara, die mit Byrne auf den Stufen zur Hütte wartete. »›Die große Eisprärie‹ haben die Stoneys es genannt. Ein Ort, von dem man sich besser fern hält. Mein Vater und ich sind nie hinaufgegangen um es mit eigenen Augen zu sehen.«

»Niemals?«, fragte Byrne. »Obwohl Sie all die Jahre in seiner Nähe gelebt haben?«

Sara schüttelte den Kopf und blickte über das Tal zum Eis hinauf.

»Im Land meines Vaters, so hat er mir erklärt, werden die Berge als Götter betrachtet oder zumindest als Paläste der Götter. Und ich glaube, bei dem Volk meiner Mutter war das ebenso. Geisterstätten. Uns hat es genügt, dass wir sie vom Tal aus sehen konnten.«

42

Schnee wirbelte durch die Morgenluft, als Swifts Wagen, von zwei dürren Kleppern gezogen, knarrend vor der Handelsstation zum Stehen kam.

Behände wie eine Katze sprang Swift vom Kutschkasten herunter. Er trug einen grauen Anzug und eine Krawatte. Sein ausgemergeltes Gesicht wurde von einem Stetson beschattet, dessen Krempe er in Richtung Sara antippte, eine langsame und bewusst ironische Geste der Höflichkeit. Einen kurzen Moment lang musterte er Byrne mit seinen Adleraugen.

»Fahren wir«, sagte er.

Byrne wandte sich Sara zu. Er überlegte, ob er ihr die paar Münzen in seiner Brusttasche geben sollte, entschied sich dann aber dagegen.

»Danke.«

Sie nickte. Dann sagte sie:

»Verfahr dich nicht, Swift.«

Byrne wurde in einer Ecke der Kutsche untergebracht und wickelte sich in eine Schlittendecke.

Swift zog kurz die Zügel an und sie setzten sich in Bewegung. Collie und Stutfield ritten auf zwei Expeditionsponys voran, die sie Trask abgekauft hatten. Sie lächelten, zufrieden angesichts der Morgenluft, zufrieden mit sich selbst als Entdecker. Byrne blickte zur Hütte zurück. Sara stand nicht mehr in der Tür.

Er sank in die Kissen zurück und schloss die Augen. Das Holpern und Schwanken des Karrens lullte ihn ein, brachte eine rhythmische Singsangstimme aus ferner Zeit aus der Erinnerung hervor.

Doktor Foster ging nach Gloucester
in einem Regenguss
er trat in eine Pfütze fast bis zur Hüfte
und ging nie wieder hin.

Auf dem Rückweg hatte Sexsmith sich mit einem Schwarzbären zufrieden geben müssen, einem jungen Männchen, das Baptiste schoss. Die Männer von der Company enthäuteten das Tier und schnitten es auf. In seinem Magen fanden sie lebende Ameisen. Einer der Männer nahm das Fell, tanzte damit um das Feuer und summte dabei einen Straußwalzer, während die anderen lachend in die Hände klatschten.

Sexsmith untersuchte den Kadaver, das rosafarbene Muskelfleisch. Es sah aus wie der nackte Körper eines Mannes. Das haarlose Gesicht schnitt ihm eine Grimasse, ein erstarrtes Grinsen.

Byrne

Kurz nach meiner Rückkehr von der Expedition begann ich ein Tagebuch zu führen. Ich wollte das erste Aufkeimen dessen festhalten, was ich für mein Erwachsenenleben hielt – meine Verlobung mit Martha und mein Bemühen um den Posten eines Assistenzarztes im Saint Mary's Hospital. Wenn ich heute, im Jahre 1911, wieder darin lese, stelle ich fest, dass sich das Tagebuch in den ersten beiden Jahren an diese ursprüngliche Absicht hält – eine präzise Aufzeichnung meiner Hoffnungen und erreichten Ziele. Doch dann, vom Winter 1901 an, berichtet es von etwas ganz anderem.

Von Zweifeln am Sinn meines Lebenswandels. Von Zweifeln an der Ehe und am Familienleben, die wohl in den meisten Männern aufkommen, wenn sie sich über diese Din-

ge ernsthafte Gedanken machen, die in meinem Fall jedoch anhielten und sich zu irrationalen Ängsten auswuchsen. Panikanfälle in engen Räumen oder unbeleuchteten Zimmern. Ich wache mitten in der Nacht mit Schmerzen in der Brust auf, mein Herz galoppiert wie verrückt, unfähig ausreichend Luft in meine Lungen zu bekommen. Momente unerklärlicher Furcht und lange Stunden tiefer, quälender Trauer.

Eine späte Nachwirkung meines Sturzes in die Gletscherspalte, so lautete meine Selbstdiagnose. Ich redete mir ein, es sei lediglich ein physiologisches Problem, und war entschlossen alle anderen von dieser simplen Erklärung für mein zunehmend unberechenbares Verhalten zu überzeugen. Martha erzählte ich nichts von den geistigen Ringkämpfen, die mich die ganze Nacht wach hielten, von den heimtückischen Stimmen, die, wie ich selbst wusste, meinem erschöpften Geist entsprangen und nicht irgendeiner äußeren dämonischen Quelle, die aber trotzdem zu schrecklichen Mitteln rieten um diesen Qualen ein Ende zu machen.

Nur das Schreiben schien meinen Schrecken bannen zu können und so hielt ich alles und jedes fest.

In weniger als einem Jahr musste ich, unfähig mich für meine Belange einzusetzen, ja, unfähig Wut oder Bedauern darüber zu empfinden, zusehen, wie es sowohl mit meiner beruflichen Laufbahn als auch mit meiner Verlobung bergab ging. Aus purer finanzieller Not eröffnete ich eine private Praxis. Eine Zeit lang hatte ich nur sehr wenige Patienten, aber diese Schwierigkeit erwies sich insofern als Segen, als ich auf diese Weise die Ruhe und Einsamkeit fand, die mir in meinem ernsten Zustand Linderung brachten. Martha schrieb mir und besuchte mich, aber ich verschloss mich ihr gegenüber. Ich glaube, sie spürte, dass etwas Schreckliches in mir vorging, dass mein Verhalten eher Ursache als Folge meines Wunsches war unser Verlöbnis zu lösen. Aber da sie nichts tun oder sagen konnte, was mich dazu gebracht hätte, mich ihr anzuvertrauen, versuchte sie schließlich nicht mehr meine Abwehr zu durchbrechen. Im Herbst 1903 kam sie ein letztes Mal in meine Praxis um mir Lebewohl zu sagen. Seither habe ich sie nicht mehr gesehen.

Auf der Suche nach einer Erklärung fragte ich mich damals, ob dieses plötzliche Zerbrechen meiner Welt irgendwie mit einer Krankheit in Zusammenhang stand, die ich als Kind durchgemacht hatte.

Als ich wie ein Krüppel in Saras Hütte lag, war die Erinnerung an jene vergessene Episode wieder wach geworden. Neun Jahre war ich damals alt gewesen und meine Mutter und Nana, meine Großmutter mütterlicherseits, lebten noch. Die Anfälle, wie die Kollegen meines Vaters es nannten, begannen mit einem Schwindelgefühl und Schwäche in den Gliedern. Ich hätte mich hinlegen müssen, aber ich konnte nicht stillliegen. Ich zitterte, meine Zähne schlugen aufeinander und plötzlich begann mein Körper verrückt zu spielen. Meine Augäpfel rollten nach hinten, der Kiefer rutschte zur Seite. Mein Rückgrat krümmte sich immer weiter wie ein Bogen nach hinten, bis ich dachte, es würde jeden Moment entzweibrechen.

Die zahllosen Spezialisten, die mein Vater mitbrachte um mich zu untersuchen, waren sich nur in einem Punkt einig: Sie hatten keine Ahnung, was mit mir nicht stimmte. Epilepsie schied aus, weil ich während der ganzen Tortur bei Bewusstsein blieb. Und mit jedem Anfall wurde ich schwächer. Eine Zeitlang glaubten sie, ich würde es nicht überleben. Niemand sagte mir das zwar, aber was hätten die Kerzen und die Besuche des Priesters und die Rosenkrän-

ze sonst zu bedeuten gehabt, die Tag und Nacht gebetet wurden ... ich wusste es jedenfalls. *Meine Mutter sprach sogar davon, mit mir nach Lourdes zu fahren, aber mein Vater wollte nichts davon hören. Ich erinnere mich noch an sein wütendes Gebrüll in der Eingangshalle.* Ich will nicht, dass man Weihrauch über diesem Jungen schwenkt und dabei irgendwas von unreinem Geist murmelt. *Er war überzeugt, dass es mir nicht gut tat, in dieser Atmosphäre zu Hause zu bleiben. Ich sollte ins Krankenhaus gebracht werden, wo ich unter sorgfältiger Beobachtung durch einen seiner Kollegen stehen würde. Meine Mutter war damit nicht einverstanden und um den schrecklichen Streitereien aus dem Wege zu gehen, die zwischen ihr und meinem Vater aufbrachen, brachte sie mich zu meiner Nana. Dort beteten meine Mutter und ich, ohne dass mein Vater intervenieren konnte. Wir beteten unablässig und dann hörten eines Tages die Anfälle auf. Kein allmähliches Nachlassen, nein, sie verschwanden einfach über Nacht. Meine Mutter sprach von einem Wunder.*

Deshalb fragte ich mich Jahre später, als diese Kindheitserinnerung in allen schmerzlichen Einzelheiten wieder in mir aufstieg, ob dieselbe Krankheit, die damals meine Glieder befallen hatte, nun in meinem Kopf erneut zum Ausbruch kam. Als Junge war ich offenbar Zeuge eines Wunders gewesen, ja in gewisser Weise hatte es sich an mir selbst vollzogen. Und als junger Mann war ich nun erneut mit einem Phänomen in Berührung gekommen, das sich dem rationalen Verständnis entzog. Ich begann einen Faden im Gewebe meines Lebens zurückzuverfolgen, den ich zuvor nicht hatte wahrhaben wollen. Eine Geschichte, die sich im Schatten ausbreitete, verdunkelt von der Ordnung, die ich in meinen Erlebnissen sehen oder ihnen aufdrücken wollte. Ich glaube, dass es mir dieser Faden, an dem ich mich festhielt, auch wenn er vielleicht nur eingebildet war, ermöglichte, aus dem Labyrinth des Wahnsinns herauszufinden anstatt noch weiter auf dessen Zentrum zuzutaumeln. Von da an hatte ich das Gefühl den Höhepunkt der Krankheit überwunden zu haben. Nun konnte ich mich langsam zurücktasten in den Zustand der geistigen Gesundheit.

Mehrere Jahre später unternahm ich dann die Reise nach Lourdes, die ich als Junge versäumt hatte. Aber ich fuhr als Tourist hin, nicht als unheilbarer Fall. Das Schlimmste von jener »Hölle« hatte ich hinter mir und ich reiste lediglich in der Hoffnung nach Frankreich meiner schmerzenden Lunge ein wenig Linderung zu verschaffen – der letzte Überrest jenes Leidens, das mich um ein Haar das Leben gekostet hätte.

Ich hatte keine wundersame Heilung erwartet, nur eine Gelegenheit etwas weniger verpestete Luft zu atmen, doch als ich in Paris eintraf, erkannte ich, dass mir nicht einmal das vergönnt sein würde. Aus unerklärlichen Gründen hatte ich mir eine Stadt vorgestellt, die vollkommen anders war als meine, ohne die endlose Prozession von Gesichtern und Körpern wie in London, eine Stadt ohne all diesen Rauch, Schmutz und Ruß.

An meinem zweiten Morgen in Paris schlenderte ich die Champs-Élysées entlang. Es war ein heißer Tag und ich war viel zu warm angezogen. Die Menschen umschwärmten und umschnellten mich wie Fische in einem Aquarium. Ich setzte mich auf eine Bank. Plötzlich hatte ich nur noch ein verschwommenes Zeitgefühl und meine Orientierung war nebelhaft. Ich musste einen Augenblick nachdenken, bis ich wieder wusste, wie spät es war, wo ich mich befand und was ich hier tat.

Ich schloss die Augen. Und dann hing ich wieder kopfüber in der Gletscherspalte. Die anmutige, reglose Gestalt vor mir. Um uns herum absolute Stille. Eine Andacht aus Eis und Gestein.

Als ich wieder in London war, ging ich zum Sitz der Geographical Society in der Savile Row um Professor Collie zu sehen. Seit der ersten Expedition waren er und Stutfield noch mehrmals in den Rockys gewesen. Sie hatten den Mount Brown in der Tat wieder entdeckt und feststellen müssen, dass er ein vergleichsweise niedriger Berg war. Danach hatten sie noch einige der Riesen rings um das Eisfeld benannt und erklommen: Arcturus, Diadem, The Brothers, Parnassus.

Wir setzten uns in den Aufenthaltsraum der Gesellschaft – zwei eingefleischte Junggesellen. Er und sein Mentor in Chemie, William Ramsay, hatten erst kürzlich ein neues Element isoliert, Neon. Er sprach in seiner üblichen lebhaften Weise darüber. Dass die Ausdehnung der Gasmoleküle ein recht angenehmes Licht hervorruft, das vielleicht für Werbezwecke nützlich sein könnte.

Ich lenkte das Gespräch auf seine weiteren Erkundungen des Eisfeldes, merkte aber, dass ich genau das Thema mied, über das zu sprechen ich gehofft hatte: was ich in der Gletscherspalte gesehen hatte. Ich hatte nie jemandem von diesem Erlebnis erzählt, nicht einmal Martha. Und nun, in diesem Tempel der Skepsis und der Wissenschaft, war es mir plötzlich unmöglich, darüber zu sprechen. Ich geriet sogar für einen Augenblick in Panik, als mir der Gedanke kam, dass ich mir nicht nur die Gestalt in der Gletscherspalte eingebildet haben könnte, sondern auch die ganze Expedition meiner Fantasie entsprungen, eine Halluzination war, dass, wenn ich jetzt meine Teilnahme daran auch nur erwähnen sollte, Collie mich anstarren, die Stirn runzeln und etwa sagen würde: Ich fürchte, ich weiß nicht, wovon Sie sprechen, mein guter Byrne. Sie waren bei dieser Expedition doch gar nicht dabei. Soweit ich mich erinnere, sprachen wir lediglich in Kew kurz darüber und Sie lehnten meine Einladung ab. Es wäre vielleicht am besten, wenn Sie mir gestatteten Sie ins Krankenhaus zu begleiten ...

Ich erkannte in dieser irrationalen Angst einen schwachen Widerhall meines Leidens, jener zahllosen schlaflosen Nächte, in denen ich am Schreibtisch gehockt und wie besessen geschrieben hatte. In denen ich die Ereignisse in meinem Leben in minutiösen Einzelheiten zurückverfolgt und mir so einzureden versucht hatte, dass ich nicht den Verstand verlor. Und mir wurde auch bewusst, dass mich beim erneuten Lesen dessen, was ich über mein Leben festgehalten hatte, der gleiche kalte Schrecken gepackt hatte, dass nichts davon wirklich passiert sei. Dass es das Leben eines anderen oder das Gespinst meines zermürbten Gehirns war. Damals wurde das Schreckliche dieses Gedankens noch tausendfach durch Erschöpfung und meinen ohnehin schon Besorgnis erregenden Zustand gesteigert. Doch hier, in einem bequemen Ledersessel im eichengetäfelten Teezimmer mit Speeren und Kultmasken, die unschuldig von den Wänden herabblickten, war ich zumindest in der Lage äußerlich ruhig zu bleiben. Die Angst verging so schnell, wie sie gekommen war, aber ich hatte die Gelegenheit verpasst zu sagen, was mir auf dem Herzen lag.

Collie aber schien zu ahnen, dass hinter all meinen Fragen eine unausgesprochene Absicht steckte, und nach einer Weile verfielen wir beide in Schweigen.

Am anderen Ende des Zimmers saß, umgeben von einem

wissbegierigen Publikum, ein Forscher, der erst vor kurzem aus Asien zurückgekehrt war. Seine Stentorstimme drang bis zu uns herüber und wir waren gezwungen seinem selbstbeweihräuchernden Monolog zu lauschen. Ich höre noch, wie er sagte: Ein scheußlicher Ort, diese Wüste Gobi. Und doch schön. Mir hat sie sehr gefallen. Sie erinnerte mich an meinen eigenen Geisteszustand.

MORÄNE

VOM ZURÜCKWEICHENDEN EIS HINTERLASSENES GERÖLL:
EIN WIRRWARR VON BRUCHSTÜCKEN, AUS DEM DIE
GESCHICHTE REKONSTRUIERT WERDEN MUSS.

1

EIN ARTIKEL AUS DER LONDON TIMES (1907), VON Byrne ausgeschnitten:
Entlang der Westgrenze der kürzlich geschaffenen Provinz Alberta hat die Regierung des Dominion den Jasper Forest Park, ein nationales Wildreservat, eingerichtet.

In diesem neuen Reservat ist die Jagd und das Fallenstellen sowie jegliche Ansiedlung ohne behördliche Genehmigung verboten. Als Gegenstück zur Canadian-Pacific-Strecke im Süden soll hier nun ebenfalls eine Eisenbahnlinie entstehen. Anton Sibelius, einer der Hauptfinanciers dieses Unternehmens, äußerte dazu: »Das Wild- und Forstreservat Jasper wird, ähnlich dem in Banff, dafür sorgen, dass die jungfräuliche Schönheit dieser einsamen Wildnis nicht befleckt wird und sich Reisende, Bergsteiger und alle, die die Einsamkeit suchen, für immer daran erfreuen können.«

2

»Diese Frau«, meint Trask und stößt eine Rauchwolke aus. »Das nenne ich eine Geschichte.«

Vier Jahre nachdem Byrne den Ausschnitt aus der *Times* in sein Tagebuch geklebt hat, befindet er sich in einem glasüberdachten Garten im Jasper Forest Park und erzählt die Geschichte von der Expedition.

Byrne, zu Gast in Frank Trasks Chalet, der ihn zum Nachmittagstee ins Gewächshaus eingeladen hat, war schon ein wenig spät dran und wusste nicht, was ihn erwartete. Die erste Überraschung war Elspeth Fletcher gewesen, die ihn in der Eingangshalle begrüßte. Eine noch recht junge Frau, ihrem Akzent nach schottischer Herkunft, die ein ruhiges Selbstbewusstsein ausstrahlte. Sie begleitete ihn zum Gewächshaus, stellte ihn dort den anderen vor. Dann kehrte sie noch einmal mit einem Tablett voller Erfrischungen zurück und blieb um sich seine Geschichte anzuhören. Doch gegenüber den bei Trask versammelten Gästen erwähnt Byrne nichts von dem, was er in der Gletscherspalte gesehen hat. Und als er zu der Stelle kommt, wo er von Sara sprechen muss, zögert er.

»Natürlich habe ich keinerlei Erinnerung daran, wie wir in ihre Hütte gelangten. Ich kann bloß Franks Version der Ereignisse wiedergeben.«

Trask verschränkt die Arme über der Brust.

»Aber Sie erzählen es recht schön, Doktor. Obwohl ich persönlich die Tapferkeit des jungen Bergführers, der Sie gerettet hat, stärker hervorgehoben hätte.«

Aus dem sprudelnden Mineralbrunnen im Gewächshaus steigen Dampfwolken auf. Wasser tröpfelt von den breiten, sich neigenden Blättern der Treibhauspflanzen. Über die Glasscheiben rinnen Kondenstropfen, sodass es aussieht, als ob die Fenster in der Hitze schmölzen.

Trask übernimmt jetzt die Konversation und Byrne lehnt sich in seinem Sessel zurück. Durch die beschlagenen Fenster kann er die gezackten Silhouetten der Fichten erkennen, die sich sachte im Wind wiegen. Er würde jetzt gern in den kühlen Gebirgsabend hinaustreten.

Er ist Arzt für den Gebirgsabschnitt der Grand Trunk Pacific, wo wegen der erwarteten Zunahme des Überlandverkehrs eine zweite Trasse angelegt wird. Im Herbst wird Byrne nach London zurückkehren und ein anderer Arzt seine Aufgaben übernehmen.

Das Feldlazarett, in dem er lebt und arbeitet, ist ein riesiges Zelt aus Leinwand, auf dessen Dach ein rotes Kreuz gemalt ist und das je nach Fortschreiten der Bautätigkeit aufgestellt und wieder abgebaut wird. Seine spartanische Behausung besteht aus einer abgeteilten und mit einem Sichtschutz versehenen Ecke des Zeltes.

Auf der Strecke ereignen sich viele Unfälle. Bei unvorhersehbaren Widrigkeiten, zum Beispiel Kriechsand entlang der Flussauen, der alle paar Tage denselben Streckenabschnitt unter sich begräbt, arbeiten die Männer bis zur Erschöpfung. Ruhr und andere Krankheiten sind in den überfüllten, unhygienischen Lagern an der Tagesordnung. Byrne hat ständig alle Hände voll zu tun.

Bei seinen seltenen Besuchen im Chalet oder in der Stadt jedoch sieht er sich von den Bequemlichkeiten des zwanzigsten Jahrhunderts umgeben. Als Trasks Ehrengast ist er in einem gemütlichen Zimmer mit Kamin und fließendem Wasser untergebracht. Die Eingangshalle ist mit Lampen aus Austernmuscheln und mit Palmen bestückt. Wenn er wollte, könnte er sich in der Lounge an einen Eichenschreibtisch setzen und im wohligen Schein des Lichtkegels Briefe nach England schreiben.

3

»Ich würde gern mehr darüber erfahren«, meint Pater Buckler, »wie es in der Gletscherspalte war.«

»Kalt«, erwidert Byrne. Alle lachen. Byrne zögert, sucht nach Worten. Frank Trask beugt sich in seinem Sessel vor, stürzt sich förmlich auf das ungewollte Schweigen.

»Das stimmt. Kalt. Aber um das zu spüren brauchte man sich nicht unbedingt in eine Gletscherspalte hineinfallen zu lassen. Das ganze Tal war unwirtlich.«

Die Expedition von 1898 war die erste, die Trask als Bergführer begleitet hatte.

Sie waren von Banff aufgebrochen um sich auf die Suche nach Collies Schatz zu begeben und dabei hatte Trask den seinen gefunden: ein wildes Tal, das nur auf einen findigen jungen Mann wartete um die in ihm verborgenen Möglichkeiten preiszugeben.

Nun ist er Mitbesitzer des Chalets und des dazugehörigen wunderbaren Gewächshauses, das eine halbe Tagesreise mit dem Zug von der immer größer werdenden Stadt Jasper entfernt liegt. Er war es, der die Eisenbahnmagnaten davon überzeugt hatte, eine Zweiglinie aus dem breiten Athabasca-Tal in diese abgelegene und kältere Bergregion zu bauen.

Im Augenblick aber trägt er die Verantwortung

dafür, dass die Linie des Gesprächs reibungslos verläuft, und wie damals die Trageponys führt er es an den Tod bringenden Abgründen und anderen Schwierigkeiten souverän vorbei.

»Kalt und trostlos. Ich kam mit sechzehn aus dem Westen hierher, aus Bruce County, Ontario, den Kopf voller verrückter Ideen. Schon in Banff gab es nicht viel, aber hier, das war weniger als nichts. Was auch immer ich brauchte, musste ich mir eigenhändig machen. Und jetzt? Sehen Sie sich hier doch bloß mal um. Ich habe da so eine Theorie. Man kann den Fortschritt einer Siedlung daran messen, um wie viel weniger Hunde jedes Jahr in den Straßen herumstreunen.«

Er lässt sich schwer in die Behaglichkeit seines samtbezogenen Sessels zurückfallen und schwenkt dabei mit einer schwungvollen Geste seine Zigarette.

»Und all das in nur zehn Jahren. Sicherlich stimmt mir Doktor Byrne zu, dass hier eine Veränderung zum Besseren stattgefunden hat.«

Byrne lächelt und nippt an seinem Tee.

Trask nimmt die bewundernden Blicke zur Kenntnis, die sich auf den Doktor richten. Denjenigen, die sich mit den lieblichen Wiesen um das Chalet herum begnügen und keinen Schritt weiter wagen, muss er wie eine romantische Gestalt erscheinen. Elspeth jedenfalls scheint ihn zu mögen. Reserviert, kultiviert, ein Gentleman. Und doch war er bei einer gefährlichen Expedition jener Gletscherspalte in die Falle gegangen. Man könnte daraus, sinniert Trask, eine profitable Attraktion machen. Der Mann, der in den Klauen des eisigen Todes gefangen war. Die eisigen Klauen des Todes wäre vielleicht besser. Trask überlegt, ob Byrne sich überreden ließe Wandertouren auf dem Gletscher zu führen. *Es könnte funktionieren. Wenn er nur nicht so ein halsstarriger Esel wäre.*

4

»Vom Arcturus-Gipfel aus muss man ja einen fantastischen Blick auf das Eisfeld haben.«

Beim Klang dieser Stimme blickt Byrne auf. Freya Becker, die Reiseschriftstellerin.

»Diesen Sommer werde ich ihn in Angriff nehmen«, fährt sie fort. »Wie wäre es mit einem Teehaus dort oben, Mr. Trask?«

Byrne mustert sie. Die berüchtigte Miss Becker. Die kanadischen Zeitungen nehmen sie wegen ihrer einsamen Attacken auf die männliche Bastion des Bergsteigens aufs Korn. Er hatte schon von ihr gehört, bevor sie nach Jasper kam, und sie sich ganz anders vorgestellt. Nicht als eine so schlanke, sonnengebräunte junge Frau, die unruhig auf ihrem Stuhl hin- und herrutscht.

»Für ein heißes Getränk auf dem Gipfel würde man Ihnen bestimmt jeden Preis zahlen, den Sie verlangen.«

»Ist eine Überlegung wert«, erwidert Trask ohne sie anzusehen. »Je zivilisierter, desto besser.«

Neben Freya Becker sitzt Hal Rawson, der junge Dichter, der für Trask als Wanderführer arbeitet. Er hat den ganzen Nachmittag noch kein Wort gesagt. Als Byrne seinen Blick auffängt, sieht er rasch weg.

5

»Vom Arcturus aus sah Collie zum ersten Mal das Eisfeld«, erzählt Byrne. »Und ihm zufolge, nun ja, war der Blick in der Tat großartig.«

Byrne ist sich darüber im Klaren, dass er als eine Art Sondereinlage für die Leute eingeladen wurde, die die Siedlergemeinschaft von Jasper bilden. Er ist der Engländer. Trask erwartet von ihm, dass er gewisse Qualitäten an den Tag legt, an denen es hier im fernen Westen des Dominion angeblich mangelt: edle Gesinnung, Schicklichkeit und eine kühle Reserviertheit, etwas gemildert durch Anflüge urbanen Esprits. Er hat reichlich Übung in dieser Rolle und an diesem Nachmittag fällt sie ihm besonders leicht.

Er ist sich auch der Gegenwart Elspeth Fletchers bewusst, der Gastgeberin. Der Tatsache, dass ihre Blicke sich jedes Mal zufällig begegnen, wenn er in ihre Richtung schaut.

6

Dieser Garten unter Glas ist ihr Werk.

In der Mitte des Gewächshauses blubbert ein Teich aus Felsen mit einem Springbrunnen. Das Wasser wird aus den heißen Quellen hereingepumpt.

Feuchte Luft erfüllt den Raum wie eine wogende grüne Flüssigkeit. Byrne beobachtet, wie die anderen Männer an ihren Krägen nesteln, und fragt sich, wie Elspeth in dieser Hitze so makellos, gelassen und unberührt bleiben kann.

Es ist das erste Mal, dass Byrne in das Gewächshaus kommt. Die winzigen einheimischen Blumen fallen ihm wieder ein, die er während der Expedition gesammelt hatte, das Gefährdetsein ihrer Existenz. Dieser Garten hier, abgeschirmt von den Gletscherwinden, beherbergt riesige, kraftstrotzende Pflanzen aus Europa, Indien und von den Pazifischen Inseln. *Camellia fictilia* gleich neben Hyazinthen. Die Mühe, die Kosten, die eine solche Zurschaustellung vermutlich mit sich bringt, versetzen ihn in Erstaunen.

»Dieses Gebiet hatte schon eine Menge Namen«, erklärt Trask, »aber Jasper ist der, der ihm geblieben ist.«

Er beugt sich erneut vor, schnippt Zigarettenasche auf den Steinboden des Gewächshauses und wirft dann einen besorgten Blick in Elspeths Richtung. Er grinst und zwinkert ihr ostentativ zu.

»Ganz hier in der Nähe befand sich eine alte Métis-Siedlung namens Jasper. Während des Pelzhandels hieß sie Snow House beziehungsweise Arcturus House, aber einige Ureinwohner nannten sie Jasper. Als man dann den Yellowhead-Pass für die Eisenbahntrasse über die Wasserscheide auserkor, musste der Ort in den unteren Teil des Athabasca-Tals verlegt werden. Dort ist es natürlich breiter, sodass die Eisenbahn nicht solche Steigungen überwinden muss, und auch nicht so tierisch kalt. Wir nannten den Ort eine Zeit lang Fitzhugh, zu Ehren eines der Eisenbahnmogule. Als es noch nicht mehr als eine Zeltstadt war.«

»Jasper«, wirft Elspeth ein. »Ich habe mich schon öfter gefragt, woher der Name wohl kommt.«

Trask zuckt die Achseln.

»Die Händler und die Indianer haben die Siedlung so genannt. Aber warum, weiß ich auch nicht. Sara, die Frau, die damals für uns auf Doktor Byrne Acht gegeben hat, war schon vor Christi Zeiten hier – entschuldigen Sie, Pater –, sie könnte es vielleicht wissen. Aber ich würde das, was sie erzählt, nicht unbedingt für das Evangelium halten.«

»Warum nicht?«, mischt sich Freya Becker ein.

»Nun, Miss Becker«, erwidert Trask bedächtig, »das sollten Sie lieber den Doktor fragen.«

»Gut, dann tue ich das. Doktor Byrne?«

Byrne blickt auf, erstaunt über die fragenden Gesichter.

»Entschuldigen Sie. Tut mir Leid. Ich habe gerade die Blumen bewundert.«

Trask stöhnt auf.

»Sie trauern immer noch um Ihre verlorenen Schätze, nehme ich an. Das ist nun der Dank.«

»Ich hatte die ganze Zeit diese Samen und Zwiebeln dabei, aber ich wollte damals nicht, dass Sie es erfahren. Es soll kein Vorwurf sein, aber Ihre Trageponys haben ihr Gepäck gern an den Bäumen entlanggescheuert. Ich hoffte bei der Überquerung der Wasserscheide ein paar Pflanzen mitnehmen zu können, die es nur in British Columbia gibt.«

»Sie waren also nicht nur der Arzt der Expedition«, meint Pater Buckler, »sondern auch der Botaniker?«

»Nicht offiziell. Aber das Leben im Lager wurde mir mit der Zeit zu eintönig.«

»Fegefeuer hat man es mal genannt«, wirft Trask ein.

»Ja. Damit hatte ich nicht gerechnet. In den ersten Tagen fand ich dieses Lagerleben sehr romantisch. Und dann begann ich eines Nachts von meinem Federbett zu Hause zu träumen. Und nach einer Weile waren unsere Lieblingsrestaurants das einzige Gesprächsthema am Lagerfeuer. Pflanzen zu sammeln hielt meinen Geist in Schwung.«

Elspeth steht auf und gießt Tee nach.

»Ich glaube, Miss Becker wollte mehr über Sara erfahren.«

Byrne lächelt. Er wird ihnen von Sara erzählen. Aber er wird ihnen nicht alles sagen.

7

Die Gäste trinken ihren Tee, essen mit Gurken und Orangenscheiben garnierte Sandwiches. Trask gibt Berglegenden und Bärengeschichten zum Besten. Die Gesellschaft zieht sich bis zum Abend hin.

Byrne nippt an seiner Teetasse. Der Tee ist inzwischen kalt geworden.

Mit einem unübertrefflichen Gespür für den passenden Augenblick steht Elspeth auf und bittet ihre Gäste ihr über den Steinweg zum hinteren Tor zu folgen. Sie schreiten durch einen Tunnel aus dichtem Laub.

Elspeth dreht den Schlüssel der schmalen Holztür um und stößt sie auf. Eisige Luft strömt in das Gewächshaus und bringt den Schweißfilm auf Byrnes Haut so rasch zum Verschwinden wie Desinfektionsalkohol.

»Wie wunderbar«, sagt Freya Becker und streckt die Arme aus. »Ja.«

Das Gewächshaus füllt sich mit einem milchigen, leuchtenden Nebel. Die Gäste betrachten sich gegenseitig und sehen, wie ihre Gesichter blass und fahl werden. Kühle Tröpfchen kondensieren wie kalter Schweiß auf Gesichtern und Armen. Über ihnen bilden sich kleine Federn aus Schnee, tänzeln herab auf ihre Köpfe und auf die Blätter der tropischen Pflanzen.

Als alle draußen sind, schließt Elspeth rasch die Tür hinter ihnen.

»Die Blumen mögen das nicht so gern wie wir.«

Die kühle Luft und der würzige Geruch von Kiefern und Fichten belebten das Gespräch wieder. Und während sie so am hinteren Tor stehen und sich unterhalten, scheinen im Zwielicht die Berge um sie herum näher zu rücken. Auf dem dunklen Felsen leuchten die vereinzelten Schneeflächen wie Phosphor.

Hal Rawson schreitet am weitesten in die Dunkelheit hinaus. Dann dreht er sich um und betrachtet mit unergründlicher Miene die anderen durch die Arabesken seines Zigarettenrauchs.

Trask runzelt bei seinem Anblick die Stirn und räuspert sich.

»Nun, Doktor, ich nehme an, Sie sind auch deshalb nach Jasper zurückgekehrt, um die Gletscher zu studieren.«

»Richtig.«

Trask schüttelt den Kopf.

»Sie sind ganz schön hartnäckig, Byrne, das muss ich schon sagen. Aber ich fürchte, wenn Sie diesmal verschluckt werden, bin ich nicht zur Stelle um Sie zu retten. Also machen Sie bitte keinen Unsinn.«

Plötzlich ertönt Rawsons Stimme aus dem Dunkel:
»Die Gletscher kriechen wie Schlangen, die ihrer Beute auflauern.«

Die Gäste sehen sich an. Wieder verlegenes Schweigen. Elspeth setzt zum Sprechen an, schürzt dann die Lippen.

»Shelley, glaube ich«, sagt Byrne um die Situation zu retten – für Rawson oder Miss Fletcher. Oder für beide.

»Aus seinem Gedicht *Mont Blanc*. Ist schon komisch: Shelley wusste offenbar bereits 1816, dass fast ganz Europa einst von Gletschern bedeckt war. In diesem Gedicht imaginiert er eine Eiszeit – ein Gedanke, über den sich die Wissenschaft noch dreißig Jahre lang mokieren sollte.«

Rawson schnippt seine Zigarette weg. Anscheinend gibt es nicht mehr dazu zu sagen. Elspeth wendet sich um und lächelt Byrne zu.

»Faszinierend sich das vorzustellen. Ich meine die Tatsache, dass ein Gletscher wandert, und zwar so langsam, dass man es nicht sieht.«

Byrne hebt seine Tasse mit kaltem Tee und gießt ein wenig davon in die Untertasse.

»Stellen Sie sich vor, dass diese Untertasse bis zum Rand gefüllt ist und dann überschwappt. Bei einem Gletscher ist das genauso: Eis, das sich über Jahrtausende in einer großen Untertasse aus Felsen gesammelt hat und dann überfließt. Es schwappt über, so könnte man sagen, wo immer eine Lücke zwischen den umgebenden Gipfeln dies ermöglicht.«

Byrne neigt die Untertasse und unüberhörbar fallen ein paar Tropfen auf die Pflastersteine. Trask stößt hustend eine Wolke Zigarrenrauch aus und Freya lacht. Mit nunmehr nüchterner Stimme fährt Byrne fort:

»Vor elftausend Jahren, so schätzt man, war dieses ganze Tal von Eis bedeckt.«

Elspeth mustert Byrne, während er spricht. Er ist zehn Jahre älter als sie, sieht aber viel älter aus, vom Wetter gegerbt. Er wirkt distanziert, reserviert. Einen Augenblick lang verspürt sie den Wunsch sein Gesicht zu berühren und stellt sich vor, es wäre kalt und abweisend wie Marmor.

Nach über zehn Jahren ist er in die Berge zurückgekehrt. Dorthin, wo er beinahe ums Leben gekommen wäre.

Sie möchte wissen, warum.

8

Am nächsten Morgen verlässt Byrne das Chalet auf einer kastanienbraunen Stute aus Trasks Stall und reitet am Bach entlang. Er folgt den Windungen eines wellenförmigen Wallbergs zu der alten Siedlung, obwohl er weiß, dass er sie verlassen vorfinden wird.

»Die Siedler wurden vor vier Jahren von dort vertrieben«, erzählte Trask ihm, während er ihm in den Sattel half. »Als man den Nationalpark einrichtete. Nun ja, die meisten bekamen eine Entschädigung oder kostenloses Land weiter oben im Norden. Es lief also nicht ganz so skrupellos ab, wie Sie jetzt vielleicht denken. Sie sind nicht mit Gewehren verjagt worden.«

Nur diejenigen, die innerhalb der Reservatsgrenzen einer genehmigten Tätigkeit nachgingen, Bergführer und Trailsucher wie Trask, durften bleiben.

»Swift ist auch noch hier«, sagte Trask. »Niemand kann den von seinem Land vertreiben. Ein erstklassiges Grundstück. Ich wünschte, ich hätte es vor ihm entdeckt.«

9

Bei der alten Siedlung angekommen, erkennt Byrne erst, wie weit der Arcturus-Gletscher sich schon zurückgezogen hat und wie weit die Bäume, Gräser und Blumen in das karge Tal vorgedrungen sind. Was ihm merkwürdig vorkommt und nur auf einer Gedächtnisschwäche beruhen kann, ist, dass die Hütten selbst viel weiter vom Flussufer entfernt liegen, als er es in Erinnerung hat. Sie ducken sich unter einer Gruppe dunkler Bäume, als ob auch sie mit dem Eis zurückgewichen wären.

Der Handelsposten ist nicht mehr da. Dessen ist er sich sicher. An keiner der verbliebenen verfallenen Hütten ist noch etwas von dem vergitterten Säulengang zu erkennen, von den schmalen Fenstern, die er nicht vergessen hat. Er steigt vom Pferd, bindet die Stute fest und betritt eine Hütte, die keine Tür mehr hat.

Sie ist leer, durch die Ritzen in dem eingefallenen Dach fallen Lichtstreifen auf die dunklen Holzplanken. Durch das Fenster wächst eine Weide in den Raum.

Laut spricht er in die Stille hinein, was er ihr hätte sagen wollen.

»Haben Sie noch mehr Geschichten zu erzählen?«

Byrne folgt dem Lauf des Arcturus-Baches zur Geröllebene. Dort steigt er erneut ab und führt das Pferd am Zügel. Der flache Streifen aus Sand, Geröll und ineinander verflochtenen Wasserläufen hat sich während der Jahre seiner Abwesenheit weiter ausgedehnt und ist von Moränen zerteilt, den gewundenen Außenrändern des Endgeschiebes, die den konzentrischen Wällen einer alten keltischen Festung gleichen. Jedes Mal, wenn Byrne sich auf eine Moräne hochgearbeitet hat, kommt ihm die Entfernung zum Gletscher größer vor, als er sie sich vorgestellt hatte.

Vor zwölf Jahren, als die Expedition hier ihr Lager aufschlug, war die Gletscherstirn eine hohe Wand geborstener Eisspitzen, die einen breiten Höhleneingang umgaben. Damals fand er, er gleiche einem riesigen Marmorfuß, dem einzigen Überrest eines in Vergessenheit geratenen Kolosses. Und jetzt befindet sich hier nur mehr eine runde Senke, deren Rand in einem Wall aus nassem Schlamm und Felsen verborgen ist – das Geröll, das der zurückweichende Gletscher freigelegt hat.

Vielleicht passt diese Landschaft besser zu dem neuen rationalen Jahrhundert.

Am Abend kehrt er zu der alten Siedlung zurück und schlägt neben der Hütte, die er zuvor betreten hatte, sein Lager auf. Die Nacht bricht unvermittelt herein und der Kopf der Stute, die an ein Krummholzgezweig gebunden ist, erscheint vor den mondbeschienenen Wolken als schwarze Silhouette.

Byrne erhebt sich von dem erlöschenden Feuer und kriecht in die Hütte.

10

Meine Lieben,

sicher habt ihr euch schon gefragt, warum ich so lange nicht geschrieben habe, und nun, da die Post wieder befördert wird, kann ich euch den Grund nennen. Es gab hier eine Überschwemmung.

Offenbar hat sich flussabwärts ein Damm aus losem Eis gebildet und da die Frühjahrsschmelze bereits eingesetzt hatte, strömten große Wassermengen von den Gletschern herunter. Als ich am ersten Morgen der Überschwemmung aufwachte, sah ich Enten über einen Fluss paddeln, wo einst die Straße hinter dem Chalet verlief. Ich hörte auch von einem Schwarzbären, der durch das ansteigende Wasser von seinem Futterplatz vertrieben worden sein und auf dem Dach von Mr. Trasks Haus Zuflucht gesucht haben soll. Für die nächsten drei Tage war dieser Erdenwinkel nur noch mit einem Wort zu beschreiben: Matsch.

Als der Damm brach, tanzten Schollen aus blauem Eis den angeschwollenen Fluss herunter, tauchten unter und kamen wieder an die Oberfläche wie schillernde Delphine. Bäume wurden von den zerbröckelnden Uferbänken gefegt. Weiter unten im Tal, in Jasper, gab der Boden nach und Türen ließen sich nicht mehr schließen. Auf dem Friedhof sanken die Grabsteine in die schwammige Erde. Die Särge ragten hervor wie die Bugs sinkender Schiffe.

Die anglikanische Kirche, ein massiver Holzbau, brach in der ersten Flutnacht zusammen. Am nächsten Morgen fanden die Bewohner der Stadt einen Heiligen, der, den Sockel fest in einer Kiesbank verankert, aufrecht im Fluss stand. Die Holzstatue schwankte in der reißenden Strömung und auf ihrem ausgestreckten, nussbraunen Arm saßen Vögel.

Vor zwei Tagen hat es geschneit und gestern, als ich bei den Aufräumarbeiten half, habe ich einen leichten Sonnenbrand abbekommen. Es ist trotzdem wunderbar, sich wieder mehr draußen aufhalten zu können, selbst bei diesem verrückten Wetter.

Ich muss nun schließen. Der Morgen beginnt sehr früh und ich habe einen arbeitsreichen Tag vor mir. Alles Liebe. Eure euch liebende Tochter

Elspeth

II

Am Morgen nach dem geselligen Beisammensein im Gewächshaus sitzt sie im vorderen Salon des Chalets und schlürft aus einer hauchdünnen Porzellantasse heißen Earl-Grey-Tee.

Durch das Fenster kann sie gerade noch eine Seilschaft erkennen, die sich gegen das Schneetreiben den Gletscher hinaufkämpft. Fünf winzige, aneinander gedrängte Gestalten, die langsam den Hang hinaufkriechen. Die Bergsteiger aus Zermatt.

Elspeth bläst auf den dampfenden Tee, nippt daran, hebt den Kopf und lauscht.

Durch das Heulen des Windes hindurch hört sie in der Ferne das Donnern und Bersten einer Lawine. Das dünne Fensterglas klirrt. Sie blickt hinaus. Es dauert eine Weile, bis sie die Quelle ausfindig gemacht hat, eine schmale weiße Feder, die über einen dunklen Riss des Mount Arcturus herunterschwebt. Die Lawine ist weit oben auf dem Berg und die Bergsteiger sind nicht in Gefahr, doch sie stehen reglos da und sehen zu, wie die Kaskade aus Schnee und Eis über einen Felsvorsprung kracht.

Aus der Entfernung wirkt das alles so anmutig und zart, als ob es mit dem Donnern, das durch das Tal rollt, nichts zu tun hätte. Gestern im Gewächshaus hatte Byrne ihr erklärt, in diesen pulverigen Schleiern hielten sich oft Eisbrocken von der Größe eines Eisenbahnwaggons verborgen.

Elspeth nippt noch einmal an ihrem Tee und genießt den bitteren Geschmack der Zitrone.

12

1910 kam sie von Inverness hierher, wo sie einen Tee- und Gebäckladen geführt hatte. Eine in Kanada lebende Tante hatte Trask während einer Zugexkursion durch die Rockys kennen gelernt. Im Speisewagen hatte Trask ständig von seinem neuen »Gletscher«-Chalet und der Schwierigkeit gesprochen gutes Personal dafür zu finden. Die Tante erwähnte ihre Nichte. Eine kluge junge Frau, fleißig und gewissenhaft, vernünftig und absolut zuverlässig.

Trask schrieb daraufhin einen Brief an Elspeth, in dem er ihr Fragen stellte wie *Rauchen Sie?*, *Wie groß sind Sie?* und *Welche Haarfarbe haben Sie?*

Elspeth war dreiundzwanzig Jahre alt. Sie war unverheiratet. Dies versprach ein Abenteuer zu werden.

Sie beantwortete alles wahrheitsgemäß bis auf die Frage, ob sie rauche. Und anstatt ihm mitzuteilen, dass sie rothaarig sei, was möglicherweise ein hitziges Temperament nahe legte, schrieb sie *kastanienbraun*.

Als sie an jenem ersten Tag aus dem Zug stieg, wurde sie von einem von Trasks Männern abgeholt. Er sprach kaum ein Wort, ja, er schien nicht einmal gewillt sie anzusehen. Später erfuhr sie, dass er schwer an seinem Glück trug, auserwählt worden zu sein die *junge Dame* abzuholen.

Die ältere Frau, die mit ihr im Abteil gesessen hatte und nach Victoria weiterfuhr, kam während des kurzen Aufenthalts heraus um ein Foto von ihr zu machen.

»Ich möchte Sie mit dem jungen Gentleman zusammen aufnehmen, vor dem Zug.«

Elspeth und ihr Begleiter waren gezwungen einen Schritt vom Bahnsteig zurückzutreten und während Elspeth der Frau zusah, wie sie mit ihrer Kamera hantierte, stand sie in einem Schneehaufen. Sofort waren die Filzschuhe, die sie im Zug getragen hatte, durchweicht. Obwohl ihre Füße vor Kälte pochten, lächelte sie für das Foto.

13

Für heute hat sie alles erledigt, dennoch ist ihr Geist hellwach wie ein Falke und hält ihren erlahmten Körper in seinen Klauen aufrecht. Sie besteht fast nur noch aus Gedanken. Körperlos wie das Licht. Zu dieser Abendstunde pflegt sie zu der heißen Quelle zu gehen um allein zu sein, um diese nervöse Energie, die von dem Arbeitstag übrig geblieben ist, abzustreifen. Aber heute Abend ist außer ihr noch das Bergsteigerteam aus der Schweiz da. Die Männer kamen spät vom Gletscher zurück, zitternd, nass und hungrig.

Die Bergsteiger feiern im Schwimmbecken, planschen herum und erwidern das Jaulen der Kojoten, die aus der dunklen Hügelkette oberhalb des Chalets herunterheulen. Hier drinnen, geschützt vor der Kälte und der Dunkelheit, sind sie ausgelassen vor Freude über die Segnungen der Zivilisation. Fließend warmes Wasser, Wein und Käse und die Vorfreude auf ein warmes Federbett.

Als Elspeth auf die Promenade hinaustritt, entdeckt sie in der Dunkelheit einen winzigen Lichtschimmer. Eine Laterne. Da draußen, auf dem Pfad zum Gletscher, muss noch jemand sein. Der Erste, der ihr einfällt, ist Hal Rawson.

Elspeth geht weiter, die Stufen der Promenade hinunter über den von weiß getünchten Steinen gesäumten Kiesweg, der zum Bach führt. Dann zündet sie sich eine Zigarette an. Dies ist der einzige Ort – und die einzige Zeit –, da sie ungestört rauchen kann.

Sie geht weiter, zu der Holzbrücke über den Bach. Auf der anderen Seite mündet der breite, steingesäumte Weg in einen holprigen, unbefestigten Pfad, der sich in den Wald hineinschlängelt. Hier, am Ende des gepflasterten Weges, haben zahllose Spaziergänger ihre Fußabdrücke in dem weichen Boden hinterlassen. Der zarte Abdruck eines modischen Damenschuhs – und die Tatze eines Grislis.

Elspeth geht zur Mitte der Brücke. Sie lehnt sich an das Geländer, raucht und schaut hinunter in das dunkle Wasser. An manchen Abenden begegnet sie hier Menschen, häufig Paaren, die dies als den idealen Platz für ein intimes Stelldichein entdeckt haben.

Aber heute ist es kalt und die Brücke liegt verlassen da. Elspeth raucht zu Ende und schnippt den Zigarettenstummel über das Geländer. Manchmal kann sie trotz des rauschenden Stroms ein kurzes Zischen hören, wenn die Glut im Wasser erlischt.

Das Licht, das sie auf der Promenade gesehen hat, ist inzwischen näher gekommen. Flackernd tanzt es zwischen den Bäumen am Ende des Weges auf und ab. Sie hört das Klappern von Pferdehufen auf Stein und dann taucht vor ihr ein Mann auf, der eine Laterne über seinem Kopf hält. Zuerst sieht sie nur eine Hand, die Silhouette eines Hutes und dahinter die dunkle Masse des am Zügel geführten Pferdes. Die Hand mit der Laterne senkt sich und sie erkennt Byrnes Gesicht. Er wirkt entsetzt sie hier zu treffen.

14

Am nächsten Morgen findet Elspeth einen Umschlag von Byrne, den er für sie am Empfang des Chalets hinterlegt hat. Sie reißt ihn auf. Eine kleine Karteikarte steckt drin.

*Miss Fletcher,
ich hoffte Sie heute zu sehen, aber ich bin zu einem Unfall an der Strecke gerufen worden.*

Ned Byrne

Sie dreht die Karte um. Nichts weiter.
Ich hoffte Sie heute zu sehen.

15

An dem Morgen, an dem Byrne die Nachricht für Elspeth hinterlegte, wurde er auf einer Draisine zur Baustelle gefahren. Es hatte eine unbeabsichtigte Sprengstoffexplosion gegeben. Einer der Männer, so berichtete ihm der Vorarbeiter, war von einem durch die Luft schnellenden Bolzen durchbohrt und an den Felsen genagelt worden.

Der Verletzte stand aufrecht, als ob er sich an dem Felsen ausruhte, während sich seine Kollegen in einem Halbkreis um ihn versammelt hatten. Er flüsterte etwas, sein rechter Arm war ausgestreckt und die Finger der durchbohrten Hand öffneten und schlossen sich um den Nagel. Bei der Untersuchung entdeckte Byrne, dass auch sein Unterleib zerschmettert war, vermutlich durch einen Felsbrocken.

Als Byrne die Bauchwunde begutachtete, öffnete der Mann die Augen. Dann schrie er kurz auf – ein rauer, qualvoller Schrei – und wurde ohnmächtig.

Es gab kein Morphium. Byrne verabreichte ihm Kaliumbromid zur Beruhigung und beschloss, es sei das Beste, das Ende abzuwarten und ihn erst dann von der Wand abzunehmen.

Gegen Abend kam der Mann wieder zu sich. Ein Arbeiter aus dem Bautrupp hatte aus Blaupapier ein behelfsmäßiges Kreuz ausgeschnitten und hielt es dem Verletzten vors Gesicht, der es anstarrte und dabei lautlos die Lippen bewegte.

Die Wache bei dem Sterbenden zog sich bis in die Nacht hin. Nachdem sich die anderen nach und nach zurückgezogen hatten, blieb nur noch der Mann bei Byrne, der das Kreuz aus Blaupapier gehalten hatte. Er streichelte dem Verwundeten den Kopf und wenn dieser in Augenblicken des Bewusstseins etwas sagte, antwortete er ihm leise. Das Gespräch der beiden ging immer wieder ins Italienische über, eine Sprache, die Byrne nicht verstand, obwohl er ein paar bekannte Wörter aufschnappte. *Maria. Acqua. Madre.* Schließlich wurde ihm klar, dass die beiden Brüder waren.

In der Morgendämmerung wurde Byrne durch den dröhnenden Herzschlag eines Riesen geweckt. Er hob den Kopf von der Segeltuchrolle, auf der er immer wieder eingenickt war. Der Bautrupp war wieder bei der Arbeit und hämmerte die Schienen fest.

Der Bruder des Verletzten beugte sich über Byrne, streckte die Hand aus und half ihm auf. Byrne nahm das Vergrößerungsglas aus seiner Tasche und hielt es vor den Mund des Mannes. Es beschlug nicht.

Als die Bauleute den Doktor sahen, unterbrachen sie ihre Arbeit und kamen zu ihm herüber. Er überließ den Leichnam ihrer Obhut und ging mit steifen Gliedern am Gleis entlang zu dem Zeltdorf am See. Hier und da glitzerte die Wasseroberfläche von den durchbrechenden Sonnenstrahlen. Wolkenschatten glitten über die weißen Dünen. Ein wunderschöner Morgen.

Im leeren Kantinenzelt fand Byrne Kaffee und ein übrig gebliebenes Brötchen. Er aß rasch und schrieb dann seinen Bericht. Später kam der Streckenvorarbeiter herein, setzte sich neben Byrne und begann zu erzählen.

Früher hatte er beim Bau der Eisenbahnstrecke in die kolumbianischen Goldfelder mitgeholfen. Dort wurden die Züge häufig von Banditen angegriffen. Die mit Gold beladenen Waggons mussten mit Stahlplatten bewehrt und von bewaffneten Männern geschützt werden. Aber dann geschah es immer öfter, dass die überladenen Züge, ja selbst die Schienen, im Sumpf versanken.

»Hier«, sagte der Vorarbeiter, »gibt es nichts. Kein Gold, weder im Fels noch in den Flüssen. Nur Gras und Wind. Wozu dann eine Eisenbahn?«

Draußen ertönte der Schrei eines Habichts. Die beiden Männer schauten an der im Wind flatternden Zelttür vorbei auf den hellen Keil der sonnenbeschienenen Dünen.

16

Während Byrne auf der Draisine in die Stadt zurückfuhr, hielt er die Erzählung des Vorarbeiters in seinem Notizbuch fest:

Es geschah vor einigen Jahren, weit unten im Süden

auf dem Kicking Horse Pass, am Schienenkopf der Canadian-Pacific-Linie.

Der Trupp des Vorarbeiters fand, der Swan-Gletscher erinnere an eine Frau in wehenden Röcken. Sie gaben ihr den Spitznamen Anastasia und rissen Witze darüber, wie viel Mumm man wohl brauche um ihre eisige Unnahbarkeit zum Schmelzen zu bringen. Eines Abends betrachtete der Vorarbeiter die frostige Jungfrau durch das Fenster seiner Hütte. Wie Mondlicht drang sie in seinen Schlafraum ein, glitt zu seinem Schlaflager hinunter, flüsterte ihm leise etwas zu und küsste ihn mit eiskalten Lippen.

Am Morgen entdeckte der Bautrupp, dass in unmittelbarer Nähe der Schlafbaracke die Gleise über eine Strecke von zweihundert Metern unter der wandernden Zunge des Swan-Gletschers verschüttet waren.

Sie fanden den Vorarbeiter zitternd und ohne Decken auf dem Boden seiner Hütte liegend. Er hatte sich eine Lungenentzündung zugezogen und verbrachte eine Woche fiebernd und wirres Zeug redend im Bett.

»Ich brabbelte etwas von grünen Feldern«, erzählte der Vorarbeiter. »Und wohl auch von der Hure Babylon.«

Um das Eis schneller zum Schmelzen zu bringen hielten die Streckenarbeiter zwei Wochen lang Feuer in Gang, bis schließlich die Gleise wieder zum Vorschein kamen. Sie schaufelten Berge von Schlamm beiseite und entdeckten dabei, dass ein Teil der Schienen aus dem Schotterbett gerissen worden war und die beiden Stahlgleise ineinander verschlungen waren wie sich paarende Schlangen.

17

Zwei Tage später kehrt Byrne von der Baustelle zurück und unternimmt mit Elspeth einen Ausflug zur Geröllebene. Wolken verhüllen die Gipfel und ein kalter Nebel umfängt sie. Byrne zuckt die Achseln.

»Leider kann ich das Wetter nicht vorhersagen.«

»Ich bin damit aufgewachsen«, erwidert sie. »So etwa sieht in Schottland ein Sonnenbad aus.«

»Neulich im Gewächshaus haben Sie gefragt, woher wohl der Name der Stadt kommt. Darüber wollte ich vorgestern mit Ihnen sprechen, aber leider wurde ich dann zu dem Unfall gerufen.«

»Ja?«

»Warden Langford führt den Namen auf einen der ersten Pelzhändler namens Jasper Hawes zurück. Aber ich glaube, Jasper stammt möglicherweise von dem französischen Ausdruck *j'espère*: Ich hoffe.«

»Wieso glauben Sie das?«

»Einer der ersten Landvermesser schrieb es in seinem Tagebuch, das später veröffentlicht wurde, *Jespare*. Welche lokale Bedeutung dieser Ausdruck hat, weiß ich allerdings nicht. Aber auf einer alten Landkarte ist das Gebiet hier als *Despair* verzeichnet, was vielleicht eine weitere Verballhornung des ursprünglich französischen Ausdrucks ist.«

»Also wenn ich das nächste Mal danach gefragt werde, werde ich eine Antwort parat haben.«

Vor ihnen taucht eine Fichte auf. Klar und deutlich ragen die Äste aus dem Nebel heraus. In der verschleierten Landschaft wirkt der grüne Baum wie das einzige Lebewesen in einer Gespensterwelt.

Unter dem Schutz der Äste trinken sie gemeinsam Kaffee aus Elspeths Thermosflasche. Byrne hält sich den Metallbecher mit beiden Händen nah vor den Mund. Schon lange ist er nicht mehr mit einer Frau allein gewesen. Noch dazu mit einer ihm fast völlig fremden. Wenn Elspeth nicht hinsieht, mustert er ihren nackten, schlanken Hals, ihr Haar, das sorgfältig unter dem Strohhut verborgen wurde, die kleine blasse Falte, die sich an ihrem Mund bildet, wenn sie lacht, vielleicht die Narbe einer Wunde aus der Kinderzeit.

»Frank hat mir gesagt, Sie wären der Letzte, den er hier in Jasper wieder zu sehen erwartet hätte.«

»Das hatte ich auch gedacht.«

18

Eingemummelt auf Swifts Karren sitzend hatte er sich, während er mit Collies Expedition nach Edmonton weiterzog, geschworen nie mehr hierher zurückzukehren. Und als dann die rußgeschwärzten Bögen der Victoria Station aus dem grauen Londoner Nieselregen vor ihm auftauchten, war er sich dessen ganz gewiss. Sein Zuhause war hier.

Niemand erwartete ihn auf dem Bahnhof; so hatte er es auch geplant. Er hatte zwar seinem Vater und Martha aus dem Krankenhaus in Edmonton geschrieben, hatte seine Ankunftszeit jedoch bewusst vage gehalten. Auf diese Weise würde er, zumindest eine Zeit lang, unbehelligt bleiben von Fragen nach und Sorgen um seine Gesundheit. Er hatte das Gefühl, er müsse allein und schweigend eine unsichtbare Grenze überschreiten um wieder in jene Welt eintauchen zu können, die er nur fünf Monate zuvor verlassen hatte.

Als er seine Wohnung betrat, entfachte er als Erstes mit den Resten im Kohleneimer ein Feuer im Kamin. Er stand in seinem Überzieher bei der Tür und wartete darauf, dass die Wärme den Raum wieder zu dem seinen machte.

19

Er berichtet Elspeth von seiner Entdeckung, dass durch das Gelände rund um das Chalet eine Moräne mit einem Eiskern verläuft.

»Es war etwa eine Woche nach meiner Ankunft. Frank nahm mich mit hierher um mir sein Werk zu zeigen und ich erkannte auf den ersten Blick, dass es Schwierigkeiten geben würde.«

Zuerst sagte er Trask nichts davon. Der beklagte sich nur darüber, dass die Brunneneimer oft voller Schneematsch waren.

Byrne war längere Zeit damit beschäftigt, eine detaillierte Reliefkarte zu studieren, und schließlich schrieb er der Eisenbahngesellschaft einen Brief.

Unter einem Teil der Eisenbahntrasse und entlang des Chaletgeländes verläuft eine alte Gletschermoräne. Diese Moräne birgt in ihrem Kern noch glaziales Eis, das von Felsgestein umschlossen wurde und nie geschmolzen ist. Ich empfehle Ihnen einen anderen Ort für das vorgesehene Heißwasserbecken zu wählen, da die gegenwärtig vorgesehene Stelle der Gefahr der Destabilisierung ausgesetzt ist.

Als Trask von dieser Empfehlung des Doktors hörte, wurde er wütend.

»Das ist eine verdammt unglaubliche Geschichte, Byrne.«

»Aber die Wahrheit.«

Trask beugte sich über das Geländer des Chalets und spuckte aus.

»So wahr wie die Geschichten dieser Frau. Ja, ich habe sie auch mitbekommen: ›Mein Vater war ein Maharadscha und meine Mutter eine Snake.‹ Himmelherrgott noch mal!«

Byrne starrte Trask an.

»Ist doch wahr, Doktor. Ich sage Ihnen, das war alles völliger Quatsch. Ich will Ihnen mal meine Version erzählen: Sie war ein vaterloses Balg und trieb sich am Handelsposten herum und irgend so ein Dummkopf war blöd genug ihr das Lesen beizubringen. *Geschichten aus Tausendundeiner Nacht* und die *Artussage*, daher stammt ihre Lebensgeschichte.«

Die Eisenbahngesellschaft schickte ihre eigenen Geologen, die Byrnes Beobachtung bestätigten. Die Bahnlinie musste auf einem Abschnitt von einigen hundert Metern um ein kleines Stück verschoben werden und das Heißwasserbecken wurde weiter oben auf dem Hügel hinter dem Chalet ausgehoben. Als Trask eines Tages den Doktor in der Stadt traf, flüsterte er ihm zu:

»Keine weiteren eisigen Überraschungen mehr, wenn ich bitten darf.«

20

Während sie zusammen unter der Fichte sitzen, lichtet sich der Nebel und löst sich schließlich auf. Gespenstische Regenwolken ziehen über den aufklarenden Himmel. Sonnenstrahlen tauchen die entfernten Hänge des Tals in Licht. Elspeth und Byrne sitzen noch immer im kühlen Schatten der Bergwand.

»Auf eins kann man sich hier immer verlassen«, meint Byrne. »Das wechselhafte Wetter.«

Ein Rabe flattert über ihren Köpfen auf und steigt krächzend gen Himmel. Langsam schwingt er von einer Seite zur anderen, bis die Windströmung seine Flügel zu tragen beginnt und er eine sanfte Schleife zieht. Kurz bevor seine dunkle Gestalt in der Ferne unsichtbar wird, sehen sie, wie er nach links abdreht, fort von der sonnenbeschienenen, bewaldeten Talseite. Vor dem gleißend hellen Schnee zeichnet sich der schwarze Schemen noch einmal deutlich ab und gleitet dann in ein Gletscherkar hinunter.

»Warum er wohl die Schattenseite wählt?«, sinniert Elspeth.

»Er ist ein Aasfresser«, erklärt Byrne. »Einer, der es sich leicht macht. Im Schnee sind verendete Tiere besser zu erkennen. Und außerdem häufiger zu finden, kann ich mir vorstellen.«

»Wieder ein Leckerbissen, den ich meinen Gästen vorsetzen kann.«

»Klingt ja so, als würden Sie eine Menge seltsamer Fragen gestellt bekommen.«

»Ja, aber es macht mir nichts aus. Ich unterhalte mich gern mit den Leuten. Mit den meisten jedenfalls. Diejenigen, die sich nicht dazu herablassen mögen, das Wort an mich zu richten, bringen mich viel mehr in Rage.«

Sie lächelt.

»Ein oder zwei Mal hätte ich mir beinahe selbst alles verdorben. Da war so ein alter Kerl, der sich jede erdenkliche Mühe gab mich zu übersehen. Er schlug immer mit seinem Löffel gegen die Untertasse und führte sein tief schürfendes Gespräch mit seiner Gattin fort, während ich ihm Tee eingoss. Und als ich wagte ihm eine Frage zu stellen, starrte er an mir vorbei und ließ seine Frau an seiner Stelle antworten. Das brachte mich zunächst völlig aus der Fassung, aber nach einer Weile fand ich es nur noch komisch. Wenn ich plötzlich bewusstlos zu Boden gesunken wäre, wäre er bestimmt wortlos über mich hinweggestiegen. Ich war nahe daran, es auszuprobieren nur um zu sehen, was er tun würde.«

»Dann hoffe ich für Sie, dass mein Vater nicht zu Besuch kommt. Das klingt mir sehr nach ihm, obwohl er so etwas nicht bewusst tut. Er ist mit seinen Gedanken ständig bei seiner Arbeit und nimmt den Rest der menschlichen Spezies überhaupt nicht zur Kenntnis. Der Mann ist jetzt beinahe siebzig und hat gerade mit der Arbeit an einem neuen Lehrbuch begonnen. *Die Grundlagen der Geburtshilfe.*«

»Er ist also auch Arzt.«

»Ja, obwohl er mittlerweile fast nur noch Vorlesungen hält und schreibt. Kate, seine Frau, hat mir erzählt, er habe während der Endphase seines letzten Buches zwei Wochen lang in seinem Arbeitszimmer gegessen und geschlafen.«

»Sie muss ein Ausbund an Geduld sein.«

»Das ist sie. Auch mir gegenüber, in den ersten Jahren. Ich fürchte, ich habe ihr damals das Leben schwer gemacht. Aber sie hat nie ein Wort darüber verloren. Und jetzt schreibe ich immer an sie, wenn ich einen Brief nach Hause schicke und eine Antwort bekommen will. Wenn ich an meinen Vater schreibe, landet der Brief in einem Stapel auf dem Boden.«

»Und was halten sie davon, dass Sie wieder nach Jasper zurückgekehrt sind um hier zu arbeiten?«

»Danach habe ich sie nie gefragt.«

Byrne blinzelt in das Sonnenlicht.

»Wir treten lieber den Rückweg an, solange das gute Wetter anhält.«

21

Byrne heuert einen von Trasks Führern an, der ihm helfen soll Vorräte zum Arcturus-Gletscher zu befördern. Es ist Hal Rawson, der Trasks Gäste mit seinem Shelleyzitat verblüfft hatte.

Die beiden reiten los, mit einem Lastenpony im Schlepptau, das mit der Ausrüstung des Doktors bepackt ist. Rawson baut das Lager auf, kocht und kümmert sich um die Pferde, während Byrne den Tag auf dem Eis verbringt.

Abends kehrt Byrne erschöpft und sonnenverbrannt ins Lager zurück. Schweigend sitzt er unter der aufgehängten Laterne, in seine Zeichnungen und Notizen vertieft.

»Möchten Sie etwas essen, Doktor?«

Überrascht sieht Byrne zu Hal auf, der ihm einen Teller mit Hammeleintopf vor die Nase hält. Er hatte ganz vergessen, dass er nicht allein war.

»Ein ziemlich profanes Geschäft für einen Mann der Literatur, was Sie hier treiben«, meint Byrne.

»Oder für einen Mann der Medizin«, erwidert Rawson errötend. Dann schluckt er einen Bissen von dem Essen hinunter und verzieht das Gesicht.

»Der Eintopf ist auch ziemlich profan. Ich bitte um Entschuldigung.«

Sie lachen zusammen.

»Also ganz im Ernst«, sagt Rawson, »ich hatte mir diesen Ort etwas anders vorgestellt.«

22

Es war an einem kühlen Maiabend gewesen, als Hal Rawson dem Zug entstieg und zum ersten Mal den Bahnhof von Jasper betrat. Man hatte ihm telegrafiert, er solle auf eine Kutsche vom Chalet warten.

Einige wenige Touristen, eingehüllt in Überzieher, liefen herum oder standen mit den Füßen stampfend vor dem Ofen. Sie unterhielten sich mit gedämpfter, schwacher Stimme. Eine Wartehalle voller Fremder. Rawson suchte sich einen Platz auf einer Bank und holte ein Buch mit schimmerndem neuem Ledereinband aus seinem Koffer. Expeditionsberichte von Collie und Stutfield. Ein Abschiedsgeschenk seines Vaters.

Ein kleiner Junge in Matrosenjacke, der eine Arche Noah unter den Arm geklemmt hatte, lief quer durch den Raum und stolperte über Rawsons Füße.

Ein kunterbuntes Durcheinander von Spielzeugtieren prasselte zu Boden. Rawson fing eine der kleinen Figuren auf, einen weißen Vogel, und gab sie dem Jungen, der bereits auf den Knien lag und seine Menagerie wieder einsammelte. Eine junge Frau in einem riesigen Pelzmantel führte den Jungen zu seinem Platz zurück. Irgendetwas in dem lächelnden, verheißungsvollen Blick, den sie Rawson dabei zuwarf, veranlasste ihn rasch wieder in sein Buch zu schauen.

Kutschen fuhren vor und trugen die Touristen zu Kaminen und warmen Betten davon. Der Klang der Geschirrglocken, das Trappeln der Hufe auf dem festen Schnee verhallte in der Ferne. Bald saßen nur noch zwei Menschen in der Bahnhofshalle. Rawson und, ihm gegenüber, ein alter Mann. Der Stationsvorsteher, an seine Taschenuhr gekettet, beäugte die beiden misstrauisch.

Aus dem Nebenraum drang das aufgeregte Tickern des Telegrafen herüber. Schläfrig fragte sich Rawson, ob der Empfänger in den körperlosen Punkten und Strichen die Empfindungen des Absenders würde nachfühlen können.

Der Alte sagte etwas, aber Rawson verstand seine Sprache nicht. Lächelnd hielt er eine Flasche in die Höhe. Mit griechischer Aufschrift. Retsina. Rawson lehnte kopfschüttelnd ab. Der Alte verzog das Gesicht, eine groteske Grimasse des Bedauerns. Dann nahm er einen Schluck und wischte sich den Mund am Ärmel ab.

Der Stationsvorsteher räusperte sich und deutete mit einer strengen Kopfbewegung zum Eingang. Der Alte seufzte, steckte die Flasche in die Manteltasche und stand auf. Er lächelte Rawson zu, legte die Hände hinter die Ohren und ließ sie wie Flügel flattern, während er zur Tür hinausschlurfte.

23

Am nächsten Morgen traf Rawson seinen neuen Arbeitgeber Frank Trask im Büro des Chalets. An der Wand hing eine gerahmte Fotografie, die Rawson schon einmal gesehen zu haben glaubte, in einem Buch über den Opiumkrieg in China. Sie zeigte drei verurteilte Schmuggler, die geköpft worden waren, kurz bevor die Aufnahme entstand. Der Scharfrichter stand völlig ungerührt neben ihnen und prüfte seine Klinge. Drei Köpfe mit verzerrten Gesichtern wie Masken aus einer Tragödie lagen nebeneinander vor den Körpern im Gras. Unter dem Bild in fetten Buchstaben die Mahnung: **Verlieren Sie nicht den Kopf.**

Trask überwachte die Tragtierkolonnen nicht mehr persönlich. Heute aber erschien er in alten Stiefeln, Arbeitshose und Wildlederjacke um den neuen Mann zu begrüßen. Er schritt über den Hof, während Rawson ihm vorsichtig folgte, den Häufchen und Pfützen auszuweichen suchte.

»Ich werden Ihnen den ganzen Laden zeigen, die Schlafräume, die Ställe, den Pferch. Ach, und natürlich auch das, wonach alle zuerst fragen. Das Scheißhaus, wie wir es liebevoll nennen. Die Sanitäranlagen drinnen sind leider den Gästen vorbehalten.«

Hals erster Tag endete mit einer Lektion über die geheime Wissenschaft des Diamantknotens.

»Das ist ja wohl eher ein gordischer Knoten, mein Junge. Hier, ich zeige es Ihnen.«

Trask hatte so seine Zweifel, was Rawson betraf. Die beiden letzten Jahre hatte der junge Mann in England gelebt. Und im vergangenen Jahr hatte er im Alter von einundzwanzig einen Gedichtband veröffentlicht, *Öd und leer ist das Meer*. Trask hatte das Buch zwar nicht gelesen, doch angeblich hatte es sowohl in Kanada als auch jenseits des Atlantiks ein gewisses Aufsehen erregt. Trotzdem hatte dieser ätherische Typ irgendwo leidlich das Reiten und das Schießen mit einem Gewehr gelernt und wenn er seine schreckliche Schüchternheit ablegte, könnte er durchaus die Damen in seinen Bann ziehen. Was ihm an Kenntnissen über Bergführung und Tragtiere fehlte, konnten ihm der junge O'Hagan und die anderen Bergführer beibringen.

Bis jetzt machten sie jedenfalls einen Bogen um ihn und hatten ihren Spaß daran.

»Vor ein paar Jahren habe ich einen Dichter auf eine Tour mitgenommen«, erzählte Trask Hal am ersten Tag. »Eigentlich war er nicht nur Dichter, sondern auch Maler, wie er behauptete. Sein Gott sei die Natur, erklärte er mir. Das werden wir erst mal sehen, dachte ich. Als wir dann am ersten Abend unser Lager aufschlugen, nahm er einen Stock, grub einen kleinen Graben um sein Zelt und pinkelte hinein. Wozu dieser heilige Kreis?, fragte ich ihn. Und er meinte allen Ernstes, das würde die Bären fern halten. Darauf habe ich zu ihm gesagt, es sei ein seltenes Vergnügen, einem gottesfürchtigen Mann zu begegnen.«

24

Während Rawson unten im Lager wartet, klettert Byrne auf den Gletscher. Er bleibt stehen um sich an einen Findling zu lehnen, der mitten im Eis liegt, bläst sich auf die kalten Finger und schreibt in sein Notizbuch:

Es kann kaum ein Zweifel darüber bestehen, dass der Gletscher gegenwärtig zurückweicht. Die Gletscherstirn besteht aus einer bogenförmigen, simsartigen Lippe mit lang gezogenen Furchen, die das schmelzende Eis hinterlassen hat. Die Neigung der Vorderkante pendelt zwischen 20 und 30 Grad und diese Bandbreite weist ebenfalls auf den instabilen Zustand des Gletschers hin. Der nächste logische Schritt wird sein die Fließgeschwindigkeit so genau wie möglich zu bestimmen und zu ermitteln um wie viel der Gletscher im Jahresdurchschnitt zurückweicht.

Collies Bericht an die Geographical Society, peinlich genau wie der Mann selbst, nannte als Ort von Byrnes Unfall den Fuß des ersten Gletscherbruchs. Ein paar Meter abseits einer großen Felskuppel, einem *nunatak*, wie die Inuit solche Markierungspunkte nannten, die einsam in der Eiswüste aufragen. Collie konnte sich noch erinnern, dass der Nunatak den äußersten Punkt markierte, den die Expedition bis zu Byrnes Missgeschick erreicht hatte. Seine dunklen buckligen Umrisse sind vom Chalet aus zu erkennen.

In Europa nennt man sie rognons, Knollen, doch die Bezeichnung, die die Ureinwohner ihm gegeben haben, erscheint mir wegen des schroffen Klangs des Wortes treffender.

Der Nunatak ist riesig. Als Byrne ihn umkreist, findet er in einer Felsspalte einen blassgrünen Stofffetzen. An dem Tag, als er in die Gletscherspalte fiel, hatte er ein grünes Halstuch getragen. Collie nahm es ihm später ab, als er ihn untersuchte.

Er nimmt den Nunatak als Orientierungspunkt und marschiert ein paar Schritte über die Gletscheroberfläche. Bei seinem Sturz damals war das blaue Eis blank und mit Schmelzwasser überzogen. Jetzt liegt ein Hauch frischen Schnees darüber, der jedoch nicht ausreicht um etwaige Spalten zu verbergen. Soweit er erkennen kann, sind keine zu sehen und er muss sich eingestehen, wie dumm es ist, danach zu suchen. Die Spalte, in die er damals fiel, ist zweifellos schon längst durch den wandernden Gletscher wieder versiegelt worden.

25

Byrne erreicht den Fuß des ersten Gletscherbruchs. Hier geht es nicht weiter, er muss klettern.

Der Glasberg.

Er holt die erst kürzlich erstandene Ausrüstung aus seinem Rucksack, streift die Haken über seine Stiefel. Dann tritt er aus dem Sonnenlicht in den kalten Halbschatten des Gletscherbruchs.

Die Spitze seines Eispickels gräbt sich durch die brüchige Oberfläche in die darunter liegenden härteren Schichten. Er rammt die Steigeisen in das Eis, hievt sich nach oben. Jede Bewegung wird sorgfältig bedacht und sei sie noch so gering. Die Dolchtechnik.

Den Pickel hineinschlagen, den Stiefel, dann langsam und systematisch hinaufkriechen wie eine Spinne. Tief einatmen, langsam ausatmen.

Von oben springt eine Eisplatte ab, prallt an seinem Ärmel ab und schneidet ihm direkt unterhalb des Auges in die Wange. Hinter ihm stürzt ein größerer Brocken in die Tiefe. Er presst sich an die Wand, hält den Atem an, lauscht.

Stille.

26

Nach einer Stunde steht die Sonne hoch, klettert mit ihm mit, wird ihm nun zum Feind. Das Eis gibt nach, streift seine brüchige Haut ab und verflüssigt sich. Er klettert in einem entstehenden Wasserfall.

Das Atmen wird zunehmend mühselig. Seine Arme ermüden viel zu schnell, Nacken und Schultern sind steif vor Schmerz. Das gebrochene Schlüsselbein, das nicht richtig verheilt ist, hat ihn im Stich gelassen. Ein plötzlicher Schwächeanfall, ein Augenblick nachlassender Konzentration in diesem senkrechten Fluss wäre tödlich.

Er legt die Stirn ans Eis, schließt die Augen. Selbst wenn er es bis zum Ende dieser Wand schaffen sollte, bleibt oben noch ein Marsch von über drei Kilometern bis zum Fuß des oberen Gletscherbruchs. Die eigentliche terra incognita. Und erst jenseits dieses Hindernisses wird er endlich das Firnfeld erreichen.

Ebenso gut könnte es der Mond sein.

Am späten Nachmittag schleppt er sich ins Lager

und kauert sich vor das Feuer, während Rawson ihre Ausrüstung zusammenpackt.

27

Byrne liegt ausgestreckt auf einer Bahre im Lazarettzelt, eine Wärmflasche gegen die Schulter gepresst, quer über dem Gesicht ein feuchter Wundverband. Im Saloonzelt klimpert ein Klavier schräge Ragtimemelodien. Gelächter. Das Aneinanderstoßen von Gläsern. Am anderen Ende des großen Zeltes, hinter einer weißen Schirmwand, erbricht sich jemand geräuschvoll. Der Krankenpfleger stellt ein Tablett neben ihn. Rinderbrühe in einer Schnabeltasse. Byrne setzt sich auf, zieht die Mullbinde ab.

»Mehr konnte ich nicht auftreiben, Doktor.«

Byrne nickt, nimmt die Tasse. Der Krankenpfleger deutet mit einer Kopfbewegung zum anderen Zeltende.

»Der Koch hat den ganzen Tag in einer Saufbude verbracht. Das ist die Strafe dafür, dass er Sie in ihrer Ruhe gestört hat.«

Byrne lässt sich wieder in das Kissen sinken. Glieder und Gesicht pochen und strahlen Hitze ab. In der kalten Dämmerung hat sein Körper die Erinnerung an die Sonne aufbewahrt.

Die sanften Hänge des unteren Gletschers werden das äußerste Ende der ihm bekannten Welt bleiben. Er wird das Firnfeld nie zu Gesicht bekommen, nie aus dem dunklen Wirrwarr des Gerölls in die Sphäre des brennenden, ewigen Lichts treten.

28

FRANK TRASKS GEFÜHRTE WANDERTOUREN

Zu den Bergwiesen und dem Arcturus-Gletscher. Aufbruch Punkt 7.15 Uhr, Treffpunkt ist die Eingangshalle des Chalets. Erfahrene Bergsteiger werden Sie begleiten und alle Ihre Fragen beantworten. Bitte erkundigen Sie sich vorher bei der Hotelleitung nach der passenden Kleidung. Sonstige Ausrüstung und Mittagessen werden gestellt.

»Wir führen Sie hinauf über die Wolken, geben Ihnen Gelegenheit, einmal einen echten Gletscher anzufassen – und das zu einem sehr annehmbaren Preis.«

Trask schnippt mit den Fingern. Er ist ausgelassen und beschwingt. Mit dem heutigen Morgenzug ist das neue Porzellan eingetroffen. Gerade rechtzeitig zu dem lang erwarteten Besuch von Sibelius, dem wichtigsten Geldgeber für die Eisenbahnlinie. Als die Kisten aufgestemmt werden, tänzelt Trask auf Zehenspitzen hinter den Trägern her und verzieht den Mund zu einem glückseligen Lächeln. Im selben Ton, mit dem er sonst Pferde besänftigt, mahnt er die Männer zur Vorsicht: *sachte, aufpassen bei diesem Stück, vorsichtig, ja so ist es gut.* Eine Ansammlung schimmernder Waschbecken und -tische kommt in der kühlen Luft zum Vorschein.

Ehrfürchtig fährt er mit den Händen über das kalte Porzellan, als ob es der Inbegriff aller Kultur wäre.

Eine weitere Kiste wird abgeladen und aufgestemmt um den Inhalt zu inspizieren. Sie ist voller Glasflaschen. Auch diese Idee wird nun Wirklichkeit werden, und sie wird, so hofft Trask, Sibelius zeigen, mit welchem Geschick er die zur Verfügung stehenden Ressourcen auszuschöpfen weiß.

Jaspers reines
GLETSCHER-WASSER
handgeschöpft aus den
Eishöhlen
im Herzen des
ARCTURUS-GLETSCHERS
in den kanadischen Rockys
»Wasser aus dem ewigen Eis frisch auf den Tisch«

(erhältlich als stilles Wasser oder mit Kohlensäure versetzt)

Mit der Fertigstellung der Eisenbahn, dem Bau der Zweiglinie und dem Chalet mehrte sich Trasks Reichtum. Im Gebirgsabschnitt der Grand Trunk war er zum wichtigsten Ausrüster und Transporteur geworden. *Die fetteste Kröte im Sumpf,* wie er zu sagen pflegte.

Doch eines ärgerte ihn schrecklich. Sibelius, der Mann, dessen Repräsentant er eigentlich war, hatte sich bisher noch nicht blicken lassen. Trask hoffte ihn mit seinen Plänen und Vorhaben für weitere Verbesserungen zu beeindrucken und schließlich nahm er allen Mut zusammen und schickte dem Eisenbahnbaron ein Telegramm, in dem er ihn nach Jasper einlud. Nach langem Warten kam endlich die Antwort: *Ich werde alle Ihre Vorschläge berücksichtigen, Mr. Trask, aber ich ziehe das geschriebene Wort vor. Es gestikuliert nicht. Bringen Sie alles zu Papier, bevor ich mich zu Ihnen begebe.*

29

»Die Eisenbahn«, meint Trask, »hat diesen Ort der Eiszeit entrissen. Wenn ich heute in den Osten reise, werde ich nicht mehr ständig gefragt: *Jasper, wo zum Teufel liegt denn Jasper?*«

Ein paar Leute aus dem Ort kommen sich vor wie Dornröschen, weil sie aus einem eisigen Schlaf in der warmen Umarmung des zwanzigsten Jahrhunderts erwachten.

Transportzüge mit Stoffen und Gewürzen aus Asien flitzen durch das Tal und beschwören die Gerüche des Orients herauf. Elektrische Lampen erhellen die Hauptstraße, die zugegebenermaßen noch immer nicht gepflastert ist, doch bald werden hier Damen mit Sonnenschirmen und Herren in weißen Anzügen flanieren.

Die Tage, da halbwilde Kerle – angeblich – mit Grisli-Bären rangen, sind im Schein dieser elektrischen Straßenlaternen dahingeschwunden. Und in diesem neuen Zeitalter, komme was will, trachten Frauen danach, sich auf Gebieten zu beweisen, die einst Männern vorbehalten waren. Zum Beispiel das Bergsteigen.

»Da war vor einigen Jahren diese Mary Schaeffer,

eine Amerikanerin, die behauptete den Maligne Lake entdeckt zu haben. Nun, ich weiß sicher, dass einer meiner Jungs, der sie führte, einen Berg erklomm und ihn zuerst sah. Und jetzt diese berühmte Miss Freya Becker. *Freya*. Welch ein Name für eine Christin!«

Trask redet zu viel und er weiß es. Dies ist seine erste Begegnung von Angesicht zu Angesicht mit Sibelius und er ist nervös. Er schwitzt und platzt vor lauter Angst mit allem heraus, was ihm gerade in den Sinn kommt. Elspeth, die am anderen Ende des langen Esstisches sitzt, scheint sich über sein Unbehagen zu amüsieren. Und Hal Rawson sagt wie immer nichts.

Sibelius, endlich gekommen um die Stadt seiner Visionen zu besichtigen, sitzt Trask gegenüber und streicht sich schweigend über den kurz geschnittenen Bart. Trask ist überrascht, wie klein und unscheinbar der Mann wirkt. Wenn Sibelius der vierschrötige, auf Zigarren herumkauende Kapitalist wäre, den er sich vorgestellt hat, würde der Abend lockerer verlaufen. Dann wüsste er, was er sagen sollte, und müsste nicht diese krampfhaften Versuche unternehmen das Schweigen mit Worten zu füllen wie ein Heizer, der Kohlen in die Feuerkiste der Lok schaufelt um die Maschine wieder in Gang zu kriegen.

»Jedenfalls«, fährt Trask fort, »ist Miss Becker allem Anschein nach eine Anhängerin der Sappho, wenn Sie verstehen, was ich meine. Vielleicht kann man sie ja gar nicht zu den Vertreterinnen des schwachen Geschlechts zählen.«

Sibelius runzelt die Stirn. Dann trifft es Trask wie ein Schlag in den Magen: Sibelius und Freyas Vater waren Geschäftsfreunde gewesen.

»Über die privaten Angelegenheiten von Miss Becker«, sagt Sibelius schließlich, »wird in meiner Gegenwart nicht weiter gesprochen.«

»Ähm, ich meine, ich habe nur den Klatsch wiedergegeben, der an Orten wie diesem, wo die Leute sich nicht besonders gut kennen, förmlich aus dem Boden schießt.«

»Das reicht, Mr. Trask. Nun möchte ich, dass Sie mir die Stadt zeigen, die wir erbaut haben.«

30

Auf der Karte seines Büros in Montreal war die Stelle, an der Anton Sibelius die Stadt vorgesehen hatte, mit einem roten X gekennzeichnet. Eine Eisenbahnlinie und eine Stadt in den Bergen als Konkurrenz und Triumph über die Canadian Pacific, die das Gebiet südlich davon beherrschte.

Als junger Angestellter der Hudson's Bay Company hatte er einmal im Hauptquartier, in Fort Garry, ein Gemälde gesehen: sanfte grüne Hügel um einen stillen See. Friedliche Eingeborene lagern im Schatten riesiger Bäume. Und weit hinten in der Ferne ein Berggipfel, schwerelos, majestätisch, von dem sich in Schlangenlinien ein fragiler Gletscher herabwindet. In der hellen Morgensonne schimmern die Rinnen und Spitzen aus Eis wie eine himmlische Stadt.

Eine Stadt inmitten von Eis.

Züge, die die Kohle, diese schwarzen Diamanten, in die nach Energie gierende Welt hinausbringen. Züge, die immer neue Abenteurer vor einem Hotel mit

Kuppeln und Türmchen ausspeien. Züge mit Kühlwagen voller Gletschereis, sodass reisende Honoratioren frischen Hummer verspeisen können, während sie Hunderte von Meilen vom Ozean entfernt durch die Prärie rasen.

31

Er sagt nichts, aber unverkennbar ist Sibelius über irgendetwas verärgert. Am Ende des Rundgangs kehrt er in seinen Privatwaggon zurück. Trask begleitet ihn. Schweigend fahren sie gen Westen, aus der Stadt hinaus.

Ein paar Meilen außerhalb, dort, wo die Strecke auf einer Bockbrücke über die Schlucht führt, ertönt ein warnender Pfiff. Trask forscht im fahlen Gesicht des Barons nach einer hochgezogenen Braue, einem leisen Zucken, irgendeiner Reaktion auf den plötzlichen, erschreckenden Anblick, bei dem vielen Passagieren der Atem stockt, sie sich die Augen zuhalten, ja sogar in Ohnmacht fallen.

Doch zu Trasks Entsetzen lässt Sibelius den Zug am anderen Ende der Brücke anhalten. Die Bremsen kreischen, im Speisewagen klappert das Besteck.

Der Baron steigt aus dem Zug und geht raschen Schritts zum Rand der Schlucht, zieht ein seidenes Taschentuch aus seiner Brusttasche um sich die schweißglänzende Stirn abzutupfen. Trask kraxelt hinter ihm her.

»Sehen Sie mal«, sagt Sibelius mit bebendem Flüstern und deutet auf eine verkrüppelte Kiefer, die der

Wind fast vollständig aus ihrer Verankerung am Rand der Schlucht gerissen hat. Knorrig beugt sich der Baum über den Abgrund wie eine gequälte Seele kurz vor dem tödlichen Sprung.

»Hässlich«, murmelt Sibelius mit einem Kopfschütteln. Dann beugt er sich hinunter, greift nach dem Stamm, rutscht mit den blank polierten schwarzen Halbschuhen auf dem nassen Gestein aus und gerät aus dem Gleichgewicht. Trask macht einen Satz nach vorn und packt ihn am Arm.

»Und gefährlich.«

32

Als Hal Rawson am Abend nach dem Empfang für Sibelius in die Schlafbaracken des Chalets zurückkehrt, zieht er als Erstes den schlecht sitzenden Anzug aus und schlüpft in Flanellhemd und Wollhose.

In der rechten Hand spürt er einen stechenden Schmerz. Er untersucht den hellroten Knoten, der sich neben dem Daumennagel gebildet hat. Während des ganzen Abends hat er sich unter der Tischdecke die Haut von den trockenen, schwieligen Fingern gerissen. Als ob er sich mit jedem Fetzen ein Stück von der Langeweile befreite.

Er zieht Housmans *Ein Junge aus Shropshire* aus dem Bücherstapel in seinem Seekoffer, schüttelt ein Kissen auf und streckt sich auf dem Bett aus.

Die grünen Ebenen Englands. Zwei Jahre hat er in London bei seinem Onkel gewohnt. Die Landschaft kaum beachtet. Er war zu sehr damit beschäftigt, das

Leben eines Schriftstellers zu führen – oder zumindest das, was er dafür hielt. Eines Bohemien. Wie in Panik war er herumgeirrt um literarische Berühmtheiten und Frauen kennen zu lernen und sie mit seinem tiefsinnigen poetischen Gehabe zu beeindrucken. Die meisten Leute hielten ihn für einen Engländer. Und es gab Zeiten, da fand er es nützlich oder einfach nur amüsant, den deklamatorischen Akzent der Dichter und Vortragenden nachzuahmen, die er sich häufig anhörte.

Wenn er allein ist, liest er gern laut und mimt dabei jene feierlichen, volltönenden Stimmen.

Schönster der Bäume die Kirsche ...

Erst jetzt nimmt er die Geräusche und Gerüche um sich wahr. Den scharfen Fichtenduft, Kerosin, den schwachen, aber eindrücklichen Geruch der Decken nach Rauch. Das Wiehern der Pferde im Pferch.

Er blickt an sich hinunter, betrachtet seine Kleidung. Ein Schauspieler in einer Wildwestshow.

33

Celeste, eines von Elspeths Zimmermädchen, hat sich in ihn verliebt.

Elspeth beobachtet sie. Sie ist weit weg von zu Hause. Nervös und vergesslich sei sie und des Nachts schreie sie oft, haben die anderen Mädchen ihr zugetragen. Man müsse sie immer wieder zurechtweisen, weil sie an den Fingernägeln kaut, ein unansehnlicher Anblick für die Gäste. Und jetzt sei sie auch noch verliebt.

Beim Picknick der Chalet-Bediensteten saß Hal neben Celeste am grünen, sanft abfallenden Ufer des Lac Beauvert und rezitierte Yeats, seinen Lieblingsdichter.

> *Sie bringt herein die Kerzen*
> *Und macht den Vorhang dicht,*
> *Scheu an der Schwelle*
> *Und scheu im Halblicht.*

> *Und scheu wie ein Wiesel*
> *Wie sie scheu mich bedient,*
> *Auf ein Eiland im Wasser*
> *Mit ihr möchte ich ziehn.*

Dann rief eine Frau nach Hal und sofort sprang er auf, wie eine Marionette. Celeste kannte die schlanke, flinke junge Frau mit den kurzen blonden Haaren nicht. Sie stürzte sich förmlich auf Hal und warf Celeste einen raschen, kalten Blick zu.

Hal zuckte hilflos die Achseln, während er sich von ihr wegführen ließ.

Jetzt sieht Celeste ihn nur noch aus der Ferne – und immer in Begleitung dieser fremden Frau. Freya Becker. Die skandalumwitterte Kletterlady hat man sie getauft oder das Weib in Männerhosen. Und was noch schlimmer ist: Sie ist älter als Hal. Das rotbackige Gesicht zeigt jetzt schon Falten von Wind und Sonne, doch ihre Augen sind wunderschön, von einem wässrigen Grün.

34

Diesen Sommer hat Freya eigens Rawson angefordert. *Im Unterschied zu Ihrer restlichen Mannschaft*, sagte sie grinsend zu Trask, *redet er wenigstens*. Rawson hilft ihr die Ausrüstung zusammenzustellen und Tragtiere auszuwählen.

Anfangs ist er entsetzt über ihre Art zu sprechen. Ihre Worte stoßen ihn in einen Raum, der ihm fremd ist, lassen ihn ins Trudeln geraten. Sie erzählt ihm Geschichten von ihren Reisen, Geschichten, die ihm unglaubwürdig erscheinen.

»Ich bin mir zwar nicht sicher, aber ich glaube, ich habe einen Mann getötet, an einem See bei Chodschand.«

»Chodschand? Wo ist denn das?«

»Eben. Eine Stadt nördlich des Hindukusch. Der alte Name war Alexandria, die Äußerste. Die Bewohner erzählen sich eine Legende über ihre Gründung.«

»Halten Sie sich nicht mit dieser Legende auf. Was war mit dem Mann?«

»Jemand war auf unser Hausboot geklettert. Er stand in der Kabinentür und wegen des Gazevorhangs konnte ich nicht erkennen, ob er eine Waffe trug. Mein Gastgeber sagte: Schieß. Ich tat es und der Mann verschwand. Ein paar Sekunden später hörten wir ein Aufplatschen. Das war ein Dieb, sagten die anderen, sie bringen die Leute um.«

»Dann haben Sie ja richtig gehandelt.«

»Das behaupteten jedenfalls alle. Ich weiß es nicht. Heute ärgere ich mich mehr über das, was nach meiner Rückkehr passierte. Ich schrieb einen Artikel für die Zeitung über Chodschand und der Chefredakteur redete auf mich ein diesen Teil der Geschichte wieder herauszunehmen. Ich gab nach.«

35

Er beobachtet die Bewegungen ihres Körpers unter der groben männlichen Verkleidung. Wenn sie am Sattelgurt zerrt oder sich die Tasche mit der Kletterausrüstung über die Schulter wirft. Wenn sich ihre Muskeln, gerade noch locker und geschmeidig wie Wasser, plötzlich anspannen. Ein entschlossener Körper. In ihm enthüllt sich die Wahrheit ihrer Geschichten.

Sie unternehmen vom Chalet aus eine Wanderung, am Jonah Creek entlang zur Tundra des Hochgebirges. Zu beiden Seiten des Weges sind die Felswände mit Gletscherkaren beladen. Sie durchschreiten eine Halle gefrorener Könige.

»So viel ungenutztes Licht«, meint Freya. »Und ich habe die Kamera nicht dabei.«

Auf einer weiten Grasfläche, an einem Nebenlauf des Baches, der halb verborgen durch den dicken Moosteppich plätschert, suchen sie sich einen Platz, wo sie ihr Lager aufschlagen können.

36

Sie wandern den ganzen Tag und kehren erst am Abend zum Lagerplatz zurück.

»Hunger?«

»Ich sterbe fast.«

Hal entfacht ein Feuer und packt seine Kochutensilien aus.

»Was steht auf dem Speiseplan?«

»Weißfisch, Reis, Gemüse aus der Dose. Und zum Nachtisch heiße Schokolade.«

Freya stellt ihr Zelt auf und kriecht hinein um die Kleider zu wechseln. Als sie mit einem olivgrünen Wollpullover und einem weißen Hosenrock bekleidet wieder herauskommt, starrt er sie erstaunt an.

»Was ist?«

»Entschuldigen Sie.«

Sie setzt sich ihm gegenüber ans Feuer.

»Vorgestern am See, war das Ihre Liebste?«

»Celeste? Nein.«

»Sie ist hübsch. Und wie sie mich angesehen hat. Ein Dolchstoß.«

»Ich hatte gerade ein Gedicht aufgesagt. Sie haben uns mitten in Yeats unterbrochen.«

»Ich schließe daraus, dass die Dichtung doch nicht ganz nutzlos ist.«

37

Nach dem Essen schüttelt Hal sein Zelt aus dem Leinensack.

»Das werden Sie nicht brauchen«, meint Freya.

Überrascht stellt er fest, dass ihm die Vorstellung mit ihr zu schlafen keinen Schrecken versetzt. Vielmehr erstaunt ihn ihre unerwartete Zärtlichkeit. Er ist schon beinahe eingeschlafen, da spürt er, wie sie mit ihren Fingern Buchstaben auf seinen Arm malt. *Ich liebe dich.*

»Unmöglich«, flüstert er. »Noch nicht.«

»Schreib es, dann wirst du schon sehen«, erwidert sie. »Auf meinen Körper.«

38

Am Morgen trödeln sie lange im Zelt herum.

»Wie wär's mit einem kurzen Sprung in den Bach?«

»Freya, das Wasser ist eisig kalt.«

»Ich gehe. Bis später.«

Sie kriecht aus dem Zelt. Er zögert, bis der Punkt gekommen ist, da es zu spät ist, ihr nachzulaufen, weil er sich vorkäme wie ein Hund, der seinem Herrn ergeben hinterherhechelt. Durch die offene Zeltklappe sieht er dem schlanken, blassen Körper nach, der sich über die grüne Wiese entfernt. Er lässt sich auf die Decken zurücksinken und schließt die Augen, hört ein Platschen und dann ihren Schrei.

»Huh!«

Sie lacht, ruft ihm etwas zu, doch der Wind trägt ihre Worte fort. Er liegt reglos da, das Sonnenlicht pulsiert rot auf seinen Augenlidern. Er stellt sich vor in einem Zelt am Rand einer Sandwüste zu liegen.

Dann kehrt sie zurück. Als ob die Sonne das Zelt beträte. Ihr Gesicht glüht. Doch als sie sich in seine Arme schmiegt, ist ihr Körper aus Eis.

»So, jetzt bin ich eisig kalt.«

Er beobachtet sie im Schlaf. Sie dreht sich um, Wasser tropft aus ihrem nassen Haar in die Mulde zwischen Hals und Schlüsselbein. Er berührt das Tröpfchen mit einem Finger und sie öffnet die Augen.

39

»Ich hatte Bedenken, als ich erfuhr, dass du Dichter bist.«
»Warum?«
»Erstens mache ich mir nicht viel aus Gedichten. Aber mehr noch hatte ich Angst, du würdest mich die ganze Nacht wach halten und über das Unendliche, das Unsagbare, die *Wahrheit* reden.«
»Sieht so deine Erfahrung mit Dichtern aus?«
»Ja. Dein Rezitieren im Gewächshaus war ein gutes Beispiel dafür.«
»Ich bin kein Dichter.«
»Und was ist mit deinem Buch?«
»Ich habe seit Monaten nichts mehr geschrieben. Als ich meine Worte gedruckt sah, wäre ich am liebsten davongelaufen und hätte mich versteckt. Vielleicht bin ich deshalb hier gelandet.«
»Was hat denn nicht gestimmt mit den Worten?«
»In einem Gedicht beschrieb ich eine Eidechse, die über einen Spiegel kriecht, aber es war nur ein Symbol. Ich kann mich nicht einmal mehr erinnern, wofür. Es war nur ein Gedanke, ich hatte es nicht wirklich gesehen. In anderen Gedichten gebrauchte ich Wörter wie *Laute* und *Armbrust*. Ich merkte, dass ich nichts, worüber ich geschrieben hatte, wirklich erlebt hatte. In keinem Gedicht steckte mein eigenes Leben, meine Erfahrung.«

»So geht es mir immer mit Worten, selbst wenn ich über das berichte, was wir gerne als Fakten bezeichnen. Ich denke dann: War es wirklich das, was ich gesehen, was ich empfunden habe? Aber ich gebe nicht auf, ich muss einfach versuchen die Dinge mit präzisen Worten festzunageln und manchmal habe ich das Gefühl, ich bin der Sache ein bisschen näher gekommen. Das ist dann die Belohnung. Das Gefühl zu haben, dieser Nagel sitzt und hält etwas fest.«

»Ich werde mir Mühe geben das Unendliche oder das Unaussprechliche nicht zu erwähnen.«

»Gut.«

»Und wenn doch, dann leg einfach die Hand hierhin. Oder hierhin. Dann sage ich kein Wort mehr.«

40

»Ich bin aus demselben Grund in Jasper«, erklärt Freya, »weshalb ich auch in Asien und Ägypten und Mexiko war.«

»Und der wäre?«

»Zu viele Väter.«

Als sie noch ein junges Mädchen war, stieß ihrem Vater etwas zu. Niemand erzählte ihr jemals, was genau das gewesen war, aber sie übte sich in Geduld, beobachtete und hörte zu. Und allmählich konnte sie sich aus den seltenen, aber bitteren Vorwürfen ihrer Mutter und dem in Whisky getränkten Gebrabbel ihres Vaters eine Geschichte zusammenreimen.

»Er war ein unverbesserlicher Ehebrecher, aber ich glaube, mit der Zeit wurde er einfach zu geschickt darin. Er musste sich ständig noch größere Herausforderungen suchen, noch schönere Trophäen erringen. Und dann begegnete er einer Frau, die es mit ihm aufnehmen konnte. Ich weiß nicht, wer sie war. Vielleicht war sie Griechin, ich bin mir nicht sicher. Aber ich wollte sie immer kennen lernen. Sie muss die Kreuzdame gewesen sein.«

Freya erinnert sich noch, dass er einmal sehr lange fort war, mindestens ein halbes Jahr. Ihren neunten Geburtstag musste sie ohne ihn feiern. Und dann sagten alle – ihre Mutter, ihre Onkel –, er wäre bald wieder bei ihnen. Aber sie zeigten keinerlei Aufregung wie sonst bei seiner Rückkehr, wenn sie geschäftig im Haus hin und her liefen wie in einem Bürogebäude und sich gegenseitig in den Fluren zuschrien, diese Sache oder jene Person müsse wieder ins alte Gleis zurückgebracht werden, jetzt, wo George nach Hause kam. Nein, diesmal rückten sie in dem großen leeren Esszimmer zusammen und flüsterten, so kam es Freya damals vor, wie aufgeschreckte Mäuse miteinander.

»Wenn ich an den Tag denke, als wir ihn vom Bahnhof abholten, sehe ich ihn immer aus verschiedenen Abteilen gleichzeitig aussteigen. Natürlich merkte ich es erst, als er wieder eine Weile zu Hause war: Er war gespalten, in einzelne Teile zerfallen. Es war schrecklich für mich und deshalb machte ich eine Art Spiel, einen Scherz daraus. Als ob er durch ein verrücktes Laborexperiment so geworden wäre und ich nun die verschiedenen George Beckers auseinander sortieren könnte. Meine erstaunliche Sammlung von Vätern.«

Als Erstes war da der Erdvater, der Rohling. Derjenige, der an schlechten Tagen kaum ohne Hilfe essen konnte. »Einmal brachte er mir eine Dose Plätzchen mit. Als er durch die Tür trat, merkte ich gleich, wen von meinen Vätern ich vor mir hatte. Also saß ich nur da und wusste nicht recht, was ich tun oder sagen sollte. Er wollte mit mir reden, aber ich starrte nur die Wand an. Dann fing er an mit den Plätzchen nach mir zu werfen, und zwar hart.«

Das tut weh, stimmt's, sagte er. *Gewöhn dich daran.*

Dann gab es die verschiedenen undurchsichtigen, flüchtigen Väter. Sie tauchten am Morgen plötzlich in ihren Hausmänteln auf, schlangen ein Frühstück hinunter und hörten nicht mehr auf von ihren neuesten großartigen Plänen zu reden. Einer von diesen George Beckers stand ständig unter Strom. Er las viel, aber die übrige Zeit wanderte er auf und ab, kaute an den Nägeln oder trommelte mit den Fingern gegen die Fensterscheibe, während er auf die Straße hinausstarrte. Ein anderer, der, mit dem ihre Mutter ins Bett stieg, war dünn und wie aus Papier. Eine Zeit lang gelang es all diesen Vätern, Freya weiszumachen, *er ist wieder da, das ist er, er ist wieder ganz.* Aber seine Pläne und Vorhaben zeitigten nur noch selten den Erfolg von einst und dann verschwanden diese fragwürdigen, schwankenden Väter rasch wieder im Nichts.

Der Vater, den Freya liebte, war der Wasservater.

»Er war blitzschnell und er konnte tanzen. Sein Lachen war für mich wie das Plätschern von Wasser. Ich liebte es, ihm etwas vorzutanzen, gab kleine Darbietungen meiner Kunst zum Besten. Ich konnte ihn zum Lachen bringen und spürte dann, wie das kühle Wasser sanft über mich perlte.

Einmal nahm er mich mit zu einem Volksfest und wir fuhren Riesenrad. Ich weiß noch, wie dämlich ich mir auf diesem Ding vorkam und mich wegen der billigen Täuschung schämte. Angeblich sollte es wie Fliegen sein, aber das Riesenrad drehte sich nur unablässig um sich selbst und bot immer wieder denselben Ausblick. Ein Zaun, mit Plakaten beklebt. Eine Mutter, die zu ihrem Kind hinaufwinkte. Der gelangweilte Bediener des Rades, der den Frauen auf die Beine starrte. Und wieder der Zaun, und die nächste Runde.

An diesem Tag wusste ich, dass ich fortmusste. Und ich machte kein Geheimnis daraus, zumindest nicht *ihm* gegenüber. Als ich siebzehn war, half er mir eine eigene Wohnung zu finden. Freyas erster Skandal – ein Schulmädchen, das allein lebt. Immerhin war das Montreal, nicht Paris. Aber ich musste mir eingestehen, dass ich ohne ihn wahrscheinlich etwas Sicheres, etwas typisch Weibliches gemacht hätte und mein Leben lang nicht mehr davon losgekommen wäre. Ich hasste mich dafür, dass ich auf George Beckers Geld und Einfluss angewiesen war. Deshalb hielt ich mich an dem Gedanken fest: *Er* war es, der Wasservater, er hat mir zu meiner Freiheit verholfen, nicht einer von den anderen Vätern.«

Mit den Jahren schrumpfte ihr Pantheon von Vätern immer mehr zusammen. Vielleicht, so dachte sie, töteten die stärkeren die schwachen. Sie glaubte immer, der Rohling würde am längsten leben, er schien unzerstörbar; aber der Einzige, der übrig blieb, war der, der aus Luft bestand.

»Er ist unsichtbar, aber manchmal spüre ich, wie er über mir schwebt, egal wie weit fort ich bin.«

41

Sie erzählt ihm auch von der Slowakin, die in der Wohnung neben ihr lebte.

»Sophie las damals gerade *Dracula* und sie bildete sich ein, ich sei ein Vampir. Als wir uns dann angefreundet hatten, mussten wir schrecklich über das Bild lachen, das sie von mir hatte. Dass ich mich den ganzen Tag in meinem Zimmer verkroch und nur abends auftauchte, bleich und zerrupft. Immer erkundigte ich mich nach den anderen im Haus, und das war für sie nur logisch, wenn ich auf der Suche nach möglichen Opfern war oder nach meinen Feinden Ausschau hielt. Der wichtigste Beweis aber war für Sophie, dass ich, wie sie sagte, eine schmerzverzerrte Miene aufsetzte, sobald sie Gott, die Kirche oder den Himmel auch nur erwähnte. Dann fand sie schließlich heraus, dass ich kein Vampir, sondern Schriftstellerin war.«

»Trask glaubt, dass du, hm, Frauen liebst.«

»Tatsächlich? Und was glaubst du?«

»Ich habe davon geträumt. Von dir und einer Frau. Euch beiden zusammen.«

»Wer war die Frau?«

»Das kann ich nicht sagen. Nicht im kalten Licht des Tages. Es würde nicht richtig herauskommen.«

»Das muss ja der Traum schlechthin gewesen sein! Kamst du auch drin vor?«

»Ich habe zugeschaut.«

»Das kann ich mir vorstellen.«

»Ich meine, ich habe einem Traum zugeschaut. Ich

träumte es. Es war auch ein Mann dabei, aber ich konnte nicht erkennen, wer es war.«

»Wer war die Frau? Sag's mir, verdammt noch mal.«
»Nein.«

42

Celeste ist nach Hause geschickt worden.

»Ich hörte einen Wasserkessel pfeifen und fand sie im vorderen Salon«, erzählt Elspeth Byrne.

Um vier Uhr morgens. Sie saß am Fenster, neben sich auf dem Tisch ein Tablett mit Tee, Orangenmarmelade und Keksen.

Celeste lächelte Elspeth zu, hob die Teetasse an die Lippen und biss ein Stück heraus.

43

»Heute Abend möchte ich dich nur anschauen.«
»Mehr nicht?«
»Ich kann nicht glauben, dass du jemanden getötet hast.«
»Ich habe dir doch gesagt, dass ich nicht sicher bin, ob ich es wirklich getan habe. Aber ich glaube nicht, dass es Narben hinterlassen hat.«
»Deine Füße.
Sie lacht.
»Was ist mit ihnen?«
»Sieh dir deine Füße an. Alles an dir ist so ... bezaubernd.«

»Oh mein Gott.«
»Mir fällt kein besseres Wort dafür ein. Vielleicht ist es nicht nur seine Bedeutung. Es sind auch die Buchstaben. Die Buchstaben des Wortes *bezaubernd*.«
»Sind sie denn wenigstens in Fettschrift?«
»Nein, kursiv.«

44

Byrne sieht gerade die Fieberkurven im Lazarettzelt durch, als Swift plötzlich neben ihm steht. Nein, brummt der Amerikaner ungeduldig, er benötige keine medizinische Behandlung. Er werde nie eine brauchen.

»Ich habe gehört, wie Ihr Name fiel, als die Landvermesser bei mir Halt machten, und ich dachte bei mir: endlich ein Mann von Verstand.«

Er beugt sich zu Byrne hinüber.

»Ich dachte, Sie wüssten vielleicht etwas über die Lage hier. Sie wollen mir angeblich ein Angebot machen, für mein Land.«

»Wer?«

»Die Herren des Eisernen Pferdes. Diese Scheißkerle haben die Schienen ein paar Hundert Yards weit an meiner Grundstücksgrenze entlanggelegt. Weil ich Anzeige erstattet habe, dass ihre Landvermesser unbefugt eingedrungen sind. Und das sind sie weiß Gott.«

Swifts Anspruch auf das Grundstück war unantastbar, weil er es schon vor Jahren hatte registrieren lassen. Das Land gehörte ihm. Er hatte darauf gebaut, Verbesserungen vorgenommen, es vor der Zerstörung durch die Naturgewalten bewahrt. Nach reiflicher Überlegung der für den neuen Park zuständigen Beamten hatten sie ihm die Erlaubnis erteilt zu bleiben, während die anderen Siedler gehen mussten. Und sie hatten ihn zum ehrenamtlichen Wildhüter und Feuerwart ernannt.

Mit der Einsamkeit in seinem Reich war es nun vorbei, aber er hatte sich geschworen dafür zu sorgen, dass sie ihn anständig dafür entlohnten. Die geplante Eisenbahn sollte entlang der vermessenen Route das Tal hinaufführen. Die Strecke würde über sein Land verlaufen müssen, womit dessen Wert in für ihn unvorstellbare Höhen schnellen würde.

Als ihm das alles bewusst wurde, schrieb er an einen bekannten Finanzier im Osten und berichtete ihm von dem zu erwartenden Profit. Monate später traf zu seiner Überraschung ein Antwortbrief ein. Der Finanzier war interessiert. Er hatte sich mit Sibelius und den Landvermessern beraten. Swifts Land hatte eine ideale Lage.

Gemeinsam entwarfen sie Pläne für eine ausgedehnte Anlage aus rustikalen Wohnhütten, Tennisplätzen, terrassierten Hängen, Schwimmbecken. Und sie hatten auch schon einen Namen: Swiftmere.

»Die Briefe, die er mir schickte, hätten Sie sehen sollen, auf cremefarbenem Pergamentpapier. Und jetzt, tja, die Briefe sind alle spröde geworden und vergilbt und er ist nie persönlich hier aufgetaucht.«

Swift möchte wissen, ob Byrne schon mal etwas von ihm gehört hat.

»Ich frage Sie, weil ich den anderen nicht traue. Von denen bekomme ich nie eine gescheite Antwort.«

Swift flüstert ihm den Namen des Finanziers zu. Byrne kennt ihn, hat in den Zeitungen von seinen großartigen Plänen zur Erschließung des Westens gelesen. Aber kürzlich hatten ihn die Zeitungen auch als einen der Prominenten aufgeführt, die bei der Jungfernfahrt der *Titanic* ums Leben gekommen waren.

Falls Swift von dieser Nachricht bestürzt ist, so zeigt er es jedenfalls nicht. Von Little Bighorn zur *Titanic*, denkt Byrne. Swift hat immer am Rande von Katastrophen gelebt. Kein Wunder, dass er auf der Suche nach einem leeren Tal gewesen war.

Swift zuckt mit den Schultern.

»Dann bleibe ich eben bis zum Jüngsten Tag hier. Die Barone hatten ihre Chance. Nun werde ich mitten in ihrem hübschen Park hocken wie ein rostiger Nagel.«

Er gönnt sich ein mattes Lächeln.

»Kommen Sie doch morgen zum Abendessen zu mir. Wir sind zwar keine Feinschmecker, aber Sie kriegen was Gutes.«

»Ich habe mich schon gefragt, was aus Saras Leuten geworden ist«, wagt Byrne schließlich zu fragen. »Die von der Arcturus-Siedlung, die sich nach meinem Sturz in die Gletscherspalte um mich gekümmert haben.«

Das Lächeln auf Swifts Gesicht verschwindet nicht, wird wundersamerweise eher noch breiter.

»Die meisten haben sich in alle Winde zerstreut. Nach Westen über den Pass, nach Norden ins Land der Smoky. Ich habe von keinem mehr etwas gehört.«

»Auch nicht von Sara, nehme ich an. Dann wissen Sie also nicht, wo sie jetzt sein könnte?«

»Ich habe da so eine Ahnung. Sie steht vor dem Haus, wahrscheinlich auf der Veranda, und fragt sich, wo zum Teufel ich denn bleibe.«

»Das wusste ich nicht«, stammelt Byrne. »Ich wollte sagen, als ich sie kennen lernte, dachte ich, sie lebt allein.«

»Das tat sie damals auch, trotz all meiner Versuche sie davon abzubringen. Sie sträubte sich hartnäckig von ihrer eisigen Festung herunterzukommen nur um mir einen Gefallen zu tun. Erst als die Regierung ihr so außerordentlich freundlich mitteilte, sie solle verschwinden, musste sie sich entscheiden. Entweder ganz aus den Bergen weg oder mit mir hierher zu ziehen. Andere Möglichkeiten gab es nicht.«

Er streicht sich über den grauen Bart.

»Ich bin immer noch ein wenig erstaunt über ihre Wahl.«

45

Als sie in Swifts Einspänner, der von einem Pony gezogen wird, am Haus vorfahren, tritt Sara auf die Veranda.

Ihr Haar ist weiß, was ihn überrascht. Wenn er damals, als er sie kennen lernte, ihr Alter richtig geschätzt hat, kann sie jetzt nicht viel älter als vierzig sein. Sein Bild von ihr hat sich seither nicht verändert, wie ihm jetzt bewusst wird, und er fragt sich, ob auch er auf sie vertraut und fremd zugleich wirkt.

»Wieder einmal bin ich Ihr Gast«, sagt er leichthin, erkennt aber an ihrem kurzen Nicken, dass er nicht so gern gesehen ist wie damals. Er glaubt, den Grund dafür zu kennen. Mit der Eisenbahn, die ihn wieder hergeführt hat, sind auch die Landvermesser und die Arbeiter gekommen, die das Chalet errichtet und den Handelsposten abgerissen haben, um, wie Swift ihm soeben erzählt hat, ein Floß zur Überquerung des Arcturus-Baches daraus zu bauen.

»Es ist Doktor Byrne«, sagt Swift mit ärgerlichem Unterton in der Stimme, weil Sara so teilnahmslos schweigt.

»Ich weiß.«

Neben ihr taucht in der Tür ein acht- bis neunjähriges Mädchen in einem weißen Sackkleid und Sandalen auf.

»Und das ist Louisa.«

Das Mädchen will Byrne nicht ansehen. Es schleudert seine Sandalen fort, springt von der Veranda herunter und macht sich über den Hof davon.

»Das Kind kann einfach nicht stillsitzen«, meint Swift.

»Das kenne ich«, erwidert Byrne. »Kinder und Ärzte sind natürliche Feinde.«

Beim Essen und später auf der Veranda spricht Sara kaum. Louisa sitzt zu ihren Füßen und hält die Wolldocke, die sie zu einem Knäuel wickelt. Swift übernimmt das Erzählen. »Als ich zum ersten Mal in dieses Tal kam«, berichtet er, »fand ich einen Arm.«

Es war in einem von krüppeligen schwarzen Fichten umstandenen Sumpfloch. Sein Ochse blieb stecken. Einen Augenblick lang zappelte das mächtige Tier in dem dicken grünen Morast, dann rührte es sich nicht mehr, die Flanken dampften in der kühlen

Luft. Swift stand abseits. Dieser große reglose Kloß war ihm unheimlicher als die häufigen Wutausbrüche des Ochsen. Er schüttelte den Kopf.

»Ich wandte mich ab, weil ich glaubte, das wäre das Ende, und dann sah ich es.«

Ein Arm, der aus dem braunen Morast herausragte. Blutlos, in einem zerfetzten schwarzen Stoffärmel. Die knochenweiße Hand umklammerte noch einen Grenzpflock. Swift entwand ihn der leblosen Hand und prüfte die Nummer. Es war dieselbe, die auf seiner Karte verzeichnet war. Dies war das Land, das er auf seinen Namen hatte eintragen lassen.

Nach einer schrecklich langen Zeit gelang es dem Ochsen irgendwie, sich auf festeren Grund zu hieven. Swift ging zu ihm, brachte seine Habe auf dem Karren in Ordnung und marschierte weiter.

Byrne schüttelt den Kopf.

»Verzeihen Sie, aber ich kann das nicht recht glauben.«

Swift wirft ihm einen finsteren Blick zu.

»Er hängt an der Wand«, sagt er und umgreift die Stuhllehnen. »Den Grenzpflock meine ich. Wenn Sie wollen, hole ich ihn sofort.«

»Es ist nicht der Pflock, der meine Zweifel weckt.«

»Nun, Sie sind der Arzt, aber ...«

»Erzähl die Geschichte weiter«, meint Sara.

Swift steckte den Pflock in seinen Gürtel und nahm ihn mit. Dann stieg er das Athabasca-Tal hinauf bis dorthin, wo es keine Grenzpflöcke mehr gab und er den Fluss nicht mehr sehen konnte.

Er kämpfte sich durch ein dichtes Weidendickicht. Die Zweige zerkratzten sein Gesicht und rissen an der Plane seines Wagens. Ein Rad blieb in einer Felsspalte stecken. Swift kniete sich hin um es unter leisem Fluchen zu befreien. Plötzlich stand er auf und lauschte. Ein kalter Windhauch fuhr durch das Laub.

Da wusste er, dass hinter der nächsten Weidengruppe eine offene Fläche sein musste. Das Geräusch und der Duft fließenden Wassers drangen zu ihm. Als er aus dem dichten Gebüsch trat, breitete sich vor ihm eine weite Flussaue aus.

Und darauf eine Herde von Wildpferden.

Swift stand wie erstarrt. Die grasenden Pferde hoben die Köpfe und sahen ihn an. Bewegungslos standen die Tiere, graue, bunte und gepunktete, wie ein lang vergessener Traum auf der Lichtung zusammen. Langsam wandten sich die Pferde ab, angeführt von einer scheckigen Mähre, und trabten über die lang gestreckte Wiese davon.

Swift sah sich um und drehte sich einmal im Kreis. Dann kniete er nieder und rammte den Grenzpflock in den Boden.

46

Nachdem er sich eine Hütte mit Sodendach gebaut hatte, erforschte Swift den oberen Teil des Athabasca-Tals. Er hatte gesehen, dass eines der Pferde ein ausgefranstes Seil um den Hals trug.

Er entdeckte eine Blockhütte und davor ein brennendes Feuer, über dem an einem Dreifuß aus Espenholzästen ein schwarzer Topf hing. Er lüftete den Deckel. Drei gehäutete Kaninchen schwammen mit aufgerissenen Augen in der kochenden Brühe. Grinsend nickte Swift mit dem Kopf.

Jemand rief und er sah auf. Eine Gruppe Frauen kam über die Lichtung auf ihn zu. Eine von ihnen hob die Hand und winkte. Ihre Stimme mit dem unverkennbaren britischen Akzent erscholl wie eine Glocke in der Stille.

Swift schulterte seine Axt und stapfte davon.

Am nächsten Tag tauchte ein Empfangskomitee vor Swifts Hütte auf. Albert Blackbird und seine vier Söhne. Sie fragten ihn, ob er vorhabe hier zu bleiben, und er bejahte.

Wie viele Menschen leben in diesem Tal?, erkundigte sich Swift.

Sieben Familien hier am Athabasca, erwiderte Albert Blackbird. *Und fünf weiter oben an der Quelle des Flusses.*

Und wer ist die Engländerin?

Blackbird schüttelte den Kopf.

Hier sind seit Jahren keine Engländer mehr gewesen.

47

Als seine Blockhütte fertig war und der nächste Sommer kam, hatte er ein Stück Boden gepflügt und Weizen gesät.

An einem strahlenden Morgen kniete er am Rande seines Ackers und legte die Hand auf die Erde. Ein kühler Luftstrom strich darüber hinweg, als ob ein Riese Atem holte.

Das Feuer tauchte auf dem Kamm des kahlen Hügels auf. Hinter den lodernden Flammen zog Rauch wie ein grauer Umhang auf. Das Wildgras zerstieb unter der tosenden Hitze zu schwarzer Asche.

Die anderen Männer aus dem Tal versammelten sich bei ihm. In dem immer dichter werdenden Rauch konnte man sich nur schreiend verständigen. Ein Mann mit einem Heuwagen fuhr heran und versuchte die beiden wild gewordenen Zugpferde zu bremsen. Die anderen gestikulierten, deuteten über seinen Kopf. Erst als er sich umdrehte, sah er, dass er eine brennende Fracht mit sich führte. Der Mann sprang ab und band die Pferde los. Dann hielt er sie an den Zügeln, drückte ihre Köpfe in Richtung des Flusses und gab ihnen einen Klaps auf die Flanken, damit sie losgaloppierten. Hinter ihm verschwand der brennende Wagen im eigenen Rauch.

Die Frauen waren fast alle mit den Kindern zum Fluss hinuntergegangen. Nur einige kamen herbei um mit ihnen zusammen das Feuer zu bekämpfen.

Das Feuer hört nie auf, erklärte Albert Blackbird Swift. *Es verbirgt sich nur für ein paar Jahre unter der Erde.*

Den Rest des Tages bis in die Nacht hinein waren sie damit beschäftigt, das Feuer zu bekämpfen. Überall dort, wo die Flammen am bedrohlichsten waren, sah man Swift mit seiner Schaufel fieberhaft graben. Sie arbeiteten drei Tage und drei Nächte lang, machten Rast, wenn die vielen kleinen Brände gelöscht schienen, und begannen von neuem wie besessen Gräben zu ziehen, wo immer das Feuer erneut aufloderte.

Am Morgen des dritten Tages tauchten zu Pferd

Leute vom Arcturus-Bach bei ihnen auf. Unter ihnen war Sara. Sie hatten tags zuvor beim Aufwachen die graue Asche wie Schnee herabrieseln sehen und kamen um ihre Hilfe anzubieten.

In jener Nacht entdeckten die Männer bleigraue Glut am schwarzen Rand ihrer Felder. Sie blieben wachsam.

Mittags hing ein graues Dämmerlicht über dem Tal und dann begann es zu regnen. Das verkohlte Land dampfte und zischte. Die Blackbird-Brüder, die Miettes, Finlay und seine Frau Mistaya sowie Sara umringten Swift und gossen ihm aus einer Lederflasche Wasser über den Kopf.

Zu erschöpft um zu feiern sanken sie auf die blanke Erde und sahen einander in die vom Rauch geschwärzten, unkenntlich gemachten Gesichter.

Swift blickte zu Sara hinüber, die vorgebeugt dasaß und sich ein feuchtes Tuch vors Gesicht hielt.

Sie sind die Engländerin, nicht wahr?

Sara starrte ihn an und langsam dämmerte es ihr. Jener Tag im letzten Sommer, als sie ihren Freunden, den Blackbirds, einen Besuch in ihrer Hütte abgestattet und ihm über die Lichtung hinweg etwas zugerufen hatte. Ihre Stimme hatte ihn getäuscht.

Ja, das bin ich.

Swift nickte und verzog das Gesicht zu einer Grimasse, die man vielleicht als Lächeln deuten konnte.

Das haben Sie gut gemacht.

Die anderen lachten und Swift begriff rasch, dass er sich geirrt hatte.

Ich werd verrückt!

Als Sara aufstehen und gehen wollte, stolperte sie

und fiel hin. Swifts Hütte stand am nächsten. Er half ihr beim Gehen, setzte sie hin und gab ihr einen Blechbecher mit Wasser. Dann kochte er ihr ein Gericht aus ausgebackenem Brot und Kartoffeln.

Es ist nicht mein eigenes Brot, erklärte er. *Noch nicht.*

Während sie aß, stand er in der offenen Tür und blinzelte in die Dämmerung. Als sie fertig war, meinte er: *Ich habe noch zu arbeiten.*

Er legte eine schwere schwarze Scheibe auf den Phonographen: »Che gelida manina« aus Puccinis *La Bohème*, gesungen von John Parkinson. Dann bat er Sara die Platte so lange immer wieder von vorn spielen zu lassen, bis er zurückkomme.

Er nahm eine Schaufel und zog los. In der Dunkelheit konnte er leicht die letzte Glut ausmachen, die bei Tage nicht zu erkennen war, und sie mit Erde ersticken.

Überall Rauch, der ihm in den Augen brannte. Er hielt sich ein feuchtes Tuch über Nase und Mund. Um zu seiner Hütte zurückzufinden brauchte er nur der Stimme des Tenors zu folgen.

48

»Es war die einzige Musik, die ich hatte«, erzählt er Byrne. »Abgesehen von meinem Signalhorn, mit dem man hier draußen nicht viel anfangen kann. Die Parkinsonplatte ist längst abgenutzt. In all den Jahren hat es etliche Male gebrannt.«

Mit krächzender Stimme summt Swift die Melodie. Er schließt die Augen, lehnt sich in seinen Stuhl zurück und verschränkt die Arme über der Brust – eine Geste der Unwiderruflichkeit. Die Geschichte ist zu Ende und der Abend ebenfalls. Sara bietet Byrne an ihn im Einspänner in die Stadt zurückzubringen.

»Unsinn, ich gehe zu Fuß. Außerdem ist es schon spät.«

»Aber das Pony findet den Weg allein und alte Menschen wie ich schlafen mit offenen Augen, wie Eulen.«

»Ich wollte damit nicht andeuten ...«

»Los, hinauf mit Ihnen.«

»Danke.«

»Kommst du mit uns, Louisa?«

Das Mädchen nickt, krabbelt hinauf und kuschelt sich zwischen sie. Swift wacht auf, murmelt nur noch ein ›Gute Nacht‹.

Nachdem sie eine ganze Strecke schweigend zurückgelegt haben, meint Byrne:

»Die Sache mit dem Arm, der einen Pflock hielt. Nehmen Sie ihm das ab?«

»Ja«, antwortet das Mädchen schläfrig. Sara legt einen Arm um Louisa.

»Da haben Sie Ihre Antwort.«

»Ja, das denke ich auch. Und ich bin wirklich nicht der Richtige die fantastischen Geschichten anderer anzuzweifeln.«

»Ich weiß«, sagt Sara.

Byrne starrt geradeaus.

»Sie wissen Bescheid.«

»Nicht über alles.«

»Aber Sie begreifen, was mich hierher zurückgeführt hat.«

»Zum Teil.«

»Welchen Teil?«

»Sie haben so blass ausgesehen in jener Nacht, als man Sie in die Hütte brachte.«

Er wendet sich ihr zu. Ihre grauen Augen halten die seinen fest.

»Sie hatten Fieber und plapperten ziemlich viel.«

»Worüber?« Er sieht das Mädchen an. »Sara, erzählen Sie es mir. Was habe ich gesagt?«

»Gerade genug, als dass ich daraus schließen konnte, wir würden Sie wieder sehen. Dass es hier etwas gäbe, was Sie nie vergessen würden. Sie müssten zurückkehren und versuchen die Geschichte zu Ende zu bringen.«

Schweigend umfahren sie den dunklen Hügel. Schon sieht man zwischen den Bäumen die Lichter von Jasper flackern.

»Kann ich sie denn zu Ende bringen?«, fragt Byrne schließlich.

»Ich weiß nicht alles, aber ich weiß, dass es eine Geschichte mit Flügeln ist. Man bekommt sie nur schwer zu fassen.«

49

Schneefall im September bereitet dem Sommer ein vorzeitiges Ende. Die Straße zum Chalet ist voller Schneematsch und zerfurcht von den Spuren der Räder. Doch am Morgen von Byrnes Abreise scheint wieder die Sonne und von Westen her weht eine warme Brise.

Er sucht im Chalet nach Elspeth um ihr Lebewohl zu sagen. Aber sie ist nicht da.

»Sie hat um einen freien Tag gebeten«, teilt Trask ihm mit. »Ich wäre beinahe vom Stuhl gefallen.«

»Und sie hat nicht gesagt, wohin sie geht?«

»Nein, aber ich kann ihr Ihre Grüße bestellen, wenn Sie wollen. Sie müssen gleich los, stimmt's? Der Elf-Uhr-Zug in die Stadt fährt in zehn Minuten.«

»Nein, ich reise erst in ein paar Stunden ab.«

Am Nachmittag ist der Schnee verschwunden. Kein Wölkchen am Himmel. Byrne blickt über das Tal zum Arcturus-Gletscher, dessen nackte blaue Eisfläche noch einmal aufleuchtet.

Am Abend begegnet er Elspeth, die gerade aus dem Zug zum Chalet steigt.

»Ich dachte schon, ich würde Sie verpassen«, sagt sie. »Freya und Hal haben mich auf eine Wanderung mitgenommen. Reisen Sie gerade ab?«

»Nein«, erwidert Byrne. »Ich habe beschlossen noch eine Woche zu bleiben.«

50

Freya. Ihre Vergangenheit. Hal begreift, dass trotz ihres Selbstvertrauens ihr Leben ein Seiltanz ist. Sie rennt, springt, vollführt ihre halsbrecherischen Kunststückchen über einem Abgrund, ähnlich demjenigen, der ihren Vater in Stücke zerschmettert hat. Und er stolpert hinter ihr her. Sie braucht seine Hilfe nicht. Wenn er ihr zu nahe kommt, bringt er sie nur aus dem Gleichgewicht.

Ihm den Rücken zuwendend hockt sie am Kiesufer des Flusses und hantiert mit ihrer Kamera. Er erzählt ihr, dass er diesen Winter möglicherweise seine Eltern besuchen wird.

»Wo leben sie?«, fragt sie ohne sich zu ihm umzuwenden.

»Sie sind geschieden. Mein Vater versteckt sich in seiner Hütte am Ottawa River. Er baut Möbel. Meine Mutter ist wieder verheiratet, lebt in Toronto.«

Sie schweigt eine Weile, dann dreht sie sich zu ihm um.

»Ich reise Ende der Woche ab«, sagt sie.

»Dann solltest du aber jetzt schon mit dem Packen anfangen.«

»Nein, dafür ist noch Zeit genug. Ich habe nicht viel dabei.«

51

Hal begleitet Freya zum Bahnhof, hilft ihr mit dem Gepäck. Dann stehen sie in der überfüllten Wartehalle. Er meidet ihren Blick.

»Sag etwas, Hal.«

»Fahr nicht.«

»Darüber sprachen wir bereits. Ich komme nächstes Frühjahr wieder.«

»Ja, ich weiß.«

»So wollte ich aber nicht Abschied nehmen.«

»Ich glaube nicht, dass sich daran etwas ändern lässt.«

Als Freya beim Warten auf den Zug, der sie von Jasper fortbringen wird, in der Bahnhofshalle am Herrenrauchsalon vorbeikommt, entdeckt sie Byrne. Zumindest meint sie den Doktor erkannt zu haben. Sie bleibt stehen, tritt einen Schritt zurück. Sie sieht nur seinen Hinterkopf, seine Schultern. Eine Hand, die ein aufgeschlagenes Buch hält.

Sie macht einen Schritt auf ihn zu, zögert erneut. Der einzige Mann in der ganzen Stadt, bei dem sie nicht weiß, wie sie sich ihm gegenüber verhalten soll.

Der Mann, der vielleicht Byrne ist, steht auf und verschwindet durch die gegenüberliegende Tür. Freya wartet noch einen Augenblick und betritt dann den mit blauem Dunst geschwängerten Raum voller Männer. Köpfe schnellen hinter Zeitungen hervor, Augenpaare folgen ihr. Eine Löwin, die sicheren Schrittes durch den Raum gleitet und den schwächeren Geschöpfen um sich herum keine Beachtung schenkt.

Sie bleibt kurz stehen um einen Blick in das offene Buch auf dem Tisch zu werfen.

Swedenborgs *Die wahre christliche Religion*. Freya rümpft die Nase. Albernes Theosophenzeug. Sie hatte sich von schwermütigen, mit Schmuck behängten Frauen bei den Abendgesellschaften ihres Vaters daraus vortragen lassen müssen. Sie liest nur ein paar Worte, bevor sie weitergeht.

... wie wunderbar, dass jeder in dieser großen Masse, wo immer er sich auch hinwendet, wohin auch immer er seinen Blick richtet, den Herrn vor sich sieht.

Als sie kehrtmacht und in die Haupthalle zurückgeht, weiß sie, dass es Byrne war.

Elspeth

Es liegt fast kein Schnee mehr.

Frank erwartet dieses Jahr viele Gäste. Die Grand Trunk hat auf dem ganzen Kontinent Reklame gemacht, aber trotz des warmen Wetters ist das Hotel praktisch immer noch leer. So habe ich plötzlich viel mehr Zeit für das Gewächshaus. Gestern war ich fast den ganzen Tag dort zugange. Hal hat freundlicherweise seinen Hals riskiert und sich auf die Leiter gewagt um mir dabei zu helfen, das Glasdach von Schmutz und Blättern zu befreien. Danach arbeitete ich allein weiter, topfte die Pflanzen um, wässerte, pflanzte neue Setzlinge und die ganze Zeit strömte das herrlichste Sonnenlicht herein. Ich hatte ganz vergessen, dass dieses Plätzchen an schönen Tagen beinahe wie das Paradies ist.

Am Nachmittag habe ich den Rasen um das Gewächshaus geharkt. Eigentlich ist das die Aufgabe des Hausmeisters, aber ich liebe es, im Frühjahr den Rasen zu harken, wenn er noch gelb und filzig ist und gerade erst wieder zu atmen begonnen hat. Wenn ich den Rechen über das Gras ziehe, scheint es zu schnurren wie eine Katze, der man den Rücken krault.

Um ehrlich zu sein, ich habe mich im Gewächshaus versteckt. Ned Byrne ist jetzt schon seit drei Tagen hier. Wie er angekündigt hat, ist er wiedergekommen um den Sommer hier zu verleben, aber nicht als Arzt für die Eisenbahngesellschaft. Er hat eine Kiste voller Gerätschaft mitgebracht und will den Sommer damit zubringen, das Eisfeld zu erforschen. Ich habe zu ihm gesagt, er werde uns hoffentlich hin und wieder im Chalet besuchen.

Gott, aus mir ist wirklich eine welkende Blume geworden.

NUNATAK

EINE MITTEN AUS DEM EIS AUFRAGENDE INSEL AUS FELS, AUF DER MAN ZUWEILEN EINEN HAUCH VON LEBEN ENTDECKEN KANN.

I

PRISMENKOMPASS. NEIGUNGSMESSER. STAHLBAND für die Messung der Standlinie. Rote Farbe zur Markierung festgelegter Positionen.

Mit einem knackenden Geräusch schlägt Byrne ein neues Notizbuch auf. *24. Mai 1912.*

Durch die Berechnung der Fließgeschwindigkeit sollte man annähernd die Zeit voraussagen können, die ein an einer bestimmten Stelle im Eis eingeschlossener Gegenstand benötigt um zur Gletscherstirn zu wandern und dort herausgeschmolzen zu werden.

Auf der Eisfläche zieht Byrne zwischen zwei Seitenmoränen eine Linie aus Steinen. Jede Woche kehrt er an diese Stelle zurück und prüft die Lage der Steine im Verhältnis zu den mit Farbe markierten Felsbrocken auf den Moränen. Die Tabelle in seinem Notizbuch füllt sich allmählich mit Zahlen.

2

Außerdem hält er in dem Notizbuch seine Beobachtungen fest.

An der Gletscherstirn sind die Äste der Bäume alle nach einer Seite hin ausgerichtet, und zwar dem schneidenden Wind, der vom Eis herüberweht, abgewandt. Wie zerfetzte Wimpel.

—

Im schmutzigen Schnee der Geröllebene liegen Steine verstreut, Bruchstücke eines vergessenen Kontinents. Zu meinen Füßen eine zerbrochene Palette, hingeworfen vom irre gewordenen Künstler, der sich einfach aus dem Staub gemacht hat. Graues Trümmergestein, gesprenkelt mit giftigem Grün und Schlüsselblumengelb. Pockennarbige Steinplatten, in die sich dunkle Sienapigmente eingelagert haben. Die vielfarbigen Flechtengebilde: Felsen mit färberroten und kadmiumorangen Tupfern. Purpurrote und weiße Adern im Kalkgestein.

Der Zauber dieser stummen Bruchstücke ist unleugbar. Ein betörender Garten aus Zeichen. Die brennenden Strahlen des Sonnenlichts zwischen den kalten Steinen, das von den letzten Flecken des Sommerschnees reflektiert wird, nimmt man vielleicht erst wahr, wenn es zu spät ist.

—

Unter bestimmten, selten auftretenden Wind- und Sonnenverhältnissen verdampft das glaziale Eis direkt ohne zuvor in den flüssigen Zustand übergegangen zu sein. Man nennt das Sublimation, eine edlere Form des Schmelzvorgangs. Dieses Phänomen wird oft von einem rhythmischen Knacken begleitet, als ob unsichtbare Füße über das Eis wanderten.

3

Freya springt. Wie ein Pfeil, der die Wasseroberfläche durchbohrt. Ihr Körper schlägt Wellen und entschwindet, eine flackernde Flammenzunge.

Elspeth sieht ihr von den Stufen an der flachen Seite des Beckens zu. Sie weiß, dass Freya und Hal hier des Nachts nackt schwimmen. Und sie weiß auch, dass sie dem Einhalt gebieten sollte, ehe Gäste die beiden dabei beobachten und Trask davon erfährt. Aber Freya hat sie schon für sich eingenommen, hat sie genauso in ihren Bann gezogen wie Hal. Und wie Ned Byrne, obwohl er so tut, als wäre dies nicht der Fall. Und Freya ist sich dessen bewusst. Elspeth hat dieses Vibrieren zwanghafter Anziehung zwischen den beiden gespürt, das entsteht, sobald beide im selben Raum sind. Wie zwei einsame Wölfe, die einander über eine Lichtung hinweg zur Kenntnis nehmen, doch zu dem fremden Tier in Sichtweite respektvoll Abstand halten.

Freyas glänzender Kopf taucht aus der dunklen Wasserfläche auf, ihr rotbäckiges Gesicht und die blassen Schultern dampfen in der kühlen Nachtluft. Lächelnd watet sie auf Elspeth zu.

»Sie hatten Recht, es ist himmlisch.«

4

Die Sonne sendet schwadende Lichtstreifen und funkelnde Strahlenschleier aus. Auf dem Boden verhält sich das Licht merkwürdig, wird stofflich, lebendig: Es hüpft, läuft, tanzt, ändert die Richtung. Es taucht plötzlich auf und verschwindet ebenso plötzlich wieder und verändert vor deinen Augen Farbe und Form der Gegenstände.

—

Eine frei liegende Eisfläche stellt häufig nur eine eintönige, undifferenzierte Fassade zur Schau. Die komplizierte Kristallstruktur kommt aber sofort zum Vorschein, wenn man eine warme Flüssigkeit auf das Eis schüttet. Die zu diesem Zweck am leichtesten verfügbare ist Urin. Er sickert in die Zwischenräume der Kristalle und trennt sie für einen kurzen Augenblick voneinander, jedoch lange genug um Muster und Formation erkennen zu lassen.

—

Der Schlamm an der Gletscherstirn ist von einer ähnlichen Konsistenz wie Treibsand. Vorsichtig schreitet man von einer frei liegenden Felsfläche zur nächsten.

Der Schlamm verschlingt auch Stiefel, wie ich gestern feststellen musste. Elspeth hat sich köstlich amüsiert, als ich mit nur einem Schuh an den Füßen zum Chalet hinaufgehumpelt kam.

5

Byrne entziffert die Schriftzeichen des Gletschers.

Winzige Bruchstücke aus hartem Quartz, eingefroren in

die basale Gletscherschicht, hinterlassen beim Vorwärtsfließen des Eises Narben im Grundgestein aus Kalk.

Diese vom Innern einer Eishöhle an der Gletscherstirn aus sichtbare Basalfläche ist, obwohl dem Anschein nach glatt und glänzend wie ein polierter Edelstein, mit Granulat und Felsbrocken durchsetzt.

Der glänzende Schliff, die feine Riefung und die unregelmäßigen keilförmigen Einkerbungen, die hin und wieder in dem darunter liegenden Gestein zu erkennen sind, resultieren aus dem Kontakt mit dem körnigen fließenden Eis.

Byrne untersucht diese Riefenmuster sorgfältig. Als er die Geröllebene überquert, entdeckt er einen Findling mit wellenförmigen Streifen. Es muss sich um einen Petroglyphen handeln. Von einem vorzeitlichen Menschen eingekerbt. Konzentrisch um eine Scheibe gezogene Linien. Vielleicht eine Darstellung der Sonne.

Er erklimmt einen großen erratischen Block am Rande der nördlichen Seitenmoräne, entdeckt einen ganzen Fluss von Streifen in dem Felsen und folgt ihm. Dort, wo die Linien in die Eiskruste abtauchen, befindet sich ein labyrinthisches Gewirr von Narben. Sie verlaufen kreuz und quer über die natürlichen Einkerbungen wie ein Palimpsest. Fossile Wurmspuren, denkt er, dann erst betrachtet er sie genauer.

Es sind menschliche Gestalten, grob und verzerrt, aber in verschiedenen Stellungen erkennbar: kämpfend, jagend, gebärend. Daneben andere Figuren, die eher an Tiere erinnern, verwoben mit den menschlichen Formen. Und geschwungene Linien wie ein Geflecht von Flussläufen. Kreise. Pfeile. Kraftlinien.

Er fährt mit der Hand über ein Fries an der Flanke des Findlings, der so groß ist wie eine Hütte.

Die glazialen Narben bringen alles durcheinander. Unbeirrbare schnurgerade Linien. Sie locken seinen geradlinigen Verstand ihnen zu folgen und sich von den menschlichen Gestalten abzuwenden.

Die Einkerbungen können nicht Teile einer fortlaufenden Geschichte sein. Sie verlaufen nicht in einer geordneten Folge. *Von wem stammen sie?* Sara hatte gesagt, das Schlangenvolk habe einst in diesem Tal gelebt. Das Volk Athabascas.

Er folgt ihnen, fertigt Zeichnungen an, macht sich Notizen. Um den Gletscher nicht verlassen zu müssen, legt er sich unter Moränengeröll ein Vorratslager an und stellt auf der Geröllebene ein Leinenzelt auf. Er badet in einem Schmelzwasserfall, der sich in ein flaches Felsbecken ergießt. Jeden Morgen entdeckt er in den Furchen seines windgegerbten Gesichts und an den Nasenflügeln feinen weißen Staub, den er herausschrubbt – Bergmehl.

Als er auf dem harten Lehm eines ausgetrockneten Flusslaufs kauert um von seinen Vorräten zu essen, kommt ihm ein Gedanke: *wenn ich keine andere Möglichkeit hätte zu beschreiben, was ich in der Gletscherspalte gesehen habe?*

Er kratzt mit dem Finger etwas in den Lehm. Zeichnet eine Strichfigur

streicht sie durch.

Elsbeth?

Und er selbst?

6

Er lädt Rawson ein mit ihm zu kommen und die Petroglyphen in Augenschein zu nehmen. Vielleicht kann ein Dichter ihm helfen ein Muster zu finden, Motive zu erkennen.

Hal fährt schweigend mit der Hand über die Felsnarben.

»Seltsam. Wunderschön. Aber ich muss gestehen, ich verstehe sie nicht.«

Die Aufzeichnung einer gemeinschaftlichen Erinnerung. Oder eine Weissagung. Oder beides. Vielleicht aber auch ein Panorama in der Einsamkeit erträumter und jenseits der Stammesgeschichte gestreifter Visionen.

Geflügelte Wesen sind nicht darunter.

»Vielleicht ist es ein Alphabet«, meint Hal. »Oder ein Wörterbuch.«

Viele Geschichten sind denkbar. Die beiden fassen zusammen, ergehen sich in Vermutungen.

Eine Frau in einem Fluss? Sie flieht vor einer Schlacht, dem Massaker eines feindlichen Stammes an ihrem Volk. Läuft fort in den (oder aus dem?) Wald, lebt fortan bei den Felsen, aufrecht stehenden Steinen. Die Felsen stehen in einem Kreis. Findlinge? Sie geht zwischen zwei Felsblöcken hindurch. Dann ein leerer Raum, nichts.

Im weiteren Verlauf der Einkerbungen taucht die Frau wieder auf (ist es überhaupt dieselbe?). Eine einzelne Linie windet sich spiralförmig um ihre Gestalt. Sie blickt nun in die andere Richtung, nach Westen (?), steigt hinauf zur Sonne.

Es ergibt eine Geschichte, das meint jedenfalls Byrne, obwohl er weiß, dass er und Rawson sie aus sich überschneidenden Bildern zusammengebastelt haben, die vielleicht in keinerlei Beziehung zueinander stehen.

Die Bilder befinden sich hier seit unbestimmter Zeit, in den Felsen gemeißelt, an dem das Eis gerade erst vorbeigeschrammt ist, bevor es sich zurückzog. Sie haben nicht darauf gewartet, dass er daherkommt und mit seinem Vergrößerungsglas einen Blick auf sie wirft. Diese Kritzeleien haben nichts mit seiner Existenz gemein, haben ihn nicht vorausgesehen, sein Kommen prophezeit.

7

Unter den berühmten Besuchern des Parks befanden sich dieses Jahr auch Sir Arthur und Lady Conan Doyle nebst Anhang. Sie besichtigten zahlreiche Sehenswürdigkeiten und gaben ihrem Entzücken Ausdruck über alles, was sie zu Ge-

sicht bekamen. Sir Arthur bot freundlicherweise seine Hilfe und seine praktischen Kenntnisse bei der Planung eines Neun-Loch-Golfplatzes an, der auf einem Plateau oberhalb von Jasper mit Blick auf die Stadt und in unmittelbarer Nähe des geplanten Grand Trunk Pacific Hotels entstehen soll. Außerdem spielte er eine Runde mit dem örtlichen Baseball-Club und unternahm mehrere Ausflüge zu den Sehenswürdigkeiten unseres Spielplatzes in der Wildnis.

Byrne lernt den Schöpfer von Sherlock Holmes bei einem von Elspeths Empfängen im Gewächshaus kennen. Er hat gehört, dass Doyle, von Beruf Arzt, auch Spiritualist ist und sich für unerklärliche Phänomene interessiert. Byrne bietet an ihn auf den Gletscher zu führen.

Trask verzieht das Gesicht. Verschwendete Zeit. Er sieht schon einen gebrochenen Knöchel vor sich, schlechte Presse.

Die beiden Ärzte wandern langsam über die Geröllebene. Sir Arthur bleibt häufig stehen um die Wildblumen zu betrachten. Er staunt über den Himmel: den Wechsel der Farben, seine Tiefe. Die reine, herbe Luft. Byrne führt ihn zu den Einkerbungen im Felsen.

»Sie sind wunderschön«, meint Doyle und holt einen Bleistift und einen Notizblock heraus um Zeichnungen anzufertigen. »Vielleicht kann ich das einmal verwenden.«

Sie wandern weiter.

»Dort«, sagt Doyle und deutet mit seinem Wanderstock auf eine massive Felsplatte, die auf einem Eissockel sitzt – ein Gletschertisch.

»Hier können wir Rast machen.«

Sie gehen um den Gletschertisch herum, bis sie eine Stelle gefunden haben, wo sie hinaufklettern können. Als sie die flache Felsplatte erreicht haben, rollen zwei kleine Steine auf sie zu und kommen taumelnd zum Stillstand. Doyle lacht in sich hinein.

»Das Empfangskomitee.«

Sie setzen sich auf die Platte, öffnen ihre Rucksäcke und wickeln ihre belegten Brote aus.

»Diese junge Dame im Chalet«, sagt Doyle.

»Elspeth?«

»Ja. Bei bestimmten Menschen hat meine Frau Visionen, starke Empfindungen. Wenn sie sich ihnen nähert oder ihre Stimmen hört, sieht sie Bilder vor sich. Ich will nicht so tun, als ob ich das verstehen würde, aber mit der Zeit habe ich gelernt ihre Gabe nicht in Zweifel zu ziehen.«

Er nimmt einen Schluck aus seiner Wasserflasche.

»Als sie Elspeth die Hand schüttelte, hatte sie die Vision eines Baumes. Einer großen Kiefer, grün und voller Kraft.«

Er lächelt.

»Sie sagte, sie wäre beinahe vor ihr niedergesunken und hätte ihre Arme um die Knöchel der jungen Dame geschlungen. Gott sei Dank kam sie noch rechtzeitig wieder zu Verstand.«

8

Über den griesigen Schnee des unteren Gletschers kriecht eine Spinne. Doyle entdeckt sie als Erster.

»Sehen Sie sich nur dieses kleine zähe Geschöpf an.«

Byrne holt ein Tötungsglas aus dem Rucksack und schraubt den Deckel auf.

»Wie ich sehe, sind Sie auf alles vorbereitet«, meint Doyle.

Byrne nimmt die Spinne mit einer Hand voll Schnee auf und lässt sie in den Behälter fallen. Dann bindet er ein Stück Verbandsgaze über die Öffnung und verstaut den Behälter wieder in seinem Rucksack.

9

An warmen Tagen nimmt die Schmelzwassermenge rasch zu. Die Rinnsale auf der Gletscherfläche schwellen zu Sturzbächen an. Auf zuvor noch ebenen Flächen bilden sich kleine Hügel und Grüppchen von Quellen. Der Versuch diese sich wandelnde Landschaft zu durchqueren kommt einem Kampf gleich. Eine breite, kraterähnliche Vertiefung auf dem Gletscher füllt sich langsam mit Wasser. Gegen Abend ist daraus schon ein See geworden, vollkommen durchsichtig, darin das reinste Wasser der Welt. In seinen Tiefen gibt es keine Fische, an seinen Ufern kein Ried oder andere Gräser. Keine Gänse, keine Wasservögel sammeln sich hier in der Dämmerung.

Jede Nacht, wenn das Schmelzwasser abnimmt, sinkt der Wasserspiegel. Und am Morgen ist der See dann wieder verschwunden.

Das Wandern des Gletschers verändert unweigerlich seine Topografie und den See wird es nicht mehr geben. Wegen seiner Flüchtigkeit sehe ich keinen Grund, warum ich diesem Gewässer einen Namen geben sollte. Er wird immer das Urbild eines Sees bleiben.

10

Rawson wirft seinen Rucksack auf den Boden. Er zieht die Jacke aus, schmeißt sie obendrauf und schleudert seine Stiefel von sich.

Decken und Gerätschaft liegen über die grasbewachsene Fläche verstreut, zum Trocknen ausgebreitet nach der ereignisreichen Überquerung des Athabasca-Flusses. Befreit von ihrer Last sind die geschundenen Pferde auf die Weide getrottet. Er sieht zu, wie sie einander stupsen und ihre Köpfe hochwerfen. Die Touristen aus Chicago sind verschwunden. Sie haben beschlossen die restlichen drei Meilen bis zum Chalet lieber zu Fuß zurückzulegen, als auf Rawson zu warten.

Er stellt alles, was in den Rucksäcken war, um sich auf um den Schaden zu begutachten. Aus dem Mehl ist eine teigige Masse geworden; es hat sich mit dem Kakaopulver vermischt und bildet rasch eine harte Kruste. Der Hafermehlkuchen, den er heute Morgen gebacken hat: glitschig und aufgeweicht. Er findet den wasserdichten Behälter mit den Streichhölzern, hockt sich in durchnässtem Hemd und Hose bibbernd an die Feuerstelle.

»Freya«, sagt er laut. Kursiv würde sie sein, hatte er ihr gesagt. Nun weiß er, dass er dabei an eine Seite mit unterkühlten Sätzen dachte und mitten darin ein Wort, das *Feuer* flüstert.

11

Byrne legt sich das Notizbuch auf die Knie und schreibt.

Auf der ausgebleichten Oberfläche des Nunatak sehe ich eine gekräuselte Fläche und die Kargheit der Landschaft zieht mich zu ihr hin.

Wasser.

Die Lache ist vollkommen durchsichtig, umsäumt von einer Kruste aus Quelleis. Gespeist aus einem dünnen Rinnsal, das klar wie Musik aus dem Gletscher fließt. Mit der hohlen Hand schöpfe ich daraus und trinke.

Ich lehne mich an den sonnengewärmten Felsen, schließe die Augen und lausche. Der Gletscher wandert mit einer Geschwindigkeit von kaum zweieinhalb Zentimetern pro Stunde vorwärts. Wenn ich es schaffen würde, in der gleichen Geschwindigkeit zu lauschen, einen Ton in der Stunde, könnte ich hören, wie der Gletscher mit einem Rauschen wie von Wellen über diese Felseninsel brandet und zu Wasser wird.

12

Auf dem Hügel über der Blumenwiese schwebt ein Pavillon aus Seide. Männer und Frauen schlendern mit Champagnergläsern und Kuchenstücken in der Hand hinter den sich blähenden Wänden auf und ab. Die Mitglieder des Bergsteigerclubs feiern die gelungenen Klettertouren dieses Sommers.

Rawson führt seine Pferdekarawane am Rand der feuchten Wiese entlang zum Lager zurück. Das Surren und Schimmern der Insekten erfüllt die feuchte sonnenerhellte Luft.

Jemand ruft seinen Namen über das gleißend helle Gelände. Er bleibt stehen. Freya steht mit ihrer Kamera im Pavilloneingang. Sie ruft, winkt ihn zu sich. Er bindet das Leitpferd an einen Baum und steigt den Hügel hinauf. Kurz vor dem Pavillon wird ihm plötzlich klar, was für ein Bild er abgibt, und er hält inne. Freya legt die Kamera ins Gras und geht zu der Stelle, wo er, wie durch einen Bann zur Salzsäule erstarrt, stehen geblieben ist.

»Was ist denn mit dir passiert?«

»Ein Fluss.«

»Du bist ja von Kopf bis Fuß voller Schlamm.«

»Unsinn, Liebes. Herr Ober, noch eine Flasche von Ihrem Besten.«

Sie fährt ihm mit dem Finger sanft über Stirn und Nasenspitze.

»Komm heute Nacht zu mir«, sagt sie und zeigt ihm ihre beschmierte Fingerspitze. »Wir kriegen dich schon wieder sauber.«

»Wann bist du hier fertig?«

»Das weiß ich wirklich nicht.«

»Amüsiert ihr euch denn gut?«

»Du meinst, ich und diese anderen Gecken? Ja, das tun wir. Aber für einen Dichter ist in unserem Salon stets ein Platz frei.«

»Ich muss gehen.«

»Ich weiß. Bis später.«

13

Byrne stellt sich vor, er wäre ein Alexander Selkirk der Berge, auf eigenen Wunsch auf dieser Insel im Eis ausgesetzt. Mit dem Rücken auf der flachen Kalksteinplatte liegend beobachtet er, wie sich hohe Zirruswolken bilden und wieder auflösen.

Die von der Sonne aufgeheizte Feuchtigkeit aus dem Schnee steigt unsichtbar in die Höhe und breitet sich zu Wolken aus. Schwäne. Nana nannte sie die Kinder Llyrs.

Byrne erinnert sich, wie Nana ihm die Geschichte erzählte und wie verzweifelt er sich als Junge das gleiche Schicksal gewünscht hatte. Zauber der Fremde, fernab von Heimat und Familie. In unsterblicher Einsamkeit über die dunklen Gewässer der Erde zu wandern.

Man sagt, sie wanderten immer noch, hatte Nana ihm erzählt. Bis zu dem Tag, an dem Gott die ganze Erde mit einem Kuss verbrennt.

14

Hal wacht in ihrem Bett auf. Sie ist nicht da.

»Freya?«

»Hier.«

Sie schreitet durch den Raum, ihr nackter Körper zeichnet sich einen Augenblick dunkel vor dem Fenster ab, dann ist er nicht mehr zu sehen. Sie schlüpft neben ihm ins Bett.

»Du willst auch diesen Winter nicht bleiben?«

»Nein.«

»Ich reise auch ab. Ich habe eine Stelle beim *Herald* bekommen. Als Reporter. Es gefiel ihnen, dass ich ein Buch geschrieben habe und zugleich weiß, wie man ein Pferd sattelt.«

»Aber Hal, das hast du mir ja gar nicht erzählt. Das ist ja wunderbar.«

»Wirklich?«

»Du wirst viel zu tun haben.«

Er rückt näher an sie heran, an ihre Wärme, schlingt die Arme um sie.

»Ich würde den Winter lieber so verbringen.«

»Ich werde ekelhaft und blutrünstig, wenn ich zu lange an einem Ort bleiben muss.« Sie beißt ihm ins Handgelenk. »Der Vampir. Du weißt schon.«

»Und Hal kannte sein Weib Freya und siehe da, er wusste nichts.«

»Weib. Das klingt sehr komisch.«

»Wo wirst du hingehen?«

»Du wirst lachen, aber wahrscheinlich nach Hause zu meiner Mutter, zumindest eine Zeit lang. Dort kann ich an meinem Buch arbeiten.«

»Du könntest auch hier daran arbeiten. Wir könnten in Elspeths Garten überwintern.«

»Ich fürchte, ich gedeihe nicht unter Glas.«

15

Hal macht eine Lampe an und setzt sich mit Notizbuch und Stift auf den Bettrand. Freya gähnt, schlägt die Augen auf.

»Was ist los?«

»Ich werde dir ein paar Fragen stellen. Ein Exklusivinterview für den *Herald*, von Henry Rawson.«

»Na gut; ich bin zu schläfrig um zu widersprechen. Schieß los.«

»Miss Becker, unsere Leser würden gern erfahren, wie viele Liebhaber Sie schon hatten.«

»Hm?«

»Miss Becker? Wachen Sie auf. Bitte beantworten Sie meine Frage. Wie viele Liebhaber?«

»Zwei. Nächste Frage.«

»Zwei?«

»Die nächste Frage und dann will ich weiterschlafen.«

»Gibt es überhaupt eine Frage, die zu beantworten du bereit bist?«

»Frag mich, was mir denn einfällt, dass ich mich wie ein Mann verhalte. Das hat mich der andere gefragt.«

16

Die Überbleibsel einer Schutzhütte, die eine Gruppe verirrter Kletterer auf dem Nunatak errichtet hat, wird zu Byrnes wissenschaftlichem Observatorium. Mit Rawsons Hilfe vergrößert er den Bau aus Gesteinsbrocken, stützt ihn mit einem Holzgerüst ab und versieht ihn mit einer Tür. Sie graben eine Vertiefung für die Feuerstelle und legen Steine rundherum. Byrne schlägt die Wände mit Fellen aus, die ihm Sara und Swift gegeben haben, und breitet Zeltleinwand und Öltuch über den Boden.

Er stellt ein Feldbett, einen Kiefernholztisch und

einen Stuhl hinein. Er baut Regale und füllt sie mit Büchern, Arzneimitteln in Flaschen mit Glasstöpseln, Dosengemüse, dünnen Wachskerzen, Kochutensilien. Er hängt eine Spirituslampe an die Wand und stellt eine Tischuhr auf die Steinplatte über der Feuerstelle. Daneben legt er eine Seeigelschale, das einzige Relikt aus seiner Kindheit, das die Zeit überdauert hat.

Als das Regal fertig und bestückt ist, schließt sich Byrne für die erste Nacht ein. Er entzündet ein Holzkohlenfeuer, wickelt sich in eine Schlittendecke und setzt sich an den Tisch um im Schein der Lampe zu schreiben.

Zu vorgerückter Stunde verstummt das Geräusch des rieselnden Wassers. Der Wind ist abgeflaut. Byrne befindet sich im Herzen der Stille.

Die Hütte ist so gut isoliert, dass er sich in der Decke unwohl fühlt und sie abstreift. Er zieht Weste und Hemd aus, auch die Schuhe. Eine Weile schreibt er in Unterhemd und Hose, dann stößt er den Stuhl zurück. Die Hitze ist greifbar, ein dickes Gewand, das seine Haut umhüllt.

Als er das Tötungsglas im Regal bemerkt, fällt es ihm wieder ein: die Spinne. Er nimmt das Gefäß und wischt den Staub ab.

Der Schnee darin ist längst geschmolzen und verdunstet. Auf dem Boden des Glases liegt ein ausgedörrtes schwarzes Etwas. Byrne schüttelt es auf seine Handfläche, zählt unter dem Vergrößerungsglas die Augen, erkennt die gesprenkelte Färbung auf dem Thorax.

Die Spinne streckt die Beine aus und flitzt über

Byrnes Handfläche. Er schnippt sie wieder ins Glas, öffnet die Tür und tritt hinaus auf den nackten Felsen. Die monddurchflutete Kälte überwältigt ihn.

Das All blüht vor Sternen.

Er kauert sich hin, kippt das Glas in den Schnee und schüttelt es. Die Spinne fällt heraus und krabbelt langsam über den beschatteten, grießigen Schnee davon. Byrne steht auf und blickt in die Finsternis.

Die fernen Lichter vom Chalet sind die einzigen Zeichen für die Anwesenheit von Menschen. Er kann die Laternen entlang der Promenade erkennen, die es wie einen Ozeandampfer erscheinen lassen. Die hohen Fenster sind erfüllt von Licht.

Um die Schwankungen in Temperatur und Fließgeschwindigkeit genau studieren zu können war es notwendig, mehrere aufeinander folgende Tage auf dem Gletscher zu verbringen. Wenn in der Abenddämmerung die Temperatur unter null sinkt, hören die Bäche auf der Gletscheroberfläche auf zu fließen. Überall auf dem Eis richten sich glitzernde Nadeln auf, da sich das geschmolzene und nun wieder gefrierende Wasser ausdehnt. Als würde um mich her ein Garten aus winzigen Eisblumen wachsen.

17

Als Elspeth über die Chaletpromenade geht, sieht sie jenseits des Tals Byrnes Lampe flimmern. Sie stellt sich vor, sie wäre Astronomin und das Licht in der Ferne ein aus einem einzigen Gestirn bestehendes Sternbild: der Doktor.

18

Gletschereis ist weder eine Flüssigkeit noch ein Festkörper. Es fließt wie Lava, wie schmelzendes Wachs, wie Honig. Geschmeidiges Glas. Flüssiges Gestein.

Um es beim Fließen zu beobachten braucht man Geduld. Im Laufe eines einzigen Tages stellt man nur wenig Veränderung fest. Doch mit der Zeit brechen Spalten auf, andere schließen sich wieder. Eisbeben verschieben die Masse, plötzlich entstehende Geysire aus Schmelzwasser reißen Eispfeiler und andere Orientierungspunkte mit sich fort. Und dann natürlich direkte Anzeichen des Fließens, Vorgänge von feinster, zufälliger Präzision: Gesteinsscherben werden vom Eis aus ihren Schichten gerissen, über Meilen bergab getragen und dort zusammen mit Bruchstücken aus anderen geologischen Zeitaltern abgelagert.

19

Er fragt Lightning Bolt, den alten Mann im Telegrafenamt, ob Nachrichten von zu Hause eingetroffen sind.

»Wenn es welche gäbe«, knurrt Lightning Bolt und blinzelt ihn dabei über seinen Kneifer hinweg an, »hätten Sie sie schon bekommen.«

An manchen Tagen versinkt Byrne in dumpfe Lethargie.

Wenn das geschieht, sucht er das Warmwasserbecken auf.

Eines Morgens kommt er, zitternd und bleich, aus dem Regen.

»So dürfen Sie aber nicht da draußen herumsitzen«, ermahnt ihn Elspeth.

Sie führt ihn hinein, setzt ihn in der warmen Küche auf einen Stuhl und holt Handtücher und eine Schüssel heißes Wasser.

»Seit dem Unfall passiert mir das mindestens einmal im Jahr«, erzählt er. »Es ist wie ein Rückfall in die Unterkühlung.«

»Kein Wunder«, meint sie. »Wenn Sie den ganzen Tag im *mank* herumlaufen.«

»Im was?«

»Im *mank*. Im Nassen.« Sie schüttelt den Kopf und zieht an seinem durchweichten Hemdärmel. »Das da meine ich.«

»Das ist ein guter Ausdruck«, sagt er. »Klingt passend.«

»Mich wundert, dass Sie ihn noch nie gehört haben.«

Er blickt auf die Hand, die noch immer auf seinem Ärmel ruht, und sieht dann in ihre lachenden Augen.

»Und das ist eine Hand«, sagt sie. »Sie haben zwei davon.«

»Ich ... ja.« Er nickt und lacht, ein kurzes Schnauben. Sie reicht ihm eines der Handtücher. »Danke.«

Sie stellt ihm die Schüssel vor die Füße und verlässt den Raum.

20

Während der ganzen folgenden Woche kontrolliert er routinemäßig die Verhältnisse in den Lagern entlang der Eisenbahnstrecke. Bei zwei Männern besteht Verdacht auf Cholera. Er begleitet die beiden mit dem Zug nach Edmonton. Eines Abends, zu später Stunde, kehrt er zum Chalet zurück, ohne dort Elspeth zu begegnen, und am nächsten Morgen ist er mit seinem Notizbuch wieder auf dem Eis.

Firnpfeiler. Massive, instabile Säulen aus Eis, die oft in einem Gletscherbruch entstehen.
Hier, wo der Gletscher über eine steile Stufe im Grundgestein fließt, platzt und reißt das Eis durch innere Spannungen. Es zerbricht, wird hochgepresst und schafft so eine gewellte Topografie.

Drei Tage lang beobachtet Byrne die Entstehung eines architektonischen Wunders. Der Gletscher ächzt, kracht, donnert und bäumt sich zu einer Kathedrale auf.

Byrne liegt bäuchlings auf dem Nunatak und skizziert den Vorgang in seinem Notizbuch.

Als die Sonne durch die Wolken bricht, füllt sich die Kathedrale mit Licht. Die sich erwärmende Luft höhlt sie zu einer barockeren, pompöseren Form aus. Turmspitzen, Bogengänge, Wasserspeier beginnen zu fließen. Wasserfälle bringen festliche Eisglocken zum Erklingen.

Dann, ganz langsam, gerät das zerbrechliche Gleichgewicht, das das Gebilde aufrecht hielt, ins Wanken. Noch während das Licht die Kathedrale preist, sackt sie ein und beginnt, fast unmerklich, in sich zusammenzufallen. Ein Donnern und Krachen wie aus Grabestiefe, das von verborgenen Gewölben und Hohlräumen zeugt und der Instabilität des Untergrunds.

Niemand kann exakt vorhersagen, wann eine Eiszacke nachgeben und in die Landschaft kippen wird. Am folgenden Morgen klettert Byrne zum Fuß des Gletscherbruchs und stellt fest, dass die Kathedrale verschwunden ist, von ihrer Umgebung verschluckt wurde.

Entschwunden, schreibt er in sein Notizbuch. *Sie muss rasch zusammengebrochen sein, in der Nacht. Aber ohne jegliches Geräusch.*

Ihm kommt in den Sinn, dass es nun schon fast zwei Wochen her ist, dass er Elspeth zuletzt gesehen hat. Zwölf Tage des kurzen Hochgebirgssommers. Noch ein Monat und er wird nach England zurückkehren. Er denkt daran zurück, wie ihre Hand seinen Arm berührte.

Am Nachmittag wandert er zum Chalet hinunter. Von dem Angestellten an der Rezeption erfährt er, dass sie vor drei Tagen nach Jasper gefahren ist.

Er nimmt den Zug in die Stadt.

Sie ist hier irgendwo, vielleicht im Gemischtwarenladen oder bei Freunden. Er beginnt seine Suche in den Straßen am Rande der lang gezogenen schmalen Stadt, die auf der einen Seite von der Eisenbahnlinie und auf der anderen vom dunklen Massiv des Bear Hill flankiert wird. Dreimal macht er die Runde durch Jasper, arbeitet sich von außen nach innen vor, macht in Trasks Andenkenladen Halt um sich mit dessen Sohn Jim zu unterhalten, behält dabei jedoch die ganze Zeit über den Eingang im Auge für den Fall, dass sie vorbeigeht. Schließlich bleibt er vor Pater Bucklers unvollendeter Steinkirche stehen. Die Sonne ist schon beinahe untergegangen, mattgoldenes Licht dringt durch den Korridor des Miette River ins Tal herein. Entlang der Straße gehen die Laternen an.

Er setzt seine Umkreisung von Jasper fort, erweitert die Umlaufbahn erneut, ein kalter Satellit, in dessen Innerem ein geheimes Feuer brennt.

Irgendwo hier muss sie sein. Bald wird er ihr begegnen. Sie wird ihm in die Augen blicken und erkennen, dass er sie endlich wahrgenommen hat.

21

Er blickt auf seine Taschenuhr. Der letzte Zug zum Chalet wird bald abfahren. Wenn er ihn versäumt, sitzt er diese Nacht in der Stadt fest.

Als er zur Hauptstraße zurückeilt, entdeckt er sie auf den Stufen am abschüssigen Rasen vor dem Büro der Parkaufsicht. Bei ihr steht ein altes, schmal und zerbrechlich wirkendes Paar. Der alte Mann hat langes, seidig weißes Haar, das im Licht der Laterne wie ein zerzauster Heiligenschein glänzt.

Elspeth deutet über den Fluss zum Signal Mountain hinüber, dessen Gipfel das flüchtige Bernstein des Sonnenuntergangs auffängt. Die beiden Alten stehen dicht neben ihr, lauschen ihren Worten, nicken. Wie zwei Möwen, denkt Byrne, die gerade durch einen Sturm geflogen sind und sich nun, zerzaust und benommen, im Schutz eines fürsorglichen Flügels zusammenkauern. Die Szene würde sich für ein sentimentales Gemälde eignen. *Abend in Jasper.*

Ihre Eltern. Ihm fällt ein, dass sie kürzlich von ihnen gesprochen hat. Sie hoffte auf einen Besuch von ihnen. Damals hatte er sich zwei hoch gewachsene, strenge Menschen vorgestellt, die grundsätzlich etwas gegen den Ort einzuwenden hatten, an dem ihre Tochter lebte. Die, kaum dass sie aus dem Zug gestiegen waren, griesgrämig alle Unannehmlichkeiten der Reise aufzählten. Schlichte, halsstarrige und reservierte Leute.

Und nun sieht er, wie sie über etwas lachen, das ihre Tochter gesagt hat, während der Vater ihre Hand hält und die Mutter zu ihr aufblickt. Ein Blick der Verwunderung über eine Tochter, die so groß und anmutig und stark geworden ist.

Er zögert. Die Glocke am Bahnsteig ertönt. In diesem Moment blickt Elspeth über die Straße und entdeckt ihn. Sie winkt. Byrne nickt, dreht sich dann abrupt um und eilt die Steintreppe zum Bahnhof hinunter.

22

Gerade als der Zug zum Chalet den Bahnhof verlässt, tippt ihm jemand auf die Schulter. Er dreht sich um. Elspeth. Er steht auf und setzt sich auf den Platz neben ihr.

»Als ich Sie sah«, sagt er, »dachte ich, Sie würden in der Stadt bleiben. Tut mir Leid ... Ich wollte den Zug nicht verpassen.«

»Wir waren gerade dabei, uns zu verabschieden. Meine Eltern fahren morgen früh in den Osten zurück.«

Sie streicht sich eine widerspenstige Haarlocke glatt, eine Geste der Nervosität, die er noch nie bei ihr gesehen hat. Er merkt, dass sie mit den Tränen gekämpft hat. Einen Augenblick lang denkt er, sein Verhalten vorhin auf der Straße sei schuld, dann fällt ihm ein, dass sie gerade Abschied nehmen musste. Im Unterschied zu ihm bleibt sie jeden Winter über in Jasper. Es kann Jahre dauern, bis sie ihre Familie wieder sieht.

»Sie hätten sich wegen des Zuges keine Sorgen zu machen brauchen«, sagt sie. »Sie würden es nicht wagen, ohne mich loszufahren.«

23

Byrne nimmt Elspeth mit zum Gletscher. Es hat zwei Tage lang geschneit, sodass der untere Gletscher weiß überstäubt ist und sich weiter oben, nahe dem Nunatak, sogar Schneewechten aufgetürmt haben. Sie klettern die Seitenmoräne hinauf um den Spalten aus dem Weg zu gehen und wandern dann angeseilt über den Schnee, wobei Byrne alle paar Schritte den Pickel in den Boden stößt.

Sie erreichen eine offene glatte Eisfläche, die Byrne tags zuvor vom Schnee freigeräumt hat.

Vorsichtig betritt Byrne das blanke Eis und prüft, ob es nach dem Morgen in der warmen Sonne noch tragfähig ist. An einer Stelle, wo sich auf dem Eis eine dünne Schicht Schmelzwasser gesammelt hat, stützt er sich auf den Pickel und verlagert sein Gewicht auf ein Bein. Das Eis gibt ein wenig nach und er hört Luftblasen hochsprudeln. Er tritt zurück. Unter seinem Stiefel hat sich im Eis ein Haarriss gebildet. Er dreht sich um und bewegt sich vorsichtig zu der Schneewechte zurück. Elspeth ist verschwunden. Ihre Stiefelspuren führen seitlich zur Schneedüne hinauf.

»Elspeth?«

»Ich bin hier ...«

Schnee und Wind dämpfen ihre Stimme, sodass er nur einzelne Wörter verstehen kann.

»Schneeengel ...«

Byrne lässt einen seiner Schlittschuhe fallen.

»Was?«

Über dem windzerfurchten Dünenkamm sieht er ihre Hand. Sie winkt ihm zu. Als er zu ihr hinaufklettert, lächelt sie und deutet auf den Abdruck in Form einer geflügelten Figur, den sie in dem tiefen, aufgetürmten Schnee in der Senke hinterlassen hat.

»Seit ich ein kleines Mädchen war, habe ich so etwas nicht mehr gemacht. Ich hatte schon vergessen, wie hübsch sie aussehen.«

Er kauert sich neben sie.

»Jetzt sind Sie dran«, sagt sie mit einem Lächeln, das jedoch rasch erstirbt, als sie seinen merkwürdig eindringlichen Blick registriert. Er starrt auf den Abdruck, den ihr Körper im Schnee hinterlassen hat.

»Es ist wunderschön.«

Sie schnippt eine Hand voll Schnee hoch, ihm mitten ins Gesicht. »Oh.« Sie hält sich die Hand vor den Mund. »Das war keine Absicht.«

Er lächelt und wischt sich die Augen mit dem Halstuch ab. »Es fühlt sich an ...«
»Wie denn?«
»So.«
Er sinkt neben ihr in den Schnee. Mit ihren Lippen streicht sie ihm den Schnee von den Lidern und der Stirn. Er beugt sich zu ihr. Ihre Gesichter, ihre Handgelenke berühren einander, die einzigen Körperstellen, die in der Kälte bloß geblieben sind.
»Können wir hier Schlittschuh laufen?«
»Ich glaube nicht.«

24

»Das gefällt mir«, sagt er.
»Was?«
»Wie du beim Lesen die Seite mit den Fingern berührst.«
Sie legt die broschierte Ausgabe der *Sturmhöhe* beiseite und setzt sich, eine Decke um die nackten Schultern gelegt, im Bett auf. Er liegt neben ihr. Der Wind rüttelt an der verriegelten Tür der Schutzhütte.
»Ich glaube, ich mag diesen Unterschied in der Beschaffenheit von Papier, wenn man vom Gedruckten zum Rand fährt. Wie sich die Leere um die Wörter herum anfühlt.«
Amüsiert verzieht er den Mund.
»Du kannst das spüren?«
»Jedenfalls bilde ich es mir ein. Manchmal denke ich, es macht für mich mindestens die Hälfte des Vergnügens am Lesen aus.«

Er stützt sich auf einem Ellbogen auf.

»Ich möchte dir gern etwas zeigen. Einige meiner Aufzeichnungen.«

»Nein. Keine Geschichte mehr. Nicht noch mehr Daten und abstruse Fakten.«

Er schlüpft aus dem Bett und blättert den Stapel Notizbücher auf seinem Arbeitstisch durch.

»Wenn du wissen willst, was ich wirklich tagein, tagaus hier draußen mache ...«

»Ich glaube, das weiß ich.«

»Dann lies das.«

»Mir wäre lieber, du würdest es mir erzählen.«

»Aber es würde nicht richtig herauskommen. Ich würde die Dinge zu sehr vereinfachen. Dies hier wird dir die Unbestimmtheit des Ganzen besser vermitteln.«

Sie nimmt das Buch zur Hand, das er aufgeschlagen hat. Er deutet mit dem Finger auf die Stelle, wo sie anfangen soll zu lesen. Es sind die Aufzeichnungen, die er nach seiner Parisreise gemacht hat, als er sich in seiner Londoner Wohnung einschloss, ruhelos auf und ab wandernd, aus dem Fenster starrend. Elspeth liest, während er sich zurückerinnert, wie er es damals geschrieben hat.

25

Zuerst die Gletscherspalte. Jede Einzelheit, die sich ihm eingeprägt hatte.

Die geflügelte Gestalt. Und dann die aus dem Gedächtnis niedergeschriebenen Geschichten, die ihm

Sara und der Siedler Swift auf der Fahrt nach Edmonton erzählt hatten.

Aufzeichnungen, die nirgendwohin führen, die im Kreis zu sich selbst zurückkehren. Aufzeichnungen, die er bei der Lektüre von Sexsmiths Bericht über seine Reisen in die Rocky Mountains gemacht hatte. Sexsmiths Erzählungen von Jagdabenteuern, eine beiläufige Erwähnung der Stoney-Brüder und der jungen Frau. Kein Wort von der Landkarte auf ihrer Handfläche, sondern nur die Beobachtung, dass sie für die Brüder eine Art *Glücksbringerin* war. Und auch über das Eisfeld kein Sterbenswörtchen. Als Gründe für seine Entscheidung zum Umkehren hatte Sexsmith nur die Strapazen und das Murren der Männer genannt. Aufzeichnungen, die Byrne zu einer Zeit gemacht hat, als er alles verschlang, was er über Gletscher und Eiszeiten finden konnte. Beim Romantiker Agassiz, beim leidenschaftslosen Viktorianer John Tyndall, bei den Geschwistern Vaux und ihren methodischen Beobachtungen.

Tyndalls heimliches Bekenntnis, das er sich abgeschrieben hatte:

Bald war ich oben auf dem Eis, wieder einmal allein, was mir zuweilen tiefe Freude bereitet.

Ein noch größeres Mysterium als die Bewegung der Gletscher war für Tyndall die menschliche Vorstellungskraft. Der Mut, aus *einigen wenigen verstreuten Beobachtungen* die Vorgeschichte der Welt zu rekonstruieren. War die Vorstellungskraft etwa eine Energie, *die ähnlich wie latente Wärme in alter anorganischer Natur eingeschlossen war?*

Oder war sie vielleicht, schrieb Byrne in sein Tagebuch, *eine Kraft, die aus einer unsichtbaren Quelle hervorfloss und unerbittlich vorwärts drängte um die Welt zu umschließen und neu zu formen?*

Und mit diesem Gedanken gewann eine Tatsache, die ihm schon immer bekannt gewesen, über die er jedoch hinweggegangen war, erhellende Bedeutung. Gletscher sind Ströme. Wasser.

Er stand auf, trat ans Fenster seines Arbeitszimmers und öffnete es. Der Himmel war ein weißes Dach, von dem Regen tropfte wie schmelzender Schnee. In Hemdärmeln stützte er sich aufs Fensterbrett, blickte hinab in die nasse Straßenschlucht und sog den klammen Aschegeruch der Londoner Luft ein.

Das Grundparadoxon: eingefrorenes Fließen. Im Eis eingeschlossene Gegenstände bewegen sich nicht, sind aber dennoch ständig in Bewegung.

Unter ihm kämpften sich Passanten und Pferdedroschken durch den Schneematsch. In der Gosse baute eine Horde kreischender Kinder eine Mauer aus schmutzigem Schnee.

Sobald das Eis von dem Ort seiner Akkumulation abwärts gleitet, gelangt es in eine wärmere Klimazone und beginnt zu schmelzen. Übersteigt dabei die Menge der Sommerschmelze die Menge des Nachschubs, nimmt der Gletscher immer mehr ab, zieht sich zurück. Die ersten europäischen Forscher in den Alpen hatten sogar den Eindruck, die schneller zurückweichenden Gletscher würden rückwärts den Berg hinaufklettern. Binnen vierundzwanzig Stunden konnte Land, das zuvor begraben lag, wieder auftauchen.

In den Alpen sind die Leichen vermisster Bergsteiger Jahrzehnte, manche erst Jahrhunderte später von dem schwindenden Gletschereis freigegeben worden.

Ein Glas Sherry auf der Handfläche balancierend war er in seiner Wohnung umhergewandert. Der starke Duft stieg ihm in die Nase und stimulierte ihn. Er setzte sich und las durch, was er soeben geschrieben hatte:

Ungeheurer Druck, verbunden mit extremer Kälte. Erzeugt in dieser Kombination bisher unbekannte Wirkungen auf die Materie. Oder auf den Geist.

Die Möglichkeit, dass etwas Geistiges im Eis eingefroren, gefangen ist. In physischen Kräften gebunden, unbeweglich gemacht und dadurch selbst physisch und kompakt geworden.

Er trank den Sherry, stellte das leere Glas ab und trat wieder ans Fenster. Der dünne Spitzenvorhang bauschte sich im Wind und sank wieder zurück.

Und wenn dieses Geistige aus dem Eis herausschmelzen würde, würde es dann einfach wieder in den metaphysischen Raum sublimieren und sich erneut der menschlichen Zeit wie der wissenschaftlichen Messbarkeit entziehen?

Wenn ich nur dort sein und es im Augenblick seines Entweichens beobachten könnte.

26

Nachdem er in der letzten Glut des Feuers herumgestochert hat, läuft er auf Zehenspitzen über den gefrorenen Boden, als bestünde er aus glühenden Kohlen. Einen Augenblick lang steht er zusammengekrümmt über dem Bett, reibt sich die nackten Arme und die bloße Brust und wundert sich, dass aus seinen Fingerspitzen blitzschnell Funken schießen.

Er lächelt. Reibung, Hitze. Hat ihr Körper dieses blaue Feuer auf ihn übertragen? Es muss eine Auswirkung der trockenen Luft sein, des feines Staubes, der sich in diesen Höhen unmerklich und stetig auf allem niederlässt.

Er klettert zwischen die kühlen Laken. Sie ist irgendwo neben ihm im Bett und schläft, doch er kann ihre Wärme nicht spüren. Er liegt auf dem Bauch und lauscht ihrem Atem. Manchmal bewegt sie ganz sachte eine Hand, einen Arm, der wie ein Flüstern über die Decke gleitet. Ein im Traum gesprochenes Wort.

Sie schwimmen nachts nebeneinander in einem See, aber ihre Körper berühren sich nicht. Nur die Wellen des Atems zeugen von der Gegenwart des anderen.

Als sie mit den Seiten, die sie auf seine Bitte hin gelesen hatte, zu Ende war, hatte sie zu ihm gesagt: *Und jetzt willst du wissen, was ich davon halte?*

Er stand an der Feuerstelle, die Arme vor der Brust verschränkt.

»Du musst es mir nicht sagen«, erwiderte er.

»Es wird dir nicht gefallen.«

»Sag es mir.«

Sie legte das Notizbuch neben sich auf das Bett.

»Ich weiß nicht, was dieses Ding war oder ist oder als was es sich herausstellen wird, und das scheint mir im Moment auch nicht wichtig.«

»Ich verstehe.«

»Du solltest mein Tagebuch lesen. Die Seiten voller Fragen – *Was denkt er? Weiß er, was ich fühle? Interessiert es ihn überhaupt?*

»Das hier«, und dabei deutete sie auf das Notizbuch, »die Tatsache, dass du es mich hast lesen lassen, ist mein erstes Stückchen greifbaren Beweises. Ich sollte eigentlich auf der Stelle nach Hause laufen und es aufschreiben: neunundvierzigster Tag – ein Durchbruch. Ich glaube, das Wesen vertraut mir nun.«

»Das ist witzig«, sagte er.

»Dann lach doch.«

Er setzte sich neben sie auf das Bett.

»Um ehrlich zu sein«, fuhr sie fort, »glaube ich nicht, dass du in der Gletscherspalte irgendetwas gesehen hast.«

»Du meinst, ich habe es mir nur eingebildet.«

»Ich meine, du hast etwas gesehen, aber vermutlich war das, wie du selbst sagtest, eine vom Eis geschaffene natürliche Form. Und ich würde hinzufügen: nicht vermutlich, sondern höchstwahrscheinlich.«

»Aus dir wäre eine gute Wissenschaftlerin geworden. Ich wusste gar nicht, dass du so unromantisch bist.«

»Bin ich das? Als kleines Mädchen glaubte ich an Feen, obwohl ich nie eine gesehen hatte. Man sagte mir, das sei töricht und abergläubisch, aber natürlich kümmerte mich das nicht. Einmal stieg ich zusammen mit meinem Bruder auf den Hügel über unserer Stadt um nach einem ausgerissenen Pony zu suchen. Aber ich konnte mit Sandy nicht Schritt halten. Wie immer hatte er es sehr eilig. Ich sei eine Plage, meinte er, er müsse dauernd anhalten und auf mich warten. Schließlich befahl er mir umzukehren und nach Hause zu gehen. Ich schmollte und schlenderte eine Zeit lang ziellos umher und dann setzte ich mich ans Ufer eines Flusses. Auf der anderen Seite war ein großer wilder Weißdorn und als ich dort im Schatten der Blätter ein Mädchen stehen sah, ließ ich einen Schrei los und sprang auf. Ich rief ihr einen Gruß zu und winkte. Sie aber rührte sich nicht, sondern beobachtete mich nur von der anderen Seite des Flusses. Sie hatte grüne Augen. Sie war elfengleich, wunderschön. Ich spürte, dass dies hier ihr Ort auf Erden war, dass ihr Leben hier entsprungen und verwurzelt war wie der Weißdorn und ich ein Eindringling war. Ich rannte nach Hause und war furchtbar durcheinander, doch danach bin ich fast jeden Tag auf den Hügel gestiegen, weil ich hoffte sie wieder zu sehen.«

»Aber es ist dir nie gelungen.«

»Freya erinnert mich an sie, aber nein, es ist mir nie gelungen.«

»Und du wolltest immer wissen, ob sie nun ein Traumgebilde war, eine Vision oder einfach nur ein gewöhnliches Mädchen unter einem Baum.«

»Ja, aber sie war nicht gewöhnlich. Das ist es ja. Jahre später dachte ich, sie brauchte kein Geist, keine Fee oder irgendwas in dieser Art gewesen zu sein. Sie brauchte nicht aus einer anderen Welt zu kommen um die meine mit Zauber zu füllen. Ich hatte nie jemanden oder etwas wie sie gesehen. Ein schönes Mädchen unter einem Weißdorn, das ist doch Wunder genug, oder?«

27

»Ich wollte dich meinen Eltern vorstellen.«

»Als was?«

»Als meinen Freund, den Arzt. Sie haben dich nur aus der Ferne gesehen und du hast es ja geschafft, dass es dabei blieb.«

»Erzähl mir von deinem Vater.«

»Oh, er ist ein unerbittlicher Mensch. Wenn mein Bruder und ich uns prügelten, hielt er eine wirklich schreckliche Strafe für uns bereit.«

»Welche denn?«

»Er trug uns auf uns an den Händen zu halten und zu singen.«

28

»Danke«, sagt sie.

»Wofür?«

»Dass du mich hierher geführt hast, wo mich niemand finden kann. Seit Monaten habe ich nicht mehr so viel Ruhe und Frieden gehabt. Sogar an meinen freien Tagen holen sie mich, wenn sie irgendein Problem haben.«

»Hier oben werden sie dich nicht finden.«

»Das glaube ich auch.«

»Das hier ist nun dein Chalet. Du bist der Gast, dem jede Laune nachgesehen wird. Und du kannst so lange bleiben, wie du willst.«

»Nein, das kann ich nicht.«

29

»Und was dachtest du?«

»Wobei?«

»Als es dir wieder besser ging und deine Mutter meinte, es sei ein Wunder. Glaubtest du das auch?«

»Ich weiß nicht.«

»Kannst du dich nicht mehr daran erinnern?«

»Ich erinnere mich an zu vieles.«

»Aber daran nicht.«

»Ich meine ja bloß, ich wusste einfach nicht, ob es ein Wunder war, und ich weiß es immer noch nicht. Aber weil meine Mutter das glaubte, wollte ich es auch glauben. Ich wurde sehr religiös. Und spielte sogar mit dem Gedanken Priester zu werden. Ich wollte werden wie der heilige Franz von Assisi, in der Wildnis leben und alles Lebendige lieben, sogar die Bäume und Felsen, einfach alles. Eines Tages dann, etwa vier Jahre nachdem mein Vater und ich nach London gezogen waren, saß ich allein in der Kirche und plötzlich stand ich auf und ging hinaus und damit war alles vorbei. Einfach so. Noch im gleichen Jahr teilte ich meinem Vater mit, dass ich Arzt werden wollte.«

»Wie alt warst du damals?«

»Vierzehn oder fünfzehn. Ich habe sie einfach aufgegeben, die große Leidenschaft meines Lebens, und bin fortgegangen.«

»Und wie ist es mit dieser großen Leidenschaft, dem Eis?«

»Manchmal hasse ich diesen Ort. Aber ich kehre immer wieder hierher zurück, als sei ich dazu verdammt.«

Einst war diese Welt an der Peripherie seiner Vorstellung gewesen, ein Ort, von dem man zurückkehrte um Geschichten darüber zu erzählen. Nun aber ist er zum Mittelpunkt seines Gesichtsfeldes geworden. Und mehr als das: unvermeidlich. So gesehen ist er der Überzeugung, dass sein Leben keinen anderen Weg hätte nehmen können, sei es nun gut für ihn oder schlecht.

Die Konturen des Eisfeldes, selbst jene, die er nicht sehen und sich mithilfe der Landkarten anderer nur ausmalen kann, scheinen nun eine Gestalt anzunehmen, die er schon sein ganzes Leben lang vage vor Augen gehabt hat.

30

Trask stößt Hal mit dem Ellbogen an.

»Das ist ja nicht zu glauben. Sehen Sie nur.«

Hals Blick folgt dem ausgestreckten Zeigefinger zu dem Punkt hinter dem Koppelzaun und der Bergwiese, hinüber zu dem Fußpfad, wo Elspeth und Byrne in Sicht kommen.

Trask schüttelt den Kopf.

»Was um alles in der Welt findet sie bloß an ihm? Der Kerl hat schon so viel Zeit auf dem Gletscher verbracht, dass ich wetten möchte, er kackt Eiszapfen.«

31

Am Tag darauf kommt Elspeth unerwartet wieder um ihn zu besuchen. Freya begleitet sie, aber sie sagt nur sehr wenig, inspiziert den Unterstand und stellt sich dann in die Tür um auf den Gletscher hinauszublicken.

»Ein Jungesellenversteck«, meint sie. »Nicht sehr originell.«

»Du hättest nicht alleine hier heraufkommen sollen«, meint Byrne.

»Das ist sie ja auch nicht«, erwidert Freya. »Ich bin schließlich auch noch da.«

Elspeth stellt einen Korb auf seinen Arbeitstisch.

»Hier ist ein wenig kaltes Roastbeef, Kartoffeln, Brötchen. Und eine Apfelsine.«

Sie lächeln einander scheu zu. In Freyas Gegenwart fühlen sie sich befangen.

»Herrlich«, sagt Byrne. »Besonders die Apfelsine. Bei dieser Art Arbeit riskiert man nämlich Skorbut zu bekommen.«

»Und geisteskrank zu werden«, ergänzt Freya.

Sie holt ein schmales Buch aus ihrer Jackentasche und hält es Byrne hin.

»Ich habe Ihnen auch etwas mitgebracht«, sagt sie.

Er nimmt das Buch und schlägt die Titelseite auf. Eine bereits arg mitgenommene Ausgabe von Shakespeares Dramen.

»Hab ich an der Mündung des Grizzly Creek gefunden, zwischen den Steinen eines ehemaligen Lagerfeuers. Elspeth sagte mir, dass Sie solche Dinge sammeln.«

Jahrelang war das ledergebundene Buch Wind und Regen ausgesetzt gewesen und nun sind die Seiten aufgeweicht. Aus dem Bundsteg rieselt trockener grober Sand. Die Schrift ist verblasst, aber an vielen Stellen kann man noch in winzigen Buchstaben gekritzelte Randnotizen erkennen.

Er untersucht das Buch von vorn bis hinten. Auf das Vorsatzblatt ist ein Familienwappen gedruckt: ein himmlisches Jerusalem auf hellblauem Grund. Und das Motto: *J'espère*. Freya beugt sich vor.

»Wissen Sie, wer es verloren hat?«

»Ja.«

32

Wahrscheinlich hat Sexsmith dieses Buch verloren, schreibt Byrne abends in sein Notizbuch, *oder er hat es bei Viraj zurückgelassen. Und dann haben es vermutlich die Landvermesser, die den Handelsposten geplündert und niedergerissen haben, weggeworfen.*

Nahezu sämtliche Randnotizen beziehen sich auf die Stücke. Nur auf den letzten Seiten finden sich ein paar hingekritzelte Zeilen über das Eisfeld. Und eine hastig skizzierte Karte mit einer freien Fläche in der Mitte. Byrne überträgt alles in sein Notizbuch. Stückweise fügt er die letzten Stunden von Sexsmiths Suche zusammen.

33

Vor ihnen liegt ein Meer von Schnee, den der Wind zischend vor sich hertreibt. Auf allen Seiten ragen nur undeutlich zu erkennende Gipfel wie Inseln in den verschwommenen Horizont. Ab und zu reflektiert das Sonnenlicht von der Eiskappe des höchsten Gipfels weit jenseits der Ebene, auf der sie stehen. Sie suchen Schutz an der windabgewandten Seite eines herausragenden Felsens am Rande der offenen Fläche. Die Stoney-Brüder entfachen mit den Holzresten von ihrem letzten Lagerplatz ein kümmerliches Feuer.

Sexsmith spricht kein Wort. Er starrt hinaus auf die weiße Ebene und beobachtet, wie sie langsam hinter einer Wand aus wehendem Schnee verschwindet. Während die Brüder kochen, unternimmt Sexsmith im schwächer werdenden Licht der Abenddämmerung einen Spaziergang hinaus aufs Schneefeld. Der erbarmungslose Wind treibt ihn bald zurück. Es ist offensichtlich, dass kein Tier zum Grasen hierher kommt. Es gibt hier nichts zu jagen und keine Möglichkeit die Proviantvorräte wieder aufzufüllen.

Alles, was ich sehe, ist schal, öde, unergiebig.

Er hat sein Tagebuch bei Viraj gelassen. Das einzige Buch, das er noch bei sich trägt, enthält die schwächsten Werke des Barden. *Antonius und Kleopatra. Ein Sommernachtstraum.* Wieder im Lager, in seinem Zelt, zündet er die Lampe an und versucht zu lesen, doch seine vom Wind geröteten Augen schmerzen zu sehr. Stattdessen macht er sich, eher pflichtschuldig, ein paar Randnotizen; mit tauben, wunden Fingern führt er die Feder und schreibt Worte, die er selbst kaum sehen kann.

Am nächsten Morgen schlürft Sexsmith in der nasskalten Luft seinen Tee, während die Stoney-Brüder das Lager abbauen.

Sexsmith verschüttet einige Tropfen Tee auf den Schnee zu seinen Füßen. Sie verschwinden auf der Stelle, selbst der braune Fleck wird von der weißen Oberfläche aufgesogen. Geistesabwesend stochert er mit der Stiefelspitze im Boden. In der Mulde, in die der verschüttete Tee gefallen ist, zeigt sich ein bläulicher Schatten. Er hockt sich hin, bürstet mit behandschuhten Händen die Schneekruste fort und gräbt ein Loch in die pulverigen Schichten darunter. Weiter unten hat sich der Schnee wieder verfestigt. Dann bohrt er mit seinem Bergstock in das Loch und stößt auf eine harte Oberfläche. Felsgestein, denkt er und schabt ein wenig daran. Ein schwaches Schimmern kommt zum Vorschein.

Blau, silbern. Was ist das?

Er schüttet den Rest seines Tees in das Loch und hackt dann mit der Spitze des Bergstocks hinterher. Kristalline Scherben stieben hoch.

Eis.

Jetzt begreift er, dass er über eine Eiskugel auf dem Gipfel der Welt wandert. Die Gletscher sind über deren Rand geflossen.

Nichts. Eine schreckliche Eiswüste.

Die Brüder haben das Gepäck geschultert und stehen auf Sexsmith wartend bereit. Er dreht sich um und wandert hinaus aufs Eisfeld, stößt dabei den Bergstock immer wieder in die Schneekruste. Die Brüder folgen ihm. Als der Schnee zunehmend tiefer wird, stolpert Sexsmith. Er bleibt stehen, während die

Brüder zu ihm aufschließen. Als er sie kommen hört, wendet er sich um, ein bitteres Lächeln auf den Lippen.

Eine Geisterstätte.

Abends erreichen sie das Lager am Kamm. In sein Tagebuch, dessen Seiten mit den gefrorenen Tränen seiner entzündeten Augen befleckt sind, schreibt Sexsmith nichts über die Eisebene. Nur das Datum und *Enttäuschung*.

34

War das wirklich schon alles? Byrne ist sich nicht sicher. Warum sollte er darüber Schweigen bewahren wollen? Es sei denn, er ist wie ich auf etwas gestoßen, das er nicht aufzuschreiben wagte.

Enttäuschung. Nichts als Schnee, Eis, Wolken, Wind. Das war alles, was er fand. Und was er nicht akzeptieren konnte. Eine Welt mit einer solchen Ödnis auf ihrem Gipfel.

35

Nach vielen Seiten voller Messungen und Berechnungen malt Byrne eine Jahreszahl auf das Blatt und setzt ein Fragezeichen dahinter. *Im Sommer dieses Jahres,* schreibt er, *müsste der Teil des Gletschers, in den ich gefallen bin, die Gletscherstirn erreichen. Genauer gesagt, er wird die Gletscherstirn sein und daher zu schmelzen beginnen.*

Was immer darin eingeschlossen sein mag, es muss aufgrund der Naturgesetze wieder auftauchen.

Hal

In gewisser Weise ist sie wie ein Kind, diese erwachsene Frau, die in den Großstädten dieser Welt gelebt und über deren Gefahren und Verlockungen geschrieben hat. Ziellos umherschweifend wie die Heldin aus einem Kinderbuch, lässt sie das eine Kapitel mit all seinen Verwicklungen achselzuckend hinter sich um sich dem nächsten zuzuwenden. Nie hält es sie lange genug an einem Ort, als dass dessen gewohnheitsmäßiger Defätismus und Zynismus auf sie abfärben könnte. Immer wieder fragt sie: Was liegt hinter dem nächsten Hügel, hinter der nächsten Flussbiegung? *Nie aber will sie wissen:* Wie komme ich nach Hause?

Für mich bedeutet jede neue Begegnung eine Konfrontation, von der ich mich in die Abgeschiedenheit zurückziehen muss um mich selbst auf Spuren der Verformung hin zu untersuchen. Die Welt pocht unablässig gegen meinen Charakter und formt ihn mit derselben Langmut wie Wasser den Stein.

Und Freya ist ein Wasserfall.

Letzten Winter las ich einige Artikel, die sie für Zeitschriften verfasst hat. Diese auch nur mit einem Mindestmaß an Objektivität zu lesen ist mir nahezu unmöglich. Um ehrlich zu sein, es ist mir nahezu unmöglich, sie überhaupt zu lesen. Vermutlich suche ich Freya in dem, was sie geschrieben hat, und kann sie dort nicht finden.

Ich habe allerdings eine Menge über ihre Arbeitstechnik gelernt. Wie sie in eine fremde Welt eindringt und dann deren Veränderungen, deren Reaktionen auf ihre Anwesenheit festhält. Nicht aus Arroganz oder absichtlicher Blindheit ihrerseits, wie mir jetzt klar geworden ist. Einmal sagte sie mir, nur so könne sie den Menschen und Kulturen, denen sie begegnet, gerecht werden. Sie könne nicht vortäuschen unsichtbarer Dolmetscher einer anderen Lebensart zu sein, ein mitschreibender Engel, der irgendwo über den Geschehnissen schwebe. Wenn sie die Hülle einer ihr unbekannten Stadt berührt, weiß sie, dass sie Teil des von ihr Berührten geworden ist, doch auf welche Weise, wird sie nie genau erfahren. Sie hinterlässt keine bleibenden Spuren. Wenn sie sich selbst in den Vordergrund ihrer Reportagen rückt, dann lediglich aus der Erkenntnis heraus, dass ihre Worte nur den sich endlos wiederholenden, flüchtigen Moment der ersten Begegnung festhalten können.

Auf ihrer eiligen Reise durch eine neue Welt bewegt sie sich mit der Geschwindigkeit einer Pistolenkugel. Ein kleiner Akt der Gewalt. Ihre Artikel die Bestandsaufnahme der Beschädigung.

ABLATIONSZONE

DIE FIRNGRENZE ZWISCHEN DEM NÄHRGEBIET UND DEM SCHMELZGEBIET EINES GLETSCHERS IST MEIST DEUTLICH ZU ERKENNEN. HAT DAS EIS ERST EINMAL DIESE GRENZE ERREICHT, BEGINNT ES ZU VERGEHEN. DER SCHMELZVORGANG WIRD SCHON DURCH EINE MINIMALE ERWÄRMUNG IM UNTEREN GLETSCHERBEREICH BESCHLEUNIGT; WIE SIE ZUM BEISPIEL DURCH DIE KOLBENBLITZE HUNDERTER KAMERAS ENTSTEHT.

I

IM JUNI DES FOLGENDEN SOMMERS FINDET DAS Treffen des Bergsteigervereins am Arcturus-Bach statt. Traditionsgemäß versammeln sich am ersten Abend alle Teilnehmer um ein Lagerfeuer, tauschen Geschichten aus und schmieden Pläne für die kommenden Tage.

Als das Feuer zu fahler Glut niedergebrannt ist, hört Freya, wie sich aus dem Dunkel jenseits des Lichtkreises jemand nähert.

»Schöner Abend heute.«

Der Fremde hält sich im Schatten, den die anderen werfen, und Freya kann sein Gesicht nicht sehen. Einen Moment flackert ein Streichholz auf, eine Hand legt sich schützend um einen Pfeifenkopf, ein Auge funkelt, ein kantiger Wangenknochen wird sichtbar.

Sie erörtern gerade die Beschaffenheit des Gesteins in dieser Region.

»Richtig«, bestätigt der Fremde. »Der Fels ist zum Klettern nicht gerade ideal.«

Und verliert sich in Details über die Zusammensetzung verschiedener Felswände, die unterschiedlichen Gradationen von Kalkstein und Quarz. Freya kann seinen Ausführungen eine Zeit lang folgen, doch dann, von der wärmenden Glut eingelullt, nimmt sie nicht mehr die Worte wahr, sondern lauscht nur noch dem Klang seiner Stimme. Nach einer Weile hat sie das Gefühl im Raum zu schweben, getragen vom Auf und Ab der Stimme des Fremden.

Unterhalb der kalten technischen Sprache, das hört sie heraus, wirbelt ein Sturm von Sehnsüchten und Emotionen, aber sie kann sie nicht deuten. Es ist eine Stimme aus dem Dunkeln.

Dann hört der Fremde auf zu sprechen und wünscht allen eine gute Nacht. Das Rascheln seines langen Regenmantels. Seine Schritte entfernen sich aus dem Kreis der Körper in das kalte Dunkel. Freya wendet sich an Hal.

»Das war Doktor Byrne«, sagt sie und begreift es erst, während sie seinen Namen ausspricht.

2

Nachdem die Glut vollständig erloschen ist, zeigen sich am Nachthimmel die violetten Streifen des Nordlichts. Freya und Hal beobachten, wie sie schimmern, verlöschen, wieder auftauchen. Dabei fällt Freya eine Geschichte ein, die sie als Kind erzählt bekam.

»Das Nordlicht war der strahlende Glanz einer

wunderschönen Eisjungfer, die hoch oben im Norden lebte. Mit ihrer Eiseskälte vertrieb sie all ihre Verehrer. Doch dann verliebte sich der König der Elfen und der Blumen in sie und seine Leidenschaft brachte ihr gefrorenes Herz zum Schmelzen. So kam der Frühling.«

Hal betrachtet sie beim Erzählen. Ihr Gesicht, ihre Worte – irgendwo, das fühlt er, muss es einen Hinweis für ihn geben, etwas, wo er einhaken könnte. Sie hat ihm soeben eine Liebesgeschichte erzählt, doch er weiß, dass sie sich bereits von ihm entfernt hat.

Gespürt hat er es schon im vergangenen Sommer. Er wusste es, als sie am Abend ihrer Ankunft im Stall auftauchte. Sie hatte ihm keine Nachricht zukommen lassen, er möge sie vom Bahnhof abholen. Ihre Begrüßung – sie streifte mit den Lippen seine Stirn – war die Nachricht. Hallo, mein Lieber, und auf Wiedersehen.

Vielleicht wird sie diesen Sommer genügend Material beisammen haben für ein Buch über Jasper. Er fragt sich, ob er wohl daraus gestrichen wird, wie der Dieb, der im Hausboot über Bord ging.

Und heute Abend will sie mit ihm nur über die bevorstehende gemeinsame Kletterpartie sprechen. *Gemeinsam*, denkt er.

Außerdem ist da noch Byrne. Sie ist fasziniert von ihm.

»Er ist eine nützliche Informationsquelle. Er kennt das Eis, so viel steht fest. Es könnte nicht schaden, mal länger mit ihm zu plaudern.«

Rawson lacht.

»Mit ihm zu *plaudern*, Freya? Der plaudert doch

nicht, der schwadroniert. Zudem muss ihm erst einmal ins Bewusstsein dringen, dass es dich überhaupt gibt.«

»Dann verführe ich ihn eben und wir plaudern danach.«

»Der arme Mann!«

3

Freya besucht Byrne in seinem Unterstand. Sie hat beschlossen nicht auf Rawson zu warten, sondern Byrne selbst aufzusuchen, ehe jemand anders ihr zuvorkommt. Lange vor Sonnenaufgang hat sie Feuer gemacht, hat einen Kaffee getrunken und ist aufgebrochen. Sie ist zwischen den ordentlichen Reihen weißer Zelte hindurch auf das Geröllplateau hinaufgestiegen. Den Nunatak erreichte sie, als die Sonne gerade über dem Arcturus-Gipfel aufging.

»Wenn Sie den Gletscher hinaufsteigen, halten Sie sich an die Südmoräne«, rät Byrne ihr. Über ihr unerwartetes Anklopfen an seiner Tür hat er sich kaum erstaunt gezeigt; erfreut allerdings auch nicht.

»Im Schatten des Berges herrscht nicht so viel Schmelzaktivität und es bilden sich weniger Spalten.«

»Und wie steht es damit auf dem Eisfeld?«, fragt sie. Zu ihrer Überraschung reagiert er etwas peinlich berührt, sogar verlegen. Er fährt mit dem Finger am Rücken eines Buches entlang, das auf seinem Tisch liegt.

»So weit hinauf bin ich nicht gekommen. Ich habe das Eisfeld nie gesehen. Seit meinem Unfall in der

Gletscherspalte kann ich keine steilen Steigungen mehr überwinden. Mein Arm versagt mir den Dienst. Also muss ich mich auf die unteren Bereiche beschränken.«

Sie blickt ihn mit großen Augen an.

»Das ist doch lächerlich. Sie können mit uns kommen. Zu dritt wäre es ohnehin mehr nach Trasks Geschmack. Und Hal würde sich weniger Sorgen machen. Wir helfen Ihnen bei den schwierigen Stellen.«

Er schüttelt den Kopf.

»Ich bin kein Bergsteiger. Ich würde Sie beide nur in Gefahr bringen.«

Obwohl sie weiter in ihn dringt, bleibt er standhaft wie eine Mauer. Sie gibt nicht gerne nach, doch seine Ablehnung ist endgültig. Enttäuscht schüttelt sie den Kopf.

»Was können Sie schon über das Eisfeld wissen, wenn Sie nie da oben waren? Nichts.«

Er lächelt. »Ich habe etliches vom Gletscher selbst erfahren. Eine Weise den Rest der Welt zu betrachten. Geduld. Beherrschung der Gefühle.«

»Das mag ja ganz nützlich sein – vorausgesetzt, man ist zufällig selber Eis.«

Sie schüttelt wieder den Kopf, gesteht ihre Niederlage ein, bittet ihn um Erlaubnis eine Aufnahme von ihm zu machen. Er willigt ein und ihm wird bewusst, dass er zum ersten Mal wieder auf Film festgehalten wird, seit er England erstmals verließ und zu der Expedition aufbrach.

Des Lichts wegen gehen sie nach draußen. Nachdem sie sein Bild aufgenommen hat, tippt sie auf ihre Kamera und sagt:

»Die da bringt Ihnen Ihr Eisfeld zurück.«

Er bittet sie alles Ungewöhnliche zu notieren und es ihm bei ihrer Rückkehr mitzuteilen.

»Was verstehen Sie unter ›ungewöhnlich‹?«, erkundigt sie sich und sieht ihn dabei prüfend an.

Er weicht ihrem forschenden Blick aus, beugt sich vor um die über den Tisch verstreuten Papiere zu ordnen.

»Alles Unerwartete«, meint er.

Ihr Atem an seinem Ohr. Entsetzt blickt er auf und sieht direkt in ihre Augen.

»Meinen Sie zum Beispiel so etwas?«

4

Freya und Hal planen die Ersteigung des Mount Meru, studieren Routen auf Landkarten und auf dem Diorama in der Lobby des Chalet, das Trask aufbauen ließ. Ein dreidimensionales Modell mit winzigen maßstabgetreuen Nachbildungen vom Chalet mit seinen Nebengebäuden und den Gipfeln der Umgebung, sämtlich unter klarem Glas. Die unpraktisch überdimensionalen Ausmaße des Eisfeldes werden vom Rand des Aufbaus beschnitten.

»Ich weiß, dass der Meru schon bestiegen wurde«, erklärt Freya Hal. »Aber ich will es auch versuchen, einfach so, für mich selbst. Das gibt mir außerdem Gelegenheit einen Teil des Eisfeldes zu überqueren. Nur damit ich später sagen kann, ich sei dort gewesen.«

Rawson ist zwar schon geklettert, aber nicht auf Eis.

Sie üben das Sichern, Stufen aus dem Eis schneiden, Gleitschritte. Und auf Byrnes Anregung hin, den Freya ein weiteres Mal getroffen hat, auch die Rettung aus Gletscherspalten.

Sie bemühen sich Trask aus dem Weg zu gehen. Er würde ihnen sicher raten mit einem Team von sechs oder sieben Bergsteigern zu gehen, so wie Freya die Gipfel des Arcturus und des Parnassus erklommen hat. Auch wenn dies keine Erstbesteigung ist, nicht einmal ein besonders schwieriger Aufstieg, würde er nur die Stirn runzeln über Freyas Entscheidung Hal mitzunehmen, der kein offizieller Bergführer ist. Und ehe sie sich versähen, würde Trask die ganze Expedition an sich reißen.

»Trask und ich hegen von alters her eine Feindschaft«, erklärt Freya. »Städtebauer gegen Nomaden. Ich falle in seine Stadt ein, setze mich über seine Verbotsschilder und Schutzgeländer hinweg und er erzählt Skandalgeschichten über mich.«

»Macht dir das nichts aus?«, will Hal wissen.

»Ich habe aufgehört mich daran zu stören. Mir ist klar geworden, dass ich umso besseres Material bekomme, je mehr ich Leute wie ihn aufstachele. Wenn ich die Regeln breche, schreibe ich meine besten Artikel.«

Jeden Tag wandern sie zum Fuß des Berges und steigen auf benachbarte Berge, des besseren Blickes wegen. Mit seinem Fernglas entdeckt Hal ein ungewöhnliches Muster auf einem schneebedeckten Abhang des Meru. Eine Reihe senkrechter Linien, blau schattierte Nähte im Schnee.

»Diese Linien sind größer, als sie von hier aussehen«, gibt Freya zu bedenken. »Eher wie senkrechte kleine Hügel, wenn man sie überquert, was ich persönlich lieber vermeiden möchte. Diesen Effekt nennen im Himalaya manche Bergsteiger ›Parvatis Vorhang‹.«

»Gibt es einen Flecken auf diesem Planeten, an dem du noch nicht gewesen bist?«

»Jede Menge. Da oben zum Beispiel.«

Sie errichten ihr Basislager am Fuß des Arcturus-Gletschers, den sie am ersten Tag ihres Aufstiegs bezwingen wollen. Von dort aus werden sie einen Teil des Eisfeldes überqueren um zu den weniger steilen Hängen des Meru zu gelangen.

5

»Was hältst du von Byrne?«, erkundigt sie sich.

Sie wandern vom Unterstand des Doktors aus den Gletscher hinauf.

»Ich bewundere einige seiner Eigenschaften – seinen klaren Kopf, sein scharfes Auge. Er hat eine beeindruckende Rüstung für sich geschmiedet. Aber ich fühle mich in seiner Gegenwart nie richtig wohl. Keine Ahnung, ob das überhaupt jemand tut. Seine Fassade bekommt niemals Risse, jedenfalls hab ich das nie gesehen.«

»Doch, bei Elspeth.«

»Worum geht es hier eigentlich?«

»Ich frage mich, was ihn treibt Tag für Tag hierher zu kommen. Er sucht etwas oder wartet auf etwas. Was mag das sein? Und dann das Eisfeld – es ist für ihn eine Art Heiligtum. Ich meine, es strahlt tatsächlich eine gewisse Faszination aus, das verstehe ich ja, aber für ihn ist es mehr. Er kann es kaum erwarten, dass wir zurückkommen und ihm umfassend Bericht erstatten.«

»Wir könnten doch etwas erfinden, wenn wir zurückkommen, darüber, was wir da oben alles gefunden haben. Die Ruinen einer untergegangenen Zivilisation oder so etwas. Mal sehen, wie er darauf reagiert.«

»Nein, das könnte ich nicht. Der Mann ist von diesem Ort besessen.«

Sie stapft weiter voran.

6

Ein überhängender Rückenpanzer aus Eis, vom Schmelzwasser unterhöhlt, formt eine Kuppel, durch die von oben die Sonne strahlt. Freya hackt Stufen ins Eis um dorthin zu gelangen und Hal folgt ihr.

Sie stehen beieinander und betrachten Wasserkapillaren, die über die durchscheinende Kuppeldecke verlaufen. An manchen Stellen fließen die dünnen Spuren zusammen, formen einen Wirbel und sprühen glitzernde Tröpfchen. Sie können ein ganzes labyrinthartiges Netzwerk verflochtener, sonnenbeschienener Rinnsale erkennen, die sich durch die gerundeten Kristalle des schmelzenden Eises schlängeln. Freya stellt ihre Kamera auf und blinzelt durch den Sucher, dann dreht sie sich zu Hal um.

»Manchmal habe ich das Gefühl, das Eis lebt.«

7

Sie überqueren die Randspalte zur Nordwand und betreten einen steilen, vereisten Kalksteinhang. Von hier aus ist es nur noch ein kurzer senkrechter Aufstieg zum Eisfeld.

Auf halber Strecke die Felswand hinauf entdecken sie eine Nische, einen Ort, wo sie sich, aneinander gedrängt, einen Augenblick ausruhen können. Langsam schieben sie sich darauf zu. Ein schneidender Wind fährt vom Eis herab und peitscht ihnen glitzernde Splitter in die Augen. Hal stolpert geblendet in die Nische. Er rutscht auf einem Streifen Glatteis aus und schlägt mit dem Knie schmerzhaft gegen den Felsen.

Freya kniet neben ihm und klammert sich an seinen Arm. In dem feinen Schneeschleier erscheint sie ihm auf einmal wie eine Fremde.

Was tue ich hier mit dieser Person?, denkt er.

Einen kurzen, erhebenden Moment lang fällt ihm nichts ein, was er über sie wüsste. Dennoch gibt es ohne sie weder eine Vergangenheit noch eine Zukunft für ihn. Als er sich vorbeugt um ihr Gesicht zu berühren, zieht sie den Kopf weg. Ihre Hand gleitet an seinem Arm hinunter um seine Hand zu ergreifen und ihm auf die Füße zu helfen. Jetzt erinnert er sich wieder.

8

Mit seinem Feldstecher beobachtet Byrne den Meru, wohl wissend, dass die beiden Bergsteiger nicht zu sehen sein werden, bevor sie den Gipfel erreicht haben. Er hofft, dann einen Blick auf sie zu erhaschen. Freya hat ihm versprochen auf dem Gipfel einen Spiegel aufblitzen zu lassen.

Der schmale Streifen Eisfeldes, den er vom Nunatak aus sehen kann, scheint in der Morgensonne gleißend hell. Wie der Rand eines strahlend weißen Planeten, der zu nahe an der Erde aufgeht. Er setzt den Feldstecher ab und reibt sich die Augen.

Als er gebückt zurück in seinen Unterstand tritt, leuchtet das Nachbild als roter Zweig vor ihm im Dunkeln auf. Er setzt sich an den Tisch, an dem er zuvor gearbeitet hatte.

Trask hat ihn gebeten einen kurzen Leitfaden über Eis und Gletscher zu schreiben, als Begleitheft zu seinem Diorama mit dem Titel:

Himmlischer Blick auf Jasper und Umgebung*

Er legt einen früheren Entwurf beiseite, greift zu seinem Füllfederhalter und beginnt auf einem frischen Blatt Papier noch einmal von vorn.

Das Eisfeld bildet die Quelle mehrerer großer Flusssysteme und gleichzeitig ein Frischwasserreservoir. Seine tief eingelagerten Eisschichten sind vermutlich mehrere hundert Jahre alt, stammen also von Schnee, der hier noch vor der Entdeckung Amerikas, vor der Geburt Shakespeares und vor der industriellen Revolution fiel.

Er schreibt über den Schweizer Glaziologen Louis Agassiz und zitiert dessen dramatische Vorstellung von der großen Eiszeit der Vergangenheit:

> *Die europäische Landmasse, die zuvor von tropischer Vegetation bedeckt war, in der Elefantenherden, riesige Flusspferde und gigantische Landraubtiere lebten, wurde plötzlich von einer großen Eisfläche überzogen, die Täler, Ebenen und Berge gleichermaßen bedeckte. Wo sich zuvor mächtige Geschöpfe bewegt hatten, herrschte nun tödliche Stille ... Die Strahlen der Sonne, die eine gefrorene Welt beschien, wurden lediglich untermalt vom Heulen des Nordwindes und vom Ächzen der Gletscherspalten, die sich gähnend an der Oberfläche dieses unermesslichen Eismeeres öffneten.*

Agassiz stellte auch als erster Wissenschaftler die These auf, Eiszeiten und darauf folgende Wärmeperioden hätten sich in der Geschichte der Geologie häufig abgewechselt. Schließlich gelangte er zu der Ansicht, jede Eiszeit habe sämtliches Leben auf der Erde vernichtet und nach dem Rückzug des Eises sei jeweils eine gänzlich neue Schöpfung entstanden. Dies bot seiner Meinung nach eine Erklärung für die vielen mysteriösen Lücken bei den Fossilienfunden.

Während seine Vorstellung von der vollständigen Vernichtung und Erneuerung von Leben seit langem widerlegt ist, herrscht kein Zweifel darüber, dass das globale Klima in der Vergangenheit erheblichen Schwankungen unterworfen war und Eiszeiten maßgebliche Auswirkungen auf alles Lebende gezeitigt haben, einschließlich der menschlichen Rasse.

Tatsächlich gehen manche Wissenschaftler davon aus,

dass wir die Entstehung der frühen Zivilisation den Auswirkungen der letzten Eiszeit zu verdanken haben.

Der Einbruch jener Eiszeit vor Hunderttausenden von Jahren muss katastrophale Veränderungen an der Erdoberfläche hervorgerufen haben. Eine ehemals üppige Vegetation schwand dahin. Viele Tierarten starben aus, bildeten sich heraus oder wanderten ab. Die frühen Menschenstämme, ehemals einfache Jäger und Sammler, waren gezwungen eine nomadische Existenz zu führen, ins Unbekannte aufzubrechen, und benötigten für diese Reise neue Werkzeuge. Neue Denkweisen. Neue Worte.

Byrne setzt seinen Federhalter ab. Geschichten. Ihre Geschichten nahmen sie mit, damit sie sich erinnerten, woher sie kamen. Und dann gab es noch die Erzählungen, die ihre Kundschafter mitbrachten. Die Geschichten waren es, die sie in Bewegung hielten.

Byrne lehnt sich zurück. Das war es nicht, was zu schreiben man ihn gebeten hatte. Trask möchte nur, dass seine Touristen das Modell sehen, einen kurzen erklärenden Text lesen und dann einen Blick auf den echten Gletscher werfen. Auf diese Weise soll für sie die Vorgeschichte lebendig werden und sie werden den Moment durch den Erwerb von Postkarten, Andenken und Filmen für ihre Kameras festhalten.

In seiner Begeisterung für die Idee hat Trask auch erwogen eine Kuppel aus blauem statt aus klarem Glas zu bauen. Um effektvoll zu veranschaulichen, dass der Ort, an dem die Stadt erbaut wurde, früher von Eis bedeckt war. Dann verwarf er die Idee: Es sei zu beängstigend und man würde damit womöglich die Religiösen vor den Kopf stoßen.

9

Byrne trägt Agassiz' Worte in sein Tagebuch ein:

»*Niemand vermag mit Genauigkeit zu sagen, welche physikalischen Kräfte bei der Wiederkehr der Eiszeiten wirksam sind. Auch ist nicht bekannt, wie lange es noch dauern mag, ehe unser – vielleicht kurzer – Sommer zu Ende geht.*«

10

Zum Übernachten machen sie am Rand des Eisfeldes Station und schlagen ihr Lager im Schutz eines Felsvorsprungs auf. Im Licht einer aufgehängten Laterne sitzen sie in dem spitzwinkeligen Zelt und lutschen Pastillen um ihre brennenden Kehlen zu beruhigen. Hal braut auf dem Campingkocher Kaffee, den er mit ein paar Tropfen Rum mischt und in Blechtassen serviert.

Der Wind bummert wie mit Fäusten gegen die Zeltwände. Sie sind miteinander allein. Draußen auf dem Berg haben Disziplin und die Anstrengungen des Kletterns sie auf Abstand gehalten. Nun, in diesem winzigen Zelt, ist dieser Abstand auf wenige Zentimeter zusammengeschrumpft. Ihr Gespräch über den Wind, die Kälte, die morgige Tour verläuft stockend. Freya errichtet mit ihrem Gerede über die Schwierigkeiten beim Fotografieren in der Weite der Natur eine Mauer um sich. Eine Aussicht, die mit bloßem Auge atemberaubend wirkt, behält auf Film selten ihre Ehrfurcht gebietende Pracht.

»Man muss einfach wissen, was man besser weglässt. Man muss sich für ein Detail entscheiden ... stellvertretend für den ganzen Rest.«

Sie sind müde und so ist das Thema bald erschöpft. Freya inspiziert ihre Kamera, reinigt die Objektive.

Rawson sitzt beklommen unter der Laterne, die ihm mit ihrem Schaukeln wie ein Symbol ihrer unausgesprochenen Gedanken erscheint und das Schweigen zwischen ihnen überbrückt. Er hält sein Tagebuch auf den Knien und liest noch einmal durch, was er geschrieben hat. Notizen für ein Gedicht über das Eis:

Farben: blau, grau, weiß
Künste: Architektur, Bildhauerei, Musik
Tageszeit: Dämmerung
Sinne: Sehen, Tasten
Organe: Haut, Lunge, Skelett
Materialien: Glas, Porzellan, Knochen, Papier
Gegenteile: Blut, Leidenschaft, Freya
Planeten: Merkur, Pluto
Gletscher sind wie Seraphim. Man stelle sich die Antarktis in den Armen eines riesenhaften Engels aus Eis vor.

»Offenbar will der Wind unbedingt herein«, sagt sie.

Er blickt über sein Tagebuch hinweg zu ihr. Sie kramt in ihrem Rucksack ohne ihn anzusehen.

Freya holt eine Porzellanpfeife heraus, ein Rauchbesteck aus einer kleinen Blechdose. Sie stopft die Pfeife, zündet sie an, lehnt sich mit dem Rücken gegen ihr aufgestapeltes Gepäck und raucht.

»Wie du guckst!«, lacht sie und reicht ihm die Pfeife. Als er sie nimmt, spricht sie mit gespielter Feierlichkeit:

»Aber ich muss dich warnen, das ist kein gewöhnlicher Feinschnitt.«

Er schnuppert den beißenden, süßlichen Rauch, der in Kringeln aus der Pfeife steigt.

»Was ist das? Haschisch?«

Sie nickt.

»Zum ersten Mal hab ich's in Darjeeling probiert. Wirkt Wunder bei Erschöpfung, Niedergeschlagenheit und nervöser Anspannung.«

Er gestattet sich ein bissiges Grinsen.

»Na dann, gib her. Das ist jetzt genau das Richtige für mich.«

»Was soll das nun schon wieder heißen?«

»Nichts. Ich glaube nur, die Luft hier oben ist ein bisschen dünn für die berauschenden Düfte des Orients.«

Sie schüttelt den Kopf.

»Und ich dachte immer, ihr Dichter wärt so erpicht auf neue Erlebnisse.«

Und wieder ist er in der Rolle des Novizen, die einzige, die sie ihm zugesteht. Er zieht einmal an der Pfeife und der beißende Rauch brennt ihm in der Kehle. Krampfhaft sucht er den Hustenreiz zu unterdrücken und starrt trotzig über ihren Kopf hinweg. Tränen steigen ihm in die Augen.

Er lehnt sich zurück und bläst einen vollkommen ebenmäßigen Rauchkringel in die Luft.

»Nicht paffen«, ermahnt ihn Freya und zerstört den Kringel mit dem Finger. »Du musst es trinken. Genießen.«

»Wie Sie befehlen, meine Liebe.«

»Hal ...«

Noch einen Zug, dann gibt er ihr die Pfeife zurück. Er schluckt den Rauch hinunter und spürt ein Brennen in der Lunge. Beim Ausatmen wird ihm schwindelig, doch gleich darauf verschwindet das Gefühl wieder. Kopf und Körper bleiben wie zuvor, jeder Schmerz, jede Blase sitzt noch am selben Platz. Wieder richtet er den Blick auf Freya. Sie hat die Pfeife niedergelegt und massiert sich die Füße.

»Welcher Vater bin ich für dich?«

Der Blick aus ihren blitzenden Augen fährt durch ihn hindurch.

»Lass das. Das hat nichts mit uns zu tun.«

»Nicht? Na, dann muss dir wohl einen von denen wieder in Erinnerung rufen. Den Papier-Vater. Den Warme-Milch-Vater. Wie wär's mit dem Toast-und-Tee-Vater?«

»Bitte, Hal, mach dich nicht darüber lustig.«

»Ich will ja bloß wissen, welchen du diesmal verlässt. Damit ich versuchen kann einer von den anderen zu sein oder sogar, wenn das überhaupt möglich ist, ich selbst. Du brauchst mir nur zu sagen, wie ich es anstellen soll.«

Vorsichtig legt sie die Pfeife wieder hin. Ihre Hand bebt, aber vielleicht gaukelt ihm das schwankende Licht dies nur vor.

Ihre Hand. In diesem Augenblick scheint sich dort die ganze Macht zu konzentrieren, die sie über ihn hat. Er betrachtet ihre Hand mit drängender Verzweiflung.

Und denkt: *Das hier ist der denkbar falscheste Ort*

dafür. In diesem Zelt ist kein Platz für Donner und Blitz.
»Du kannst da gar nichts tun«, sagt sie schließlich. »Es liegt an mir. Ich tu dir nur ungern weh, aber ich weiß, dass ich nicht zurückkomme. Das habe ich noch nie getan. So lebe ich eben.«
»Dann komme ich mit dir.«
»Nein.«
»Ich reise dir nach. Davon kannst du mich nicht abhalten.«
Sie sieht ihn mit einem kühlen Lächeln an.
»Dann müsste ich dich wohl oder übel erschießen.«

11

Noch vor Morgengrauen machen sie sich mit Kerzenlaternen auf den Weg über das Eisfeld. Nach einer Stunde zeigen sich tief hängende Wolkenbänke, die den größten Teil des Eisfeldes verschleiern.

Erst wird es beständig heller, dann verdunkelt sich der Himmel plötzlich wieder. Der Wind nimmt zu. Regentröpfchen stechen ihnen wie Nadeln ins Gesicht.

Er hört einen Ton. Ein unentwegtes, hohes Summen in der Luft, ganz in seiner Nähe. Sein Eispickel. Durch seine wollenen Handschuhe hindurch spürt er die Vibration. Er hält den Pickel in die Höhe um sich das genauer anzusehen.

Freya reißt ihn ihm aus der Hand und wirft ihn in hohem Bogen in den Schnee.

Die Luft knistert elektrisiert. Ein grüner Blitz peitscht über sie hinweg und sie drängen sich aneinander. Donner kracht über das Feld. Sein Grollen hallt noch lange nach.

»Der verzauberte Eispickel!«, ruft Hal. »Warnt einen mit seinem Singen.« Freya zuckt mit den Schultern und deutet auf ihre Ohren.

Die Gewitterwolke wälzt sich rasch höher und prallt dann auf die Bergwand.

Die Sonne, eine blasse Scheibe, bricht durch den dünner werdenden Wolkenschleier. Einen Augenblick hält Hal sie für den Mond.

Sie helfen sich gegenseitig auf die Beine. Eine lange Weile halten sie sich gegenseitig an den Schultern fest.

Bis Freya aus der Umklammerung ausbricht.

»Tut mir Leid. Alle Glocken haben geläutet.«

12

Er hat das Gefühl, der Weg über das Eisfeld dauere Tage. In diesem Meer aus Schnee gibt es keine verlässlichen Orientierungspunkte. Sie gehen im Gänsemarsch hintereinander her, Freya voraus. Mit jedem Schritt, den sie tun, dehnt sich die weiße Wüste weiter vor ihnen aus, wächst ins Unermessliche, je tiefer sie darin eindringen. Eishügel, die ihnen ganz nah erschienen, ziehen sich ins ferne Hochland zurück, verschwinden vollständig oder verwandeln sich durch irgendeine Spielerei des Lichts in Mulden, in die sie stolpern, in brusthohe Schneewehen, die sie durchwaten müssen.

Tiefe und Farbe sind aus der Welt gewichen und er

ertappt sich dabei, wie er die Leere mit Phantomfiguren zu füllen sucht, die ihn still beobachten oder neben ihm hertrotten. Eine von ihnen ist sein Vater, der eine Weile schweigend neben ihm hergeht, ehe er sagt:

Wo führt dieses Mädel dich hin, Hal?
Einen Berg hinauf, Dad.
Es ist zwar nicht von Dauer, aber du wirst einmal froh sein sie gekannt zu haben. Eines Tages wirst du zurückblicken und dich darüber freuen.

Dann bricht das Licht für einen kurzen Augenblick durch die Wolkendecke, so grell, dass es drückend wirkt wie die Dunkelheit, ein Negativbild der Mitternacht. Hal sieht vor sich Freyas Silhouette unter den Rand einer Mulde sinken. Bald sieht er nur noch das Seil, das ihn mit ihr verbindet. Einen Moment lang überlegt er, wer dieser Mensch am anderen Ende der schwankenden Linie eigentlich ist. Er bleibt stehen. Das Seil strafft sich.

Taumelnd taucht sie wieder auf, das Seil erschlafft wieder. Schwer atmend stammelt er eine Entschuldigung, das Seil hätte sich verfangen. Sie lächelt und sagt offenbar etwas Ermutigendes, doch werden ihre Worte vom Wind davongetragen. Genauso fühlt er sich jetzt auch: schwerelos, geräuschlos, so leicht, dass er mit den wirbelnden Eiskristallen in den weißen Himmel aufsteigen könnte.

Für sie werde ich ein Geist sein. Ein unbedeutender Schatten, der in einer kleinen Kammer ihres Gedächtnisses herumspukt, die sie kaum je betritt.

13

Ein scharfer Grat aus hart gefrorenem Schnee, der aussieht wie gemeißelt, ist das letzte Hindernis, das sie überwinden müssen. Sie erklimmen pure Geometrie. Zu beiden Seiten fallen die Bergflanken Hunderte von Metern in ein finsteres Kar.

In diese feste Oberfläche bohren sie ihre Eispickel und Stollensohlen mit größerer Zuversicht. Sie liegen gut in der Zeit, erreichen den Gipfelgrat um halb eins, gerade als die Wolken sich wieder zusammenballen.

14

Auf dem Gipfel umarmen sie sich. Eine kurze, förmliche Geste.

Alles um sie herum ist in eisigen Nebel gehüllt, als wären sie in ein Zimmer eingeschlossen. Sie nehmen eine oberflächliche Untersuchung der Schneewechte vor, forschen mit dem Griff ihrer Eispickel nach Einbruchstellen, dann spähen sie abwechselnd durch den Feldstecher in dem vergeblichen Versuch irgendwelche Orientierungspunkte auszumachen. Der Wind heult unbarmherzig weiter. Sie wissen, dass sie sich nicht lange hier oben aufhalten dürfen. Und plötzlich die Erkenntnis, dass es an diesem Ort nicht viel für sie zu tun gibt.

»Sollen wir es mal mit dem Spiegel versuchen?«, schlägt Hal vor. »Für Byrne?«

Freya schüttelt den Kopf.

»Die Sonne scheint doch nicht.«

15

Eine kurze Gipfelvesper mit Keksen und Kaffee aus der Thermosflasche.

Während sie essen, reißt ein Loch im Nebel auf. Der Wind stiebt Wolkenfetzen davon, die Welt liegt entschleiert vor ihnen.

Im Südwesten erstreckt sich die hügelige Weite des Eisfeldes. Sie wenden sich von seinem ungebrochenen Weiß ab.

Unten im felsigen Tal das leuchtend rote Dach des Hot Springs Chalet. Ein Spielzeughaus. Unterhalb davon glitzert die leichte Biegung des Flusses durch die Bäume.

Einige der sie umgebenden Gipfel kennen sie vom Sehen und sie können sie beim Namen nennen: Ammonite, Diadem, Alberta, Stutfield. Und ganz in ihrer Nähe Parnassus, Athabasca, Arcturus. Geradewegs unter ihnen, Hunderte von Metern weiter unten, erstreckt sich die schotterbestreute Gletscherspur.

»Kannst du Byrnes Hütte erkennen?«

»Ich sehe den Nunatak, aber den Unterstand kann ich nicht finden. Und du?«

»Ich bin nicht sicher.«

Freya ruft einen Wettbewerb um die schönste Beschreibung der umliegenden Berge aus. Die Paläste der Olympier. Die himmlischen Heerscharen mit ihren leuchtenden Kronen. Die Neunte von Beethoven, letzter Satz. Gefrorene Schreibtische.

»Verdammt«, sagt Freya.

»Was ist?«

»Ich muss mal pinkeln.«

»Aber doch nicht hier.«
Sie platzen fast vor Lachen.
»Der Spiegel«, meint Freya. Eilig durchforsten sie gegenseitig ihre Rucksäcke, nicht mehr wissend, wer von ihnen ihn eingesteckt hat.
Freya schüttelt den Kopf.
»Vergessen wir es. Keine Zeit dafür.«
Sie stellt das Klappstativ auf und beginnt mit ihrer Reisekamera zu knipsen.

16

Sie will Hal für die Nachwelt festhalten. Achselzuckend erklärt er sich einverstanden.
»Stell dich mal dort rüber. Dann haben wir das Eisfeld als Hintergrund, für Byrne.«
»Danach mach ich eins von dir«, meint Hal. »Für mich.«
»Geh mal ein Stück zurück«, sagt sie und winkt mit ihrer behandschuhten Hand. »Ganz weit nach hinten.«
Zuerst versteht er nicht, dass sie sich einen Spaß mit ihm erlaubt, und blickt hinter sich, wie weit er noch gefahrlos gehen kann. Als er sich wieder umdreht um mit ihr über den Scherz zu lachen, ist sie verschwunden.

17

Am Abend hört Byrne das Knirschen von Schritten im Schnee und legt den Federhalter aus der Hand. Er geht an die Tür um die beiden zu begrüßen: *Es tut mir Leid, dass ich Ihr Signal verpasst habe,* wird er zu ihnen sagen. *Ich habe geschrieben und dabei völlig die Zeit vergessen.*

Er öffnet die Tür. Draußen steht Hal, allein. Er versucht zu sprechen, bricht zusammen. Byrne setzt ihn auf den Stuhl und kann ihm nur mit Mühe die Geschichte entlocken.

18

Die Schneewechte am Gipfel war eingebrochen.

Er war zur Kante gerobbt, hatte aber nur die durch ihren Sturz ausgelösten Schneeschwaden gesehen.

Er hatte ihren Aufstieg ein Stück weit zurückverfolgt, hatte dann die Spur ihrer beider Stiefel verlassen und war auf die blanke Steilwand gekrochen.

Methodisch, jeden Schritt und jeden Handgriff gesichert, war er abgestiegen. Hatte sich selbst gut zugeredet, wie weit er schon gekommen war. Nach einer Weile merkte er, dass er laut eine sinnlose Formel herunterleierte:

»Ich bin aus Stein, die Welt ist aus Stein, alles ist aus Stein.«

19

Er fand sie in einer sanft abfallenden Schneesenke. Sie stand aufrecht, wie er feststellte. Ein flüchtiger Moment der Hoffnung, dann dachte er: *Das kann nicht sein, sie ist doch dreihundert Meter tief gestürzt.* Plötzlich bekam er Angst vor ihr und blieb stehen.

Sie wischte sich den Schnee von ihrer Wolljacke und sah ein wenig verwirrt aus, wie eine Frau, die ihre Lesebrille verlegt hat.

Es geht mir gut, sagte sie, als sie sein Kommen bemerkte. *Nur kalt ist mir.*

Dann sah er zu ihren Füßen eine rote Spur im Schnee. Sie blickte mit blinden Augen an seiner Schulter vorbei.

Freya...

Sie wandte sich um und sank nieder und als er sich neben sie kniete, sah er den klaffenden Spalt, der von ihrer Schläfe bis zum Ohr reichte, und den weißen Knochen darunter. Sie zog die Beine an und schmiegte sich an ihn. Er trug sie den Abhang hinunter auf den Gletscher. Ihr Kopf war in das Vorderteil seiner Wolljacke gekuschelt. Ihr Körper lehnte warm und schwer an seinem. So viel Wärme.

Während er das Eis hinunterstolperte, brannte die Sonne die Wolken weg. Die Luft erwärmte sich. Er hörte Wasser fließen und folgte den Windungen eines Schmelzwasserbachs, der den Berg hinunter zum Ufer von Byrnes namenlosem See führte. Ein weiter, ruhiger, klarer Weiher.

Am Ufer des Sees legte er sie vorsichtig ab und sah in ihre geöffneten, blicklosen Augen.

20

Die beiden Männer nehmen Seil und Decken und steigen über den Gletscher hinauf zum See.

Sie wickeln den Leichnam ein und tragen ihn zur Hütte, wo sie ihn sanft auf den steinernen Fußboden betten. Byrne untersucht ihn flüchtig im Schein seiner Spirituslampe.

»Wir lassen sie über Nacht hier und kommen morgen mit Unterstützung zurück.«

»Wir sollen sie hier lassen?«

»Ja. Jetzt ist es zu dunkel um sie hinunterzutragen.«

»Scheißkerl, Sie finden den Weg doch mit geschlossenen Augen. Dann trag ich sie eben selber.«

»Sie haben nicht mehr die Kraft dazu. Das wissen Sie doch selbst.«

Rawson gibt nach und tritt vor die Tür.

Zum ersten Mal schließt Byrne die Tür zu seinem Unterstand sorgfältig hinter sich und sichert sie mit mehreren großen Steinen.

21

Elspeth füllt einen Kessel mit Wasser und stellt ihn auf den Herd. Sie hockt sich vor den Feuerungskasten, zündet ein Streichholz an und während das Holz Feuer fängt, wippt sie auf den Hacken auf und ab. Noch gar nicht richtig wach beobachtet sie, wie das Papier in sich zusammenfällt und die Flamme an den Bruchstücken einer Orangenkiste leckt; dann erhebt sie sich.

Byrne und Rawson sitzen vorn im Gesellschaftsraum im Dunkeln. Morgens um vier, als die Welt noch ein graublauer Schatten war, brachten sie ihr die Nachricht von Freyas Tod. Rissen sie mit ihrem Pochen an der Tür aus dem Tiefschlaf. Sie sind eben erst vom Gletscher heruntergekommen und brauchen einen Kaffee, einen Ort, wo sie in Ruhe sitzen, jemanden, mit dem sie reden können. So sitzen sie wortlos beieinander und warten auf sie.

Das Wasser im Kessel beginnt zu zischen. Elspeth hält ihre Hände eine Weile über die wärmende eiserne Herdplatte, dann setzt sie sich an den unlackierten Küchentisch. Erst neulich hat Freya abends hier bei ihr gesessen. Sie wollte Elspeth unbedingt etwas erzählen, etwas, was nicht einfach zu sagen war. Zum ersten Mal hatte Elspeth erlebt, dass Freya zögerte statt frei von der Leber weg zu reden. Und dann war Frank hereingekommen und Freya war bald darauf gegangen ohne ihr Anliegen losgeworden zu sein. Elspeth glaubt zu wissen, was Freya auf dem Herzen hatte. Es hatte mit Byrne zu tun.

Draußen vor dem Fenster verblasst das Schwarz zu Grau. Elspeth weiß, dass der Berg morgen ein anderes Gesicht haben wird. Nach drei Jahren an diesem Ort ist er ihr ebenso vertraut geworden wie die Wände in ihrem engen Zimmerchen. Ein stummer Bekannter im Hintergrund.

Sie steht auf. Das Wasser kocht. Nicht mehr lange, dann kommt die Frühschicht des Küchenpersonals um für die Gäste das Frühstück zuzubereiten. Bald wird sich der Unfall herumgesprochen haben, wird in allen Köpfen herumspuken. Dennoch muss die Arbeit im Chalet getan werden, als sei nichts geschehen. Die Küche wird sich mit Stimmen und Licht füllen, mit dem Klappern von Töpfen und Pfannen. Eier werden aufgeschlagen werden, Mehl und Backpulver aus Dosen geschüttet, Frühstücksspeck wird in der Pfanne brutzeln. Die Köche werden rasch jede Pietät vergessen haben und wieder miteinander schwatzen und scherzen. Die Küche wird von menschlichem Lärm erfüllt sein. Doch noch gehört sie der Nacht. Auch Jahre später wird sie bei der Erinnerung an Freyas Tod immer nur diese dunkle Küche vor sich sehen.

22

Am Ende des Sommers bringt Rawson Byrne zwei Fotografien, die magere Ausbeute von Freyas Film. Die restlichen Aufnahmen waren verdorben, weil die Kamera bei Freyas Absturz zerborsten war.
»Die möchte ich ihnen geben, bevor ich abreise. Vielleicht komme ich nicht mehr nach Jasper zurück.«
Auf dem ersten Foto ist der Eispanzer des Mount Arcturus zu sehen, wobei das Eisfeld unterhalb des Gipfels auf der einen Seite wie ein dunkler, amöbenartiger Fleck erscheint. Der Angestellte im Fotogeschäft hat Hal erklärt, das strahlende Sonnenlicht auf dem Schnee habe diesen Effekt bewirkt.

23

Auch Byrnes Porträt hat den Sturz überlebt. Sein

Bildnis auf Film gebannt; das Einfrieren eines Augenblicks. Ihr Geschenk an ihn.

Spitzer grauer Hut. Knielanger, wettergegerbter Regenmantel über dunklem Flanellhemd. Getönte Brille an einem Lederband um den Hals. Kniebundhosen, Wickelgamaschen, stockfleckige Überschuhe. Die wasserdichten Eisenbahner-Schutzhandschuhe in der einen Hand, das kalbslederne Notizbuch in der anderen. Früh ergraut, ein dünner weißer Bart umrahmt ein langes, knochiges Gesicht. Die Augen ein wenig asiatisch, zusammengekniffen wegen des blendenden Sonnenscheins auf dem Frühjahrsschnee zu seinen Füßen. Die Fältchen an den Augenwinkeln und um den schmallippigen Mund wie gemeißelt.

Die Spuren der Zeit. Auch hier war das Eis am Werk gewesen.

24

Neunzehnhundertvierzehn. England und seine Dominions haben dem Deutschen Reich den Krieg erklärt.

Elspeth sieht Byrne in Hemdsärmeln, ohne Hut, mit grimmigem Gesichtsausdruck den Pfad zum Gewächshaus entlangkommen. Sein letzter Tag in dieser Saison.

»Ich kann es kaum fassen, wie schnell dieses Jahr der Wintereinbruch kam. An einem Tag sprudeln noch munter die Bäche und am nächsten ist schon alles zugefroren und still.«

Elspeth lächelt.

»Ich kann mich erinnern, dass mein Vater an einem seiner Geburtstage mal fast dasselbe gesagt hat.«

Sie hat Byrne einen Pullover aus grüner Wolle gestrickt. Er probiert ihn im Gesellschaftszimmer an, streckt die Arme aus und lässt sie ihr Werk bewundern.

»Warm ist er«, stellt er fest. »Danke.«

In der Nacht packt er den Pullover in den Koffer, den er mit nach London nimmt. Er wird ihn gegen das feuchtkalte englische Klima anziehen und er wird ihn auch in den Krieg mitnehmen, in den Rawson bereits gezogen ist. Eines Tages wird er ihn auf einer Dorfstraße in Frankreich tragen. Dann wird eine scheinbar endlose Prozession an ihm vorbeiziehen, die Soldaten, diesmal zumeist mit kalkweißen Gesichtern, und ihre Augen werden fortsehen, zu Orten, die weiter entfernt und unaussprechlicher sind als der Grund eines Gletschers. Über diesen Augenblick wird er ihr in einem Brief berichten. Aber er wird ihn schließlich doch nicht absenden, sondern hinten in sein Notizbuch gesteckt aufbewahren.

Vier Jahre werden vergehen, ehe sie sich wieder sehen.

25

Trasks Sohn hat im Andenkenladen seines Vaters alle Hände voll zu tun. Obwohl Krieg herrscht, zählt der Park in diesem Jahr mehr Besucher als je zuvor. Natürlich hat Trask auch dafür eine passende Erklärung parat.

»Das Traurige an so einem Todessturz in den Bergen, wie er der seligen Miss Becker widerfuhr, ist ja, dass dann alle Narren der Welt angerannt kommen um auszuprobieren, ob ihnen das nicht auch gelingt.«

Ein Kunde erwähnt die neuen Flugmaschinen, die eigens zu dem Zweck erbaut wurden den Krieg am Himmel fortzusetzen. Jim Trask folgt dem Mann auf die Straße hinaus und starrt zu den Berggipfeln hoch, die im rosafarbenen Sonnenuntergang bleiern wirken. Sich zu diesen Höhen aufzuschwingen!

Eines Tages ist er unerwartet aus seinem Elternhaus verschwunden, hinterlässt nur auf der Ladentheke eine kurze Nachricht und den Großteil seiner Ersparnisse. Der ferne Krieg kam ihm wie gerufen.

26

Die Leute reden vom Krieg, als würde er geradewegs durch das Tal auf sie zugerollt kommen. Sie malen sich aus, Jasper sei die letzte Bastion des Britischen Empire und müsse zum Schluss noch gegen die schwer bewaffneten Hunnen verteidigt werden. Dann würde man die Felswände bei Disaster Point sprengen und ein Wehr aus Bruchstein aufschichten, an dem die Einwohner patrouillieren und Wachtfeuer unterhalten.

Zur Stärkung der Moral gibt es jeden Samstagabend im Rathaussaal Götterspeise vom englischen Dichterhimmel; man rezitiert Shakespeare, Milton, Pope, Tennyson.

1916 treffen, gefesselt und in Güterwaggons gesperrt, deutsche Landser in Jasper ein. Der Gedanke, der dahinter steckt, ist der, dass kaum Bewachung nötig ist, wenn es nichts gibt, wohin man fliehen kann. Hätte er die Wahl, würde hier jeder vernünftige Mensch lieber hinter Zäunen und Stacheldraht bleiben.

Ein Gutteil der alten Siedlung ist noch intakt, obwohl halb überwuchert von Weidengestrüpp. Einige der erhaltenswerten Gebäude werden renoviert und sollen den Kern des Kriegsgefangenenlagers bilden.

In diesem Winter errichten die deutschen Gefangenen am Connaught Drive einen Palast aus Eisblöcken für den alljährlichen Karneval im Februar. Die Blöcke werden aus dem zugefrorenen Athabasca geschnitten, auf Schlitten in die Stadt transportiert, modelliert und mit Wasser besprüht, damit sie zusammenhaften. Geplant ist eine maßstabgetreu verkleinerte Kopie des Tadsch Mahal.

In Anbetracht des Werkzeugs und Materials ist es kein Wunder, dass dies die bautechnischen Fertigkeiten der Gefangenen überfordert. Sie errichten stattdessen eine viereckige Burg mit Zinnen.

An dieser Burg, die von innen durch Fackeln erleuchtet wird, soll die von der Handelskammer gewählte Eisprinzessin ihre Stadtrundfahrt auf einem Pferdeschlitten beenden. Das Problem besteht darin, die Prinzessin in dem dünnen Seidenkostüm, das für sie geschneidert wurde, vor dem Erfrieren zu bewahren.

27

Im patriotischen Fieber der Namensgebung verschwinden rasch die letzten weißen Flecken auf der Landkarte des Jasper Nationalparks. Schlachtfelder. Kommandeure. Gefallene Helden. La Montagne de la Grande Traverse wird zu Ehren von Edith Cavell umbenannt. Die englische Krankenschwester im Brüsseler Rot-Kreuz-Hospital war von den Deutschen standrechtlich verurteilt und erschossen worden, weil sie verwundeten alliierten Soldaten geholfen hatte nach Holland zu fliehen. Trask enthüllt die Tafel am Fuße des Denkmals.

In Erinnerung an jene heldenhaften jungen Männer und Frauen, die uns voran ins Elysium eingezogen sind.

28

Nach drei Jahren kehrt Jim Trask heim zu seinem Vater, aus einer zerstörten Welt, die völlige Vernichtung verheißt.

Byrne fährt im selben Zug. Als er Jim in der Uniform des Royal Flying Corps erblickt, ihn, der aus dem Großen Krieg heimkehrt, nachdem er statt über Bergpässe und verborgene Täler über befestigte Städte, gesprengte Brücken und rauchende Felder geflogen ist, begreift er besser, dass das Eis eine Zeitmaschine ist.

Von der Ostküste an begegnete Byrne auf seinem Weg zurück nach Jasper immer wieder Menschenmassen. Eine aus den Fugen geratene Zeit. Soldaten, Familien, junge Frauen. Allein reisende Kinder. Er stahl sich an ausgelassen Feiernden und tränenreich Wiedervereinten vorbei. Aber er sah ebenso viele Gesichter, die vor Leid und Entsetzen wie versteinert waren. Körper, die sich über ihren Wunden zusammenkrümmten. Die Bahnhöfe erschienen ihm wie Wartesäle überfüllter Hospitäler. Je weiter er nach Westen kam, umso weniger Leute liefen auf den Bahnsteigen herum. Der Zug begann sich zu leeren.

Es herrscht winterliche Dämmerung, als er sich, allein im Salonwagen, Jasper nähert. Ihm scheint, als würde der Zug auf den vereisten Rand der Welt zugleiten. Mit ihm und dem jungen Mann, Trasks Sohn, als einzigen Passagieren.

Der junge Mann fährt im Kühlwaggon in die Stadt, ausgestreckt auf einem mit Sägemehl bestreuten Eisblock, der aus der Stirn des Arcturus-Gletschers geschnitten wurde. Rings um den Eisblock stapeln sich Säcke mit Tausalz. Angeführt vom örtlichen Spielmannszug heben die Männer den Jungen aus dem Waggon und tragen ihn durch die Straße, am Andenkenladen seines Vaters vorbei, zu Pater Bucklers neuer Steinkirche in der Turrent Street und schließlich zum Friedhof.

Elspeth

Als Ned Byrne bei Kriegsende nach Jasper zurückkam, arbeitete ich noch im Empress Hotel in Victoria.

Die Grand Trunk hatte Konkurs gemacht und das Chalet stand drei Jahre lang so gut wie leer. Die Bediensteten konn-

ten sich glücklich schätzen, wenn sie anderswo eine Arbeit fanden. Ich hatte Glück. In weiser Voraussicht hatte ich meiner Freundin in Victoria geschrieben, der Dame, die ich im Zug kennen gelernt hatte, als ich das erste Mal nach Jasper reiste. Sie kannte den Direktor des Empress und sorgte dafür, dass ich mich bei ihm vorstellen durfte. Drei Wochen danach verließ ich Jasper. Damals glaubte ich nicht daran, jemals wieder dorthin zurückzukehren.

Der Krieg war zu Ende und im Frühjahr darauf kam ein Brief von Frank Trask. Er berichtete mir von Jim und dass er und seine Frau schon daran gedacht hätten, aus Jasper wegzuziehen und in den Osten zurückzugehen. Doch jetzt habe er sich wieder an die Arbeit gemacht. Das Chalet gehöre ihm, er habe seine Partner ausbezahlt. Er plane einen weiteren Flügel anzubauen. Eine Autostraße von der Stadt sei schon fast fertig gestellt. Jetzt brauche er jemanden, der das Chalet leite, jemanden, der es so gut kenne wie er selbst. Er sei bereit diese Person als Miteigentümer einzusetzen, aber ich müsse ihm meine Antwort bald mitteilen. Ich schrieb zurück, dass ich es mir überlegen wolle und mich innerhalb von acht Tagen wieder bei ihm melden würde.

Ned hatte mir ebenfalls geschrieben, schon ein paar Monate vorher. Er lebe jetzt das ganze Jahr über in Jasper. Zwar behandle er immer noch ein paar Patienten in der Stadt, aber in einem seiner Briefe gestand er mir, dass er sich dort in Wirklichkeit in seiner Eigenschaft als Amateurglaziologe aufhalte. So hatte er sich schon einmal bezeichnet, in dem Sommer, als er in den Krieg zog, und ich hatte darüber gelacht. Glaziologe. Ich hatte dieses Wort noch nie zuvor gehört. Es war mir nie in den Sinn gekommen, dass es noch andere wie ihn geben könnte, Wissenschaftler, die sich nur mit Gletschern beschäftigen. Ich hatte immer gedacht, er sei der einzige Mensch auf der Welt, der sich dafür interessierte. Diese Wissenschaft würde aus ihm allein bestehen, er habe sie erfunden. Die Arcturologie. Die Wissenschaft weit entfernt zu sein und sich jedes Jahr noch ein bisschen weiter zurückzuziehen.

Ich erinnerte mich an einen verrückten Blizzard eines Abends im Juli, als Ned trotz des Wetters wegen einer seiner therapeutischen Bäder gekommen war und bis zum Hals im Wasser saß, während sich der Schnee auf seinem Kopf auftürmte wie eine alberne Krone.

Und an einen anderen Abend kurz nach Freyas Tod. Ich breitete im Esszimmer ein frisches weißes Tischtuch aus. Für ihn. Legte zwei Teller des besten Chalet-Geschirrs auf, dazu zwei Kristallkelche, Portwein, Sherry und eine Karaffe mit Franks Gletscherwasser, daneben die Flasche mit dem Etikett. Ich dachte, das würde ihn amüsieren, wo er doch ebenso gut wie ich wusste, dass Frank nicht weiter als bis zum Bach ging um es zu schöpfen. Aber irgendetwas, so schien mir, fehlte noch bei diesem Arrangement. Etwas, das ihm gefallen würde. Also ging ich ins Gewächshaus, schnitt eine Handvoll Lilien ab und stellte sie in einer blauen Vase auf den Tisch. Er kam, setzte sich an den Tisch, sah die Lilien an und begann sogleich von seiner botanischen Sammlung zu erzählen, die er vor langer Zeit verloren hatte. Von den Orchideen und anderen seltenen Blumen, die er mit nach England hatte zurückbringen wollen und die ihm einen Platz im Königlichen Botanischen Garten verschafft hätten. Und dann sprach er über die Wildblumen und Flechten des Hochgebirges, die zwischen den nackten Felsen wuchsen. Inmitten der Ödnis, ohne Wasser, Mutterboden und Schutz würden diese unverwüstlichen Pflanzen jeden noch so kleinen Sonnenstrahl ausnutzen und blühen. Und ich hörte ihm zu, weil ich immer zuhörte. Als er seinen Vortrag beendet hatte, nahm ich die Vase vom Tisch, ging in die Küche und warf die Blumen in den Abfall. Er folgte mir.

Was machst du denn da?, *fragte er.*

Ich ließ die Vase zu Boden fallen, sodass sie zerbrach. Er aber stand nur da und starrte mich an. Nun war es mir peinlich, ich beugte mich hinunter und fing an die Scherben aufzusammeln. Und dann lachte er los, dieses aufreizende Lachen, das heißen sollte: Entschuldigung, ich kam nur ganz zufällig hier herein. Tut mir Leid, aber ich habe keine Ahnung, was hier vor sich geht.

Wieder einmal tat er so, als sehe und fühle er nichts. Oder als empfinde er wirklich nichts anderes als Bestürzung über das Theater und den Verdruss, die ich ihm bereitete. Als hätte er mir nie sein freundliches Wesen gezeigt, nie gezeigt, dass er lachen und Schmerz verspüren konnte und nicht nur in seinem Schneckenhaus lebte.

Freya hätte mich ausgelacht, wenn sie das gesehen hätte. Doch ich bin nicht wie sie. Ich weiß nicht, warum die Leute das von mir erwarten, aber sie tun es. Vielleicht liegt es nur an meiner Haarfarbe. In mir lodert kein Feuer. Ich bin keine Frau aus einem Mythos wie Freya oder Sara, ich besitze nicht diese Macht über Menschen und es würde mir auch nicht gefallen, wenn ich sie hätte. Ich hatte meine Winter hier verbracht, in diesem verschneiten Tal, und auf die Rückkehr dieses Mannes gewartet. Ich war treu. Ich hatte mit meinen Kräften haushalten müssen.

Ich richtete mich auf und sagte: Komm her. *Er trat näher, mit gerunzelter Stirn, weil er nicht wusste, wozu das führen sollte, genauso wenig wie ich es wusste.* Noch näher, sagte ich. Wenn du meinst, *erwiderte er. Er kam noch näher – wieder dieses verlegene Grinsen –, und ich streckte langsam die Hand aus. Zuerst wollte ich einfach nur sein Gesicht berühren, ich weiß nicht, warum, vermutlich um zu sehen, ob es so kalt war wie seine Stimme. Dann aber schlug ich zu. Ziemlich fest, auf seine Wange. Klatsch. Und im selben Augenblick wusste ich auch schon, dass es lächerlich war. Er wurde ganz rot. Er verließ die Küche, drehte sich um und kam wieder zurück und dann ging er erneut hinaus. Er brachte keinen Ton heraus. Und auf einmal war alles so komisch. Plötzlich sah er aus wie, ich weiß nicht, wie Charlie Chaplin. Geht hinaus, kommt zurück, geht wieder hinaus.*

Nach Ablauf einer Woche sandte ich Frank ein Telegramm. »Ihre neue Geschäftsführerin wird Ende Juni eintreffen.«

Als ich in Jasper aus dem Zug stieg, war Ned da um mich abzuholen. Er hatte sich irgendwie verändert. Ich hatte immer gemeint, er sehe älter aus, als er in Wirklichkeit war, aber das stimmte nicht mehr. Jetzt hörte ich zum ersten Mal eine Stimme, die zu diesem gegerbten Gesicht und dem weißen Haar passte.

Er gab mir einen Kuss und sagte: Du siehst aus, als hättest du einen leichten Sonnenbrand.

Es war zu der Zeit, als die Menschen wussten, dass die Welt nie wieder so sein würde, wie sie einmal gewesen war. Es wurde einem nachgesehen, wenn man sich nach ein wenig Freude im Leben sehnte. Wenn man Trost in vertrauten Ritualen suchte. Die Menschen wollten wenigstens eine Geste zeigen, irgendetwas Spontanes und Hoffnungweisendes tun. Es gab eine Menge schnell geschlossener Ehen.

In jenen ersten Tagen stand diese Frage auch zwischen uns. Unausgesprochen, aber spürbar in den Augenblicken verlegenen Schweigens, daran, dass wir die Zweisamkeit zu meiden suchten. Aber nach einiger Zeit hatten wir dem Fieber widerstanden. Und von da an konnten wir wieder wir selbst sein. Vermutlich hätten weder er noch ich uns bei großen Gesten wohl gefühlt.

GLETSCHERSTIRN

DIE STIRN EINES GLETSCHERS IST EIN AUFSCHLUSSREICHER ORT. SIE VERÄNDERT SICH STÄNDIG UND BLEIBT DOCH IMMER GLEICH, WIE DER SAUM DES MEERES. AUS EISSTRÖMEN WERDEN FLÜSSE, AUS BERGEN TÄLER. DIE ÜBERGANGSZONE ZWISCHEN ZWEI WELTEN.

I

NEUNZEHNHUNDERTNEUNZEHN. EIN FOTO AUS DIESER ZEIT:

Ein Schwarzbär, auf einem Golfplatz an einen Pfosten gekettet. Sir Harry Lauder, zu Besuch in Jasper, posiert zusammen mit Arthur, dem Bären. Hinter ihnen auf dem Bild liegt eben und ruhig das Fairway, ordentlich gesäumt von einer Reihe Kiefern. Von Trask, der dieses Tableau arrangiert hat, sind am Bildrand ein abgeschnittener Arm und die Hutkrempe zu erkennen.

Sir Harry, mit Strohhut und im Golfdress aus Tweed, stützt sich auf seinen Pitching-Wedge und beäugt Arthur misstrauisch von der Seite. Der beliebte Sangeskünstler ist sich der Komik dieser Unvereinbarkeit sehr wohl bewusst. Er weiß, welche Pose vor der Kamera die beste Wirkung erzielt.

Arthur steht aufrecht auf den Hinterbeinen, die Kette hinter ihm ist straff gespannt. Er streckt die Vorderpfoten aus, als wolle er nach dem Mann neben sich greifen. Seine kleinen schwarzen Augen sind auf dem Foto kaum zu erkennen. Er weiß nicht, dass gerade sein Bild eingefangen, auf Film gebannt wird, und vielleicht sieht er deshalb ein wenig verschwommen aus, so als würde ihm seine Arglosigkeit gegenüber der Kamera etwas von seiner Bildschärfe rauben.

Es ist schwierig, wenn nicht gar unmöglich, die Kluft zu überwinden und zu sagen, was seine unbeholfene, angespannte Haltung verrät. Kein menschliches Empfinden scheint geeignet die Geste des Tiers zu beschreiben.

2

Freya kehrte zuerst als Wasser zu Hal zurück.

Er kauerte mit anderen am Eingang eines Unterstands im Schützengraben. Ein Morgen im späten Winter. Er hatte geschlafen und war von den Stimmen der Männer um ihn herum wachgerüttelt worden.

Ihm fiel wieder ein, wo er sich befand, und er versuchte sich in die Fetzen seines unvollendeten Traums wie in eine Decke einzuhüllen. Vergebens. Er war wieder wach, fühlte sich steif und zerschlagen, sein Kopf pochte von der Erkältung, die ihn schon seit Tagen plagte. Die Männer rings um ihn gingen geschäftig hin und her. Der Anbruch eines weiteren Tages. Jemand stolperte über sein Bein. *Bist du denn tot, Rawson? Los geht's.*

Als er hochblickte, sah er eine Reihe Eiszapfen vom Balken über dem Eingang des Unterstands hängen.

An ihren Spitzen bildeten sich Wassertröpfchen, die beim Herabfallen in der Sonne glitzerten.

Manchmal habe ich das Gefühl, das Eis lebt.

Er griff nach oben, brach einen der Eiszapfen ab und hielt ihn sich an die trockenen, aufgesprungenen Lippen.

3

In seinem Traum klettert Hal vom Gipfel herab, auf dem sie ihn zurückgelassen hat, und überquert den reuigen Schnee, ihre Landschaft.

Hal.

Sie ist am Eissee, sitzt dort auf einer Decke, einen Picknickkorb neben sich. Mit ihrem Taschenmesser zerteilt sie eine Apfelsine. Hal stapft aus dem Schnee auf das Eis, legt seine Jacke ab und setzt sich neben sie. Sie reicht ihm ein Stück von der Frucht. Es ist ein warmer, ägäischer Tag. Sie strecken sich beide auf der Decke aus, unter einem türkisblauen Himmel, und lachen über seine Ängste. Sie küssen sich.

Nun sitzen sie zusammen im Zug, während der langen Fahrt nach Osten. Als Frischvermählte. Sie werden in der Hütte seines Vaters am Fluss wohnen. Er wird schreiben und sie wird reisen, er würde sie nie von ihrer großen Leidenschaft abhalten. Sie wird Ausflüge zu den Waliser Bergen und in den Lake District unternehmen und mit Geschichten über die Stürme, die über die dunklen Wasser von Windermere toben, nach Hause zurückkehren.

Er erwacht und weiß, der Traum ist falsch. Ein Betrug an ihrem Feuer, dem Geist, der ihn durchfuhr und dann verschwunden war. Er erinnert sich an einen Abend in ihrem Zimmer im Chalet.

»Diese Stadt, Alexandria die Äußerste. Du sagtest, es gebe eine Legende über sie.«

Mit gekreuzten Beinen saß sie auf dem Bett, vor sich eine Landkarte ausgebreitet.

»Ja. Die Bewohner behaupten, ihre Vorfahren hätten als einzige Alexander den Großen besiegt. Und ohne dabei auch nur ein Schwert zu ziehen. Die Geschichte ging etwa so: Als Alexander mit seiner Armee in dieses Gebiet kam, war er gezwungen eine Rast anzuordnen. Es gab nämlich ein kleines Problem, verstehst du, seine Soldaten wollten nicht mehr kämpfen. Man entdeckte, dass die Armee während ihres langen siegreichen Marsches durch Asien eine riesige Zeltstadt in ihrem Gefolge angesammelt hatte. Eine Stadt von Flüchtlingen, Leuten, deren Städte niedergebrannt worden waren, entflohenen Sklaven. Fliegenden Händlern, Hochstaplern, Huren. Und bestimmt auch ein paar Reiseschriftstellern. Entwurzelte Menschen, die vom Sog der großen donnernden Masse von Kriegern erfasst wurden. Und als Alexanders Soldaten dies entdeckten, konnten sie ihr Glück kaum fassen. Nie waren sie länger als ein paar Tage an einem Ort geblieben und jetzt gab es dieses Labyrinth von Zelten und Pavillons, das mit ihnen zog, ein Ort, wo man trinken, fantastischen Erzählungen aus anderen Ländern lauschen, tanzen und lieben konnte. Die Disziplin der Truppe war mit einem Schlag zum Teufel.«

»Kaum zu glauben.«

Sie lachte.

»Das hat Alexander auch gedacht. Sein Ziel, die Welt zu erobern, lag doch in so greifbarer Nähe vor ihm. Aristoteles hatte ihn gelehrt, Indien liege am Rand der Erde, und er war schon fast dort angelangt. Also erließ er eine Proklamation, in der die Zeltbewohner aufgefordert wurden ihr Hab und Gut zusammenzupacken und zum Wohl der Armee und des Reiches von dannen zu ziehen. Aber das fruchtete nichts. Als Nächstes versuchte er die Zeltstadt anzugreifen und niederzubrennen, aber seine Ratgeber wiesen ihn darauf hin, dass die Zerstörung einer Stadt von Flüchtlingen nur die Entstehung einer neuen zur Folge hätte, sodass alles wieder von vorn anfinge. Schließlich blieb ihm keine andere Wahl, als seine Männer in einem Gewaltmarsch durch die Wüste zu hetzen. Und er versprach ihnen Beute, wie sie sie noch nie gesehen hätten, wenn sie erst einmal Indien erreicht hätten. Nach einigen Tagen schonungslosen Marschierens fiel die Zeltstadt zurück und wurde inmitten der Ödnis ihrem Schicksal überlassen.«

»Und daraus wurde die Stadt Chodschand.«

»Letztendlich ja. Es heißt, sie wären einige Jahre lang in der Wüste umhergewandert wie die Israeliten. Bis sie keine Kraft mehr hatten, vermute ich. Man erzählt sich aber auch, dass einige immer weiterwanderten auf der Suche nach Alexanders Armee, bis sie schließlich im Dunkel der Geschichte verschwanden. Das ist der chiliastische Teil der Legende: die Hoffnung, dass die Wanderer eines Tages heimkehren werden.«

»Und was hat dich dorthin getrieben?«
Sie rollte die Landkarte zusammen.
»Der Name natürlich. *Die Äußerste.*«

4

Hal Rawson kehrt aus dem Großen Krieg nach Jasper zurück, aus der Schlacht von Ypern, der Einnahme der Kammlinie an der Front bei Passchendaele. Er arbeitet wieder für Trask als Führer. Beim Anblick der abgeschundenen Touristenponys, die sich den gewundenen Pfad zum Stall hinunterschleppen, denkt er: Genauso bin ich hierher gekommen. Schlafwandelnd.

Gelegentlich begegnet er Byrne im Chalet, findet aber stets einen Vorwand um nicht mit ihm reden zu müssen. Wenn sich ihre Blicke treffen, schaut er weg. Der Arzt ist der einzige Mensch in der Stadt, der wüsste, was die vergangenen vier Jahre für ihn bedeutet haben. Oder was er vielleicht verpasst hat. Er malt sich jene vier Jahre Lebens in der Normalität wie einen einzigen Morgen aus. Wie einen Urlaub. Früh aufstehen um einem schlaftrunkenen Kind das Frühstück zu bereiten. Sich mit seiner Frau unterhalten, deren Gesicht er nicht sehen kann. Das sagen, was Ehemänner und ihre Frauen einander eben so sagen.

Er schämt sich vor Byrne wie ein kleiner Junge, der versucht die Redeweise und den Gang eines erwachsenen Mannes nachzuahmen.

Oft schreckt er aus Albträumen auf. Manche Touristen, die er auf mehrtägige Wanderungen führt, beschweren sich, dass er nachts schreit.

Ein englischer Aquarellmaler ist sein letzter Kunde. Er bezeichnet Hal als seinen *Stallmeister* und unterhält sich mit ihm über die großen englischen Dichter.

Nachts lagern sie unterhalb des Ancient Wall, einem gezackten Kamm, der schwarz in das Sternenpulver am Firmament schneidet.

Der Aquarellist erzählt ihm von dem österreichischen Maler Wilhelm Streit, der 1857 das Athabasca-Tal durchquerte. George Simpson, der Gouverneur der Hudson's Bay Company, hatte die Tour angeregt. Simpson gab mehrere Gemälde in Auftrag für das Hauptquartier der Company in Lachine, Quebec. Um seinen Gästen den Glanz des Pelzimperiums, über das er herrschte, vor Augen führen zu können.

»Bevor ich zu dieser Reise aufbrach, habe ich Streits veröffentlichtes Tagebuch gelesen«, sagt der Aquarellist. »Um meine Eindrücke mit den seinen zu vergleichen.«

»Streit gefiel es nicht, wie in diesem Land das Holz brannte. Er meinte, es knacke dabei zu laut und der Nachhall störe ihn. Ihm gefiel nicht, wie die Flüsse flossen. Und die Bäume waren ihm zu dünn, zu schorfig und standen ihm zu weit auseinander.

Er reiste in einem Kanu, zusammen mit Händlern und Angestellten der Company. Er lagerte mit ihnen, aß mit ihnen, schlief mit ihnen zusammen im Zelt. Und wenn sie jagten, stellte er seine Staffelei auf und zeichnete. In Anwesenheit eines anderen konnte er nicht arbeiten. Er brauchte dazu die Einsamkeit.

Die Reisegesellschaft überquerte den Athabasca-Pass und wanderte den Columbia River entlang Richtung Pazifikküste. Auf dem Landweg sandte der

Künstler eine Botschaft an Simpson. Darin äußerte er sich verzweifelt über

... die Probleme mit dem Licht ... Ich starre hilflos auf die weiße Leinwand ... Eigenheiten, die ich nicht in Bilder umsetzen kann ...

Er saß vor den Trümmern seiner Kunst – Farben, Pinsel, Lappen, Töpfe – und starrte aus dem Fenster in den grauen Himmel, während er darauf wartete, dass der zugefrorene Fluss wieder auftaute.

Die Antwort des Gouverneurs, die Streit in seinem Winterquartier in Victoria erreichte, bestand aus einem einzigen Satz.

Sie werden sie in Bilder umsetzen.

In seiner Verzweiflung griff Streit auf die Prinzipien der europäischen pittoresken Malerei zurück. Er zerriss seine vor Ort angefertigten Landschaftsskizzen, benutzte sie zum Heizen seines klammen, zugigen Zimmers und malte, aus sehnsuchtsvoller Erinnerung heraus, die österreichischen Alpen.«

Der Aquarellist fragt Hal nach seinen Dichtungen. Warum er kein weiteres Buch veröffentlicht habe? Es gebe doch Leute wie Rupert Brooke oder Siegfried Sassoon, die Gedichte über den Krieg verfasst hätten.

»Der Krieg ist kein Thema«, antwortet Hal. »Er ist eine Darstellungsweise.«

»Vermutlich begehe ich jetzt denselben Fehler wie Streit«, sagt der Maler, »aber irgendwie empfinde ich diese Landschaft als sehr englisch. Sicher, es sind nicht unsere grünen Felder und Hecken, das ist mir schon klar. Aber wenn ich diese Berge betrachte, diese donnernden Flüsse, dann sehe ich England so vor mir, wie William Blake es sah, mit seinem visionären

Blick. Und aus irgendeinem Grund stehen mir bei diesem Gedanken die Haare zu Berge. Finden Sie das lächerlich?«

»Ich weiß nicht«, sagt Hal. »Ich habe gehört, irgendwo am Fuß des Mount Arcturus soll es den Eingang zu einer Höhle geben. Die Expedition der National Geographic Society hat ihn vor ein paar Jahren entdeckt. Wenn man weit genug hineingeht, so heißt es, gelangt man an Stellen, wo man in Felsspalten hineingreifen und Gletschereis berühren kann. Man befindet sich da tatsächlich unter dem Eisfeld. Und hat eintausend Fuß Eis über sich.«

Der Maler beugt sich vor.

»Und ...?«

Hal zuckt die Achseln.

»Mehr ist es nicht. Nur Eis.«

5

Acht Männer aus dem Ort schleppen einen Flügel der Marke Wing and Sons über einen niedrigeren Ausläufer des Mount Arcturus hinauf zu dem Pass, den man Stone Witch, Steinhexe, nennt. Rawson ist auch dabei.

Der avantgardistische Komponist Michel Barnaud ist 1920 nach Jasper gekommen um dort zum ersten und einzigen Mal sein »Gebirgsimpromptu« zur Aufführung zu bringen. Barnauds New Yorker Gönner haben die Träger gut entlohnt um sicherzugehen, dass sowohl der Komponist als auch sein Instrument unbeschadet ihren Bestimmungsort erreichen. Ein Reporter der Zeitschrift *DisChord* ist ebenfalls mit dabei um über das Ereignis zu berichten.

Vom Kamm stürzt mehr als siebenhundert Fuß senkrecht eine Wand in die Avernus-Schlucht hinab.

Bernauds Musikstück weist keinen definitiven Schluss auf. Dem Reporter erklärt er, es sei dann beendet, wenn er es beschließe. Er spielt siebenundzwanzig Minuten lang, krümmt sich dabei wie vor Schmerzen mit geschlossenen Augen über die Tasten, dann stößt er unter Mithilfe der Träger den Flügel über die Felskante in die Schlucht.

Als das Wing and Sons hinunterstürzt und sich dabei mehrmals überschlägt, ist ein kurzes Crescendo ungestümer Akkorde zu hören, gefolgt vom Geräusch splitternden Holzes und einem sanft ausklingenden Dröhnen. Der Komponist lehnt sich über den Rand und verfolgt ohne erkennbare Regung, wie der zerschmetterte Rumpf außer Sichtweite in den Wald am Fuß des Tals schlittert, eine Schleppe aus Staub und ineinander verknäulter Saiten hinter sich herziehend.

Als Barnaud erfährt, dass sich am Aufführungsort seiner Komposition erst vor kurzem ein Bergunfall ereignet hat, ist er sehr erfreut. In jener Nacht begeben sich einige Ortsansässige mit Fackeln in die Schlucht in der Hoffnung wertvolle Teile aus dem Wrack des Klaviers bergen zu können.

Später, im Sommer, finden Wanderer entlang des Avernus-Trails Tasten aus Elfenbein. Häufig werden sie für Mammutzähne gehalten.

6

Sein Vater schickt Hal, wie jedes Jahr, ein neues Buch. Dieses Mal ist es ein Roman, den er aus dem braunen Packpapier wickelt, *Die Zeit der Unschuld*.

Bevor er es zu lesen beginnt, reißt Hal jede zweite Seite heraus.

7

Bei Tagesanbruch findet Elspeth ihn im Stall, wo er gerade einen grauen Wallach striegelt.

»So kann es nicht weitergehen, Hal.«

»Ich weiß.«

»Was werden Sie also tun?«

Hal nimmt das Zaumzeug von einem Haken am Türpfosten. Das Pferd senkt den Kopf, er schiebt ihm die Kandare ins Maul und legt ihm das Kopfgestell über die Ohren. Das Pferd wirft den Kopf zurück und Hal streichelt ihm den Nacken.

»Ich werde ausreiten.«

8

Bei Byrnes Unterstand angekommen steigt er aus dem Sattel und lässt die Zügel herabhängen. Das Pferd verlagert sein Gewicht und beugt den Hals um halbherzig am Schnee zu schnüffeln. Hal betrachtet die Flanke des Tieres, die dunkel von Schweiß ist, und wendet sich ab.

Die Tür des Unterstands steht offen, auf dem Boden hat sich der hereingewehte Schnee halbmondförmig aufgetürmt. Er stolpert aus dem grellen Sonnenlicht hinein, streckt blindlings die Arme aus, bis er die Rückwand berührt. Seine blasenbedeckten Finger ertasten die nach oben gebogenen Ecken zweier Fotografien, die an den Balken über der Feuerstelle geheftet sind. Freyas Porträt von Byrne und die unscharfe Aufnahme des Mount Arcturus mit dem Eisfeld.

Hal durchsucht den Raum, findet einen leeren Wassereimer aus Blech und nimmt ihn mit nach draußen. Er klettert auf den Nunatak neben dem Unterstand und lässt das dünne Rinnsal, das sich über eine Felsplatte ergießt, in den Eimer laufen. Dann trägt er ihn hinunter zum Pferd und kehrt in den Unterstand zurück.

Er kauert sich vor die Feuerstelle, stochert in der Asche herum und schichtet halb verkohlte Zweige zu einem Haufen auf. Zuerst sucht er das Bord nach Zündhölzern ab, dann den Tisch. Dort stößt er auf eines von Byrnes Notizbüchern. Er lässt sich auf den Stuhl fallen, blättert mit klammen Fingern ungeschickt in dem Buch und hält inne, als ihm ein Wort ins Auge springt. *Freya.*

Die Eintragung ist auf den Tag nach ihrem Tod datiert. Eine nüchterne Schilderung der Ereignisse in der Nacht zuvor. Nur eine einzige Bemerkung durchbricht die glatte, sterile Oberfläche dieser Prosa: *der arme Rawson ...*

Unterhalb des Eintrags ein Abschnitt in Anführungszeichen:

> *»Jedes einzelne Leben ist mit folgender Abfolge verbunden: Erzeugung von Wärme; ein zeitlicher Rhythmus, der ein Gleichgewicht unterschiedlicher Dauer schafft; ein Ende, bei dem Eiseskälte entsteht. Ich glaube nicht, dass meine Schlussfolgerungen der Bestätigung durch Fakten entbehren werden, wenn ich vermute, dass es sich mit den Lebenszyklen auf der Erde ebenso verhielt.«*
>
> Louis Agassiz, 1837

Hal blättert einige Seiten zurück. Naturbeobachtungen, Temperaturmessungen. Die Datierungen reichen zurück bis zum Sommeranfang, doch offensichtlich wird Freya nirgendwo sonst erwähnt. Hal legt das Buch auf den Tisch zurück. Dann steht er auf, hockt sich wieder vor die Feuerstelle, reibt sich die Arme.

Als Byrne hereinstürmt und in seiner Eile gegen die Tür stößt, steht Hal auf.

»Doktor. Ich hatte gehofft, dass Sie hier sind.«

Byrne deutet mit dem Finger durch die Tür nach draußen.

»Ihr Pferd. Seine Hufe sind schon bis aufs Fleisch abgelaufen.«

Er erkennt etwas in Hals Blick und sieht weg.

»Ich bin dem Blut auf dem Eis gefolgt.«

Hal nickt.

»Ich habe das arme Tier vermutlich zugrunde gerichtet.«

»Sehr wahrscheinlich.«

»Dort oben ist das Eis wie Glassplitter. Wenn man Stiefel anhat, merkt man es nicht.«

»Dort *oben*?«

»Ja. Ich bin mit dem Pferd über das Eisfeld geritten. Die Bergführer haben schon vor Jahren gesagt, jemand sollte es einmal versuchen, aber niemand tat es. Vielleicht hatten sie zu großen Respekt vor diesem Ort.«

Byrne fährt sich mit der Hand durchs Haar, bis hinunter in den Nacken.

»Sie waren oben auf dem Firn, mit dem Pferd?«

Hal nickt.

»Eine Teilüberquerung. Vom Saskatchewan-Gletscher zum Arcturus. Ungefähr vierzehn Meilen.«

»Dann müssen Sie ja ... Sie sind über den Gletscherbruch heruntergekommen.«

Rawson hebt eine Hand. Sie zittert.

»Auf dem geflügelten Ross der Eingebung.«

Als er die Hand wieder senkt, zittert sie immer noch.

Byrne atmet langsam aus und zieht den Stuhl unter dem Tisch hervor.

»Bitte, setzen Sie sich doch. Oder legen Sie sich aufs Bett. Sie müssen sich ausruhen. Danach werde ich Ihnen helfen das Pferd zum Chalet zurückzubringen.«

Hal setzt sich wieder auf den Boden, zieht die Knie an und reibt sich die Beine.

»Ich sitze lieber hier, danke.«

»Sie hätten ein Feuer anmachen sollen«, sagt Byrne mit gezwungener Unbefangenheit. »Und sich etwas Tee kochen.«

»Ich konnte keine Zündhölzer finden.«

Byrne sieht ihn an und tastet dabei seine Jackentaschen ab.

»Das habe ich ganz vergessen. Es ist mein Fehler. Ich habe sie versteckt. Sonst brauchen die Bergsteiger, die hier Rast machen, alle auf und ich habe dann für die Nacht kein Feuer mehr.«

»Das wäre schlecht.«

»Ja.«

Byrne reibt sich die Hände.

»Ich mache mal Wasser heiß.«

Schläfrig beobachtet Hal, wie Byrne herumhantiert.

»Offenbar bin ich zur Zeit nicht der einzige Eindringling auf Ihrem Gletscher.«

»Ach, Sie meinen Trasks Maschinen. Die Straße ist noch nicht fertig. Bis jetzt sind sie nicht ein Mal auf dem Eis gewesen. Ich hoffe zu erreichen, dass es auch so bleibt.«

»Ich bezweifle, dass Sie großen Erfolg haben werden, wenn Sie sich mit Frank anlegen.«

»Wir werden sehen.«

Byrne blickt über die Schulter hinter sich: Hal starrt auf den Boden.

»Das Eisfeld«, sagt Byrne. »Erzählen Sie mir, warum Sie das gemacht haben.«

Hal schüttelt den Kopf.

»Ich weiß nicht genau. Mir fielen etliche Gründe ein. Dann dachte ich mir aber, dass ich lieber mit Ihnen darüber reden sollte.«

»Wieso?«

Hal zuckt die Achseln, als würde die Antwort auf der Hand liegen.

»Freya.«

Byrne, im Begriff ein Streichholz anzuzünden, hält mitten in der Bewegung inne.

»Sie wollte sich mit Ihnen treffen«, sagt Hal. »Als sich der Bergsteigerclub vor dem Aufstieg auf den Arcturus am Bach sammelte. Einmal ging ich vor Tagesanbruch zu ihr um mit ihr zu reden. Aber sie war nicht in ihrem Zelt. Damals wusste ich nicht, wieso. Ich hatte mich die ganze Zeit von dem perfekten englischen Gentleman zum Narren halten lassen. Gute Vorstellung, alter Junge. Aber in der folgenden Nacht erhielt ich die Antwort. Ich hatte mein Lager unterhalb der Jonah Shoulder aufgeschlagen, unter einer Milliarde von Sternen, und da hatte ich eine Vision.«

Er lacht.

»Ich sah vor mir eine Jungfer mit einem Arzt. Und mir wurde klar, dass Sie doch ein menschliches Wesen sind. Sie hatte es Ihnen angetan.«

Geduldig erweckt Byrne das Feuer zum Leben. Er dreht sich um und wirft einen Blick auf Hals beschattetes Gesicht.

»Was also wollen Sie jetzt von mir?«

»Mehr über sie erfahren. Ich möchte wissen, wie sie für Sie aussah, was sie sagte, alles, woran Sie sich erinnern können.«

»Ich hatte nicht die Gelegenheit sie besonders gut kennen zu lernen.«

»Es war also einfach kühl und hastig. Wie mit den Frauen, derer wir beide uns während des Kriegs bedient haben.«

»Das ist lange her, Hal.«

»Und nun ist sie Unsere Königin des Eises.«

»Was soll das heißen?«

Hal erhebt sich. Schwankend stellt er sich in die Mitte des Raums.

»Ich dachte, sie würde meine Muse werden. Aber ich konnte nicht über sie schreiben. Ich hab es versucht, aber nichts wurde ihr gerecht. Ich fand keine Sprache für das, was mir noch nie zuvor widerfahren war. Die Schnitzereien draußen auf den Felsen würden sie treffender beschreiben, als ich es jemals könnte. Schlachten, Träume, Pfeile. Der Klang ihrer Stimme, wie könnte man den in Worte fassen?«

Hal fallen die Augen zu. Als er einen Schritt nach vorne macht, geben seine Knie nach. Byrne fängt ihn auf und legt ihn vorsichtig aufs Bett.

»Müde.«

Byrne hält ihn noch lange in seinen Armen, bis sein Zittern aufgehört hat und er sicher ist, dass er schläft.

9

Die Dämmerung ist bereits hereingebrochen, als Byrne wieder den Unterstand betritt, nachdem er das Pferd untersucht hat. Rawson beobachtet ihn aus der Ecke des Unterstands, in dem es nun zunehmend dunkel wird. Byrne meint, er solle über Nacht bleiben.

»Ich bringe das Pferd hinunter und komme morgen früh wieder zurück.«

Hal schüttelt den Kopf. »Ich muss zurück. Allein.«

Er muss diesen Tag so beenden, wie er ihn begonnen hat. Draußen nimmt er das Pferd am Zügel und führt es. Byrne begleitet ihn ein kurzes Stück ohne ein Wort zu sagen. Als Hal alleine weitergehen will, dreht er sich zu Byrne um.

»Ich würde gerne noch einmal mit Ihnen reden. Ich habe nicht gesagt ... was ich sagen wollte.«

»Über Freya?«

»Nein. Über den Krieg. Ich muss darüber reden.«

»Morgen, in der Stadt. Kommen Sie morgen zu mir.«

10

Hal steigt am Rand der Seitenmoräne hinunter, wo der Boden fester ist, das stumme und apathische Pferd hinter sich herführend. Als er die Erdwälle und Mulden der Geröllebene erreicht, überfällt ihn das ungeheure Gewicht der Stille. Er erinnert sich an einen Abend genau wie diesen, am Rande eines Dorfes in Belgien.

Die lange Schlacht um den Kamm war endlich vorüber und für eine kurze Weile schwiegen die Kanonen.

Seine Munitionskolonne erhielt den Befehl zum Abmarsch. Sie luden auf und führten die Maultiere, die die Granaten trugen, weiter. Die Straße, anfangs noch überfüllt mit Kolonnen grauer Soldaten, die von der Front zurückkehrten, war bald völlig leer und schließlich war sie verschwunden, als habe sie ein Erdrutsch verschluckt. Der einzige Weg, zu der neuen Stellung zu kommen, verlief durch den Dreck und Schutt des Niemandslandes, am Rand eines zerschossenen Dorfes entlang. Während sie sich vorwärts kämpften, merkte er, dass der Boden unter ihren Füßen einst ein bebautes Feld gewesen war. Nun war es eine Gespensterlandschaft aus aufgewühltem Dreck, Metalltrümmern und dunkelroten Lachen. Weiße Körper ragten halb daraus hervor. Die Männer rieben ihre frostigen Hände an allem, was irgendwie noch Wärme abstrahlte, an geborstenen Granaten und knisternden, nicht mehr identifizierbaren Trümmern.

Rauch stieg lautlos auf. Über einem zerstörten, vom Feind eroberten Betonbunker, der nun als Verbandplatz diente, schnappte die Fahne mit dem Roten Kreuz im Wind, ein Geräusch, das Erinnerungen an die Heimat in ihm weckte, an das Flattern von Wäsche auf der Leine. Die fernen Schreie der Verwundeten, auf die es keine Antwort gab, waren ihm schon vertraut wie Vogelgezwitscher in der Stadt, sodass er sich erst später wieder an sie erinnerte. Die Welt war ruhig und friedlich wie an einem Sonntag. Ein Friede, durch den er in Schreckensangst stapfte, immer in der Erwartung, er könne gleich explodieren.

11

Eine Woche nach Hals Ritt über das Eisfeld lässt Elspeth Byrne die Nachricht überbringen, er möge so rasch wie möglich in Trasks Büro im Chalet kommen. Rawson ist da, er sieht wie frisch geschrubbt und irgendwie verjüngt aus. Als sei er nie mit dem Rauch von Lagerfeuern und Sattelleder in Berührung gekommen.

Er begibt sich freiwillig in die Obhut des Arztes. Auf dem Weg in das neue Krankenhaus von Jasper wirft er den Kopf nach hinten und lacht über eine plötzliche Offenbarung.

»Mein Gott. Die Literatur, die ich werde schreiben können.«

Eine Woche lang galt er als vermisst. Byrne wartete auf ihn, aber er kam nicht. Dann wurde er gesehen, wie er, aus dem Nirgendwo kommend, die Straße zum Chalet hinaufging. Er trat in Trasks Büro, bekleidet mit dem Anzug, den er trug, als er zum ersten Mal in Jasper eintraf.

Gütiger Himmel, meinte Trask. *Sind Sie gerade auf dem Weg zu Ihrer Hochzeit, mein Junge?*

Rawson stand steif an der Tür, als fürchte er sich davor, die Schwelle zu überschreiten.

Ich sehe mich nicht in der Lage, weiterhin für Sie zu arbeiten, Mr. Trask. Der Grund dafür ist, um ganz aufrichtig zu sein, dass ich am Überschnappen bin.

12

Elspeth,

gestern Abend trafen wir in Edmonton ein. Hal sprach ein wenig während der Reise, aber inzwischen hat er eine Mauer um sich herum errichtet.

Im Zug lachte er darüber, dass er aus dem unoriginellsten aller Gründe in den Krieg gezogen sei, nämlich um eine Frau zu vergessen. Womit er nicht gerechnet hatte, war, dass dieser Krieg seinen Kummer unter etwas begraben sollte, das noch tausendmal schlimmer war.

Er wollte ins Krankenhaus gebracht werden. Er sagte, er sei bereit »sich zu ergeben«. Ich habe vor ein paar Tage bei ihm zu bleiben. Ich melde mich wieder, sobald ich weiß, wann ich heimkomme.

Ned

13

Byrne steht in der unbeleuchteten Höhle eines Hotelzimmers in Jasper. Abenddämmerung. Der Himmel vor seinem Fenster ist grün. Er taucht mit den zu einer Schale geformten Händen in eine Wasserschüssel auf dem Tisch und spritzt sich Wasser in Gesicht und Haar. Er ist gerade mit dem Zug aus Edmonton eingetroffen. In der staubigen Hauptstadt des Grenzlandes litt er an Schlaflosigkeit und auch an Appetit mangelte es ihm. Er hing in der Schwebe zwischen den beiden Polen seiner Welt.

Die Schwestern, die Hal versorgten, ließen ihn mit Byrne allein. Er hatte bereits etliche Stunden im Krankenhaus verbracht, als Hal endlich in einen langen Redeschwall verfiel. Es begann mit einer chaotischen Abhandlung über das Vokabular des Krieges. *Eine Mine riss einem Jungen die Beine ab. So etwas nannten wir: gebumst werden ohne Kuss.*

Die Worte sprudelten aus ihm hervor, wurden zu einer Lawine. Bruchstücke einer Privatsprache, Namen, Kindheitserinnerungen. Am Ende schlief Hal ein. Zwei Tage später brach Byrne nach Jasper auf.

Er legt sich auf das schmale Hotelbett, macht sich gar nicht erst die Mühe unter die dünne Decke zu kriechen. Er atmet tief, wie durch ein offenes Fenster strömt die Luft in seinen Körper und wieder hinaus.

Bei Tagesanbruch hört er das Meer rauschen. Das Geräusch holt ihn ins Bewusstsein zurück. Er erhebt sich steif, geht wankend zum Fenster und öffnet die Läden. Um draußen nach einer weiß verschleierten Gestalt Ausschau zu halten, die aus dem eben zu Ende gegangenen Traum heraustritt und sich immer weiter von ihm entfernt, eine junge Frau, die ihre Augen vor dem gleißenden Sonnenlicht beschattet, das der gebleichte Sand zurückwirft. Eine Gestalt, die ihre Form verändert, je weiter sie sich in der strahlend hellen Ferne verliert.

Doch hier ist kein Meer. Eine Rauchwolke von den Lagerfeuern der Touristen zieht den Fluss entlang. Automobile und Omnibusse brausen über den neuen Highway. Das Dröhnen, das sie verursachen, wenn sie näher kommen, vorüberfahren und sich wieder entfernen, klingt wie das Auf und Ab von Wellen.

Er wendet sich vom Fenster ab und setzt sich an den Schreibtisch. Er will seinen Traum aufschreiben, solange er noch nicht ganz wach ist, bevor dessen Aura und genaue Form im Tageslicht verblassen.

Ich war allein in meinem alten Sprechzimmer in London. Da erschien Vater. Er rollte einen Untersuchungstisch herein, auf dem ein Körper lag. Die Leiche einer jungen Frau. Eigentlich eines Mädchens. Ein dünner, schwindsüchtiger, fast androgyner Körper. Das Gesicht knochendürr, die Haut bläulich und gefleckt. Ich dachte, wir würden den Körper nach der möglichen Todesursache untersuchen, also wartete ich, dass Vater mit einer einleitenden Feststellung der äußerlichen Charakteristika beginnen würde. Stattdessen trat er von dem Leichnam zurück und setzte sich bebend in meinen Lehnstuhl, die Hände hilflos in den Schoß gebettet. Er war von Gram überwältigt und erwartete von mir, dass ich seine Trauer teilte. Ich sagte kein Wort. Angesichts seines offensichtlichen Schmerzes wollte ich nicht herzlos erscheinen, aber dieser tote Körper bedeutete mir nichts. Im Traum beschloss ich, dieses Mädchen müsse Freya sein, auch wenn der Teil von mir, der diesen Traum beobachtete oder schuf, genau wusste, dass sie es nicht war. Ich sah mir den Körper noch einmal an. Ein Arm zuckte leicht. Ich blickte zu Vater hinüber. Postmortale nervöse Spasmen, sagte er. In seltenen Fällen können sie sehr ausgeprägt sein. *Ich nickte und behielt die Leiche im Auge. Jetzt fingen auch die Finger an zu zucken. Ich hörte, wie die Atmung einsetzte. Vater hatte immer noch den Kopf gebeugt. Ein Zittern durchlief den Körper und dann setzte er sich auf.* Wir müssen einfach warten, bis es vorübergeht, sagte Vater. *Das tote Mädchen öffnete die Augen. Sie blickte mich an. Ihr Gesicht war nicht mehr eine über den Schädel gespannte Maske aus Haut, sondern hatte das warme rosa Schimmern des Lebens angenommen. Sie bewegte die Lippen. Sie sprach, doch ich konnte den Klang ihrer Stimme nicht hören. Sie lächelte, als amüsierte sie mein ernster Blick, und lachte und noch immer konnte ich sie nicht hören. Mein Vater saß weiterhin im Lehnstuhl, die Hände ineinander verschränkt.* Wir warten einfach ab, sagte er. Es wird schwächer werden und dann ganz aufhören. *Ich setzte mich auf das Sofa neben dem Lehnstuhl, beobachtete das Mädchen und wartete darauf, dass ihr wiedererwachender Körper in seinen ordnungsgemäßen Zustand der Reglosigkeit zurückkehrte. Stattdessen kletterte sie vom Tisch und begann im Zimmer umherzuwandern, wobei sie die Erinnerungsstücke und gerahmten Fotografien auf den Borden betrachtete.*

Schließlich ging sie zur Tür und öffnete sie. Das Sonnenlicht strömte herein.

14

Trask spricht weiterhin beharrlich bei der Parkverwaltung vor und im darauf folgenden Sommer kann er endlich seinen Plan, mit motorisierten Schneebussen auf dem Arcturus-Gletscher herumzufahren, in die Tat umsetzen. Der erste Schritt besteht in der Schaffung einer Zugangsstraße für die Schneebusse, die entlang des Kamms der südlichen Seitenmoräne hinauf und an deren Mitte hinunter zum Eis führen soll.

Die Bahnlinie von der Stadt zum Chalet war den Kriegsanstrengungen zum Opfer gefallen und aufgerissen worden, aber dafür war inzwischen der Highway aus Schotter, mit dessen Bau die deutschen Kriegsgefangenen begonnen hatten, fertig gestellt worden, und zwar von Leuten, die dankbar waren für jede bezahlte Arbeit: Farmer, Bankangestellte, Lehrer.

Trask hat einen Großteil des Bauholzes von den ersten Siedlerhütten gerettet. Damit errichtet er an der Straße einen rustikalen Informationskiosk, an dem die Automobilisten Postkarten kaufen und sich mit Erfrischungen versorgen können.

Drei Jahre nach Kriegsende kommen allmählich wieder Touristen in den Park und Trask gestattet sich zurückhaltenden Optimismus. Angeblich wird schon bald eine neue Welle von Entdeckungsreisenden aus den Städten heranrollen. Familien in Automobilen, die auf glatten, schimmernden Highways durch das

Gebirge gleiten. Die in illustrierten Reiseführern die Namen der Gletscher nachschlagen. Die ehrfürchtig eine Welt bestaunen, die nicht länger unsichtbar, kein weißer Fleck mehr ist.

Das einzige Problem ist jetzt noch der Doktor.

15

»Man hat diesen armen Irren dort gefunden, stocksteif gefroren und in einer seiner eigenen Fallen gefangen.«

Frank Trask betritt, eine zusammengefaltete Zeitung gegen sein Bein schlagend, den Friseurladen im Chalet. Seine verdreckten Schuhe kratzt er an der Türschwelle ab. Byrne sitzt mit geschlossenen Augen in dem einen Frisiersessel, während Yesterday, der Barbier, weiter sein Jägerlatein drischt und dabei den Rasierschaum schlägt.

»Sein Freund wollte ihn für die Beerdigung fein herausputzen, also brachten sie ihn zu mir. Tja, ich hab mein Bestes versucht, aber die Seife war einfach zu warm. Sie wurde gleich zu Eis und blieb ihm im Gesicht kleben. Koagulieren sagt man wohl dazu. Schließlich brauchte ich Hammer und Meißel um ihn zu rasieren. Und wissen Sie, das war eine der verflucht besten Rasuren, die jemals einer von mir bekam, tot oder lebendig.«

Trask beobachtet, wie das Rasiermesser durch die cremige Seife fährt und Byrnes Gesicht langsam wieder zum Vorschein kommt. Er muss an die Eiskruste auf Byrnes Bart denken, als sie ihn aus der Gletscherspalte gezogen hatten. Wenn er so die Augen geschlossen hat, sieht er beinahe aus wie damals, als er ausgestreckt am Rand der Spalte lag.

Als Byrne fertig rasiert ist, schlägt er die Augen auf.

»Gute Idee«, sagt Trask, »sich die Bartenden schneiden zu lassen. Sie sahen schon ziemlich biblisch aus. So ist es wesentlich besser.«

»Vielen Dank.«

»Halt mir den Platz frei, Yesterday. Ich muss noch kurz mit dem Doktor sprechen.«

Trask begleitet Byrne bis vor die Schwelle. Er hält die Zeitung hoch.

»Ich habe gerade über einen Burschen namens James Joyce gelesen. Es heißt hier, er habe einen bedeutenden dicken Roman geschrieben, den niemand versteht.«

»Ich habe noch nie von ihm gehört.«

»Nun, die Sache ist die, er stammt wie Sie aus Dublin. Deshalb dachte ich, dass es Sie vielleicht interessiert.«

»Wie heißt denn dieses Buch?«

»*Ulysses*. Weiß der Himmel, warum, denn es handelt von einem irischen Juden. Können Sie mir mal erklären, warum Ihr Iren immer alles so kompliziert machen müsst?«

»Was habe ich denn kompliziert gemacht?«

»Mein Leben. Ich habe gehört, sie waren bei der Parkaufsicht wegen der Eisraupen.«

»Stimmt. Ich will sie dort oben nicht haben.«

»Nun, sie werden aber dort oben sein. Ich habe die Zustimmung bereits in der Tasche. Alle außer Ihnen wollen das, es verschafft vielen Leuten Arbeit. Übrigens, falls Sie es noch nicht bemerkt haben sollten: Die Zugangsstraße ist schon so gut wie fertig.«

»Ich weiß.«

»Der Prince of Wales wird im August hierher kommen und bis dahin hat alles fertig zu sein, verflucht noch mal. Ich brauche keine irischen Patrioten, die Brücken in die Luft sprengen.«

»Frank ...«

»Ist ja gut, war nur ein Scherz. Aber darf ich Sie mal fragen, was Ihnen das Recht gibt sich über die Straße zu beschweren? Dass Sie all die Jahre über in Ihrem Unterstand gehaust haben, hat auch nicht gerade dazu beigetragen, das Eis unberührt zu halten. Ich möchte stark bezweifeln, dass Sie dort oben über sanitäre Anlagen verfügen. Vielleicht wird es nicht mehr lange dauern, bis die Überreste Ihres Tisches, und Gott allein weiß, was sonst noch alles, an der Gletscherstirn aus dem Eis auftauchen werden.«

»Ihre Leute fällen Bäume bei der Moräne.«

»Richtig.«

»Wissen Sie denn, wie lange diese Bäume dort schon standen, Frank? Hunderte von Jahren. Es ist wie eine kleine Arktis dort oben, alles ist sehr empfindlich. So nah am Eis wachsen die Bäume nur sehr langsam.«

»Und jetzt stehen sie im Weg. Ned, in dieser Welt haben die Bäume und Felsen zu weichen, nicht die Menschen.«

»Das ist aber nicht das, was Sie zu Saras Leuten gesagt haben.«

Trask lacht.

»Ned, so aufgebracht wie jetzt habe ich Sie ja noch

nie erlebt, und das wegen ein paar kümmerlicher Fichten. Ich an Ihrer Stelle würde jetzt sofort ins Büro des Parkverwalters marschieren, solange noch die Wut in Ihnen kocht. Sie werden ihn damit schwer beeindrucken, glauben Sie mir, und Sie könnten vielleicht noch ein paar von Ihren Bäumen retten. Viel Glück dabei, aber glauben Sie ja nicht, die Straße würde nicht gebaut. Sie wird.«

Er geht wieder in den Friseurladen, wendet sich aber noch einmal um und drückt Byrne die Zeitung in die Hand.

»Da. Beschäftigen Sie sich zur Abwechslung mal mit der wirklichen Welt.«

16

Byrne kommt nachmittags in sein Haus in der Miette Street und stellt fest, dass Elspeth da gewesen ist. Die Vorhänge am vorderen Fenster und in der Küche sind geöffnet worden.

Er stellt sich in den Sonnenstrahl und fragt sich, wie lange sie wohl auf ihn gewartet hat und wann sie wieder ging. Wie ein heißer Panzer legt sich die Sonne auf seine Brust.

17

Er schneidet die Kordel um seine alten Notizbücher auf und durchforscht die Tabellen und Datenreihen. Falls seine Berechnungen stimmen, ist das Eis, von dem er am Ende des letzten Jahrhunderts in der Spalte umgeben war, inzwischen an der Gletscherstirn angekommen.

Und wenn er noch immer in der Gletscherspalte wäre, sie ihn nicht gerettet hätten und er bis heute dort eingefroren säße, wäre er im letzten Vierteljahrhundert etwas mehr als einen halben Kilometer weit gewandert. Eine Strecke, die er zu Fuß in ungefähr sieben Minuten mühelos zurücklegen kann.

Seine Berechnungen werden dadurch bestätigt, dass ein zahnförmiger Findling, den er während seiner Geschwindigkeitsmessungen genau beobachtet hatte, jetzt bis zum Rand der Gletscherstirn vorgedrungen ist.

Der Findling liegt noch genauso da, wie ich ihn damals, allerdings weiter oberhalb auf der Eisoberfläche, fand. Und er ist vollständig von klarem weißem Eis umgeben, weshalb es unwahrscheinlich ist, dass der Stein jemals durch Schmelzung freigelegt wurde und einfach hierher gerollt ist.

Die rote Farbe, mit der er den Stein markiert hatte, ist zu braunen Flecken verwittert, die aussehen wie Flechten. Noch drei Tage Schmelze und er rollt hinunter auf die Geröllebene.

Er verbringt jeden seiner Tage an der Gletscherstirn und schweift durch Schlamm und Matsch. Nichts. Der Gletscher kracht, bröckelt und streift Bruchstücke seiner selbst ab.

Das erste Mal seit Jahren holt er sich eine Erkältung und muss im Chalet Zuflucht suchen. Auf der Terrasse kuschelt er sich in einem Liegestuhl unter eine

Decke und beobachtet den Gletscher durch seinen Feldstecher.

Die Pappeln im Tal schneien Gold. Ein früher Blizzard verwischt die Grenze zwischen dem Gletscher und dem umliegenden Gebiet, hüllt alles in einen weißen Schleier.

Zwei Tage später macht er sich zum letzten Mal in diesem Jahr auf den Weg zum Unterstand um seine Bücher und die Aufzeichnungen zu holen.

18

Im Sommer darauf steht Trasks Straße auf den Gletscher hinauf kurz vor der Vollendung. Es hat wesentlich länger gedauert, als er erwartet hatte. In jedem Stadium des Baus wurden Vertreter der Parkverwaltung, Ingenieure und Geologen konsultiert. Auch Byrnes Warnungen, die Moräne werde destabilisiert, wurden beachtet.

Trask hat einen Busbahnhof errichten lassen, der ein neues und größeres Diorama beherbergen wird, und außerdem eine Cafeteria mit warmem Essen und Getränken. Vielleicht wird es – falls rasche Gewinne eine derartige Investition gerechtfertigt erscheinen lassen – auch eine Sauna geben, gespeist mit Wasser aus dem Mineralbrunnen. *Ausschließlich den Teilnehmern an geführten Touren auf den Gletscher vorbehalten. Handtücher werden kostenlos zur Verfügung gestellt.* Für die äußere Gestaltung des Bahnhofs stellt er sich eine Fassade im Iglustil vor, passend zum Motiv der »kleinen Arktis« auf Trasks übrigen Produkten.

Ein sonnendurchflutetes Lustschloss mit Eishöhlen!
Er überlegt, ob es vielleicht möglich wäre, Pinguine hierher zu holen und sie im Schmelzwasserbassin an der Gletscherstirn auszusetzen. Natürlich müssten ihnen die Flügel gestutzt werden. Und im Winter könnte man auf dem Eis Hockeyspiele veranstalten.

Arktis. Byrne hat Trask mit diesem Wort die Idee zu einer neuen Werbebroschüre gegeben:

»Wissenschaftler haben festgestellt, dass die Höhe und der permanente Schnee der Rockys eine arktische Landschaft en miniature geschaffen haben. Eine Tundra mit zähen Tieren, winzigen Blumen und ewigem Eis.

Das bedeutet, dass Sie nunmehr zu diesen zugänglichen ›Polarregionen‹ reisen können ohne auf den Komfort ihres Automobils verzichten zu müssen. Erleben Sie eine Welt, die bisher nur wenige kühne Entdecker zu Gesicht bekommen haben!«

Trask marschiert auf der Terrasse des Chalets auf und ab. Ihm geht noch etwas anderes im Kopf herum, etwas, das Byrne ihm einmal gesagt hat. Die unbestreitbare Tatsache nämlich, dass die Gletscher sich nun allmählich zurückziehen. Nicht viel pro Jahr, höchstens ein paar Fuß, aber das könnte sich steigern, da in den letzten Jahren das Wetter wärmer geworden ist. Irgendwann – vielleicht erst in Jahrhunderten, vielleicht aber auch schon zu Trasks Lebzeiten – bleibt womöglich für die Touristen nichts mehr zu besichtigen übrig.

Trask erscheint das wie bittere Ironie, wie ein weiterer Witz auf seine Kosten im Land der Illusionen: Dass das Eis genau in dem Moment zu verschwinden beginnt, da endlich jemand einen Verwendungszweck dafür gefunden hat.

19

Am Nachmittag wandert er hinunter zur Geröllebene, wo die Baumannschaft mit Spitzhacken und Spaten an der Straßentrasse arbeitet. Die Männer sind über und über mit feuchtem, grauem Schlamm bedeckt. Ihr Atem dampft in der kalten Luft und hinter ihnen steigt aus einem verrosteten Metallfass dunkler Rauch auf.

Trask sieht von seinem Aussichtspunkt auf der nächsten Moräne zu. Ein guter Bauplatz, stellt er fest. Die natürlichen und die von Menschenhand geschaffenen Schotterhügel sind kaum voneinander zu unterscheiden. Selbst die Männer sehen aus, als gehörten sie zur Landschaft. Ein Arbeiter läuft mit einem Eimer zerstoßenen Gletschereises in der Hand über die Geröllebene. Um das Bier zu kühlen, vermutet Trask. Das Bier, von dem er offiziell nichts weiß.

Er blickt hoch und sieht, dass Byrne die Szene ebenfalls beobachtet. Er sitzt auf einem Felsen an der Gletscherstirn, einen Rucksack auf dem Rücken. Trask ruft zum Vorarbeiter hinüber, er soll die Arbeiten einstellen lassen.

»Macht Schluss für heute, Jungs!«

Die Männer werfen ihre Schaufeln und Spitzhacken auf die Ladefläche des Pritschenwagens und klettern hinterher. Ratternd erwacht das Fahrzeug zum Leben und kriecht langsam die kurvige Straße zum Lager der Arbeiter hoch.

Trask klettert die Moräne hinunter, überquert die Brücke über den Schmelzwasserfluss und winkt Byrne zu. Dann marschiert er über das Geröll der Moränenebene zu ihm hinüber.

»Ned, Sie sehen aus wie ein alter Rabe. Als würden Sie denken: *Was haben denn all diese seltsamen Menschen hier vor?*«

»Was willst du hier, du Mensch?«

»Machen wir doch einen Spaziergang, auf dem Eis.«

»Ich wollte gerade hinuntergehen.«

»Sehr schade. Ich bin seit Jahren nicht mehr übers Eis gekraxelt und würde mir nur ungern den Hals brechen, wenn es sich irgendwie vermeiden ließe. Eigentlich habe ich seit unserer Expedition damals keinen Fuß mehr auf den Gletscher gesetzt. Ich möchte gern sehen, was die Touristen sehen, wenn ich sie dort hinaufschicke.«

»Machen Sie mir jetzt den Hof, Frank?«

»Gut, vergessen Sie's. Wenn Sie mich nicht führen wollen, gehe ich eben allein. Meine steif gefrorene Leiche haben Sie dann aber auf dem Gewissen.«

Byrne rutscht von dem Felsen herunter.

»Es ist heute schon zu spät um noch dort oben herumzuklettern.«

»Sie werden nicht überrannt werden, Ned, das ist alles, was ich Ihnen sagen wollte. Die Touristen werden nur bis zu dem Wendeplatz gebracht; dort dürfen sie dann aussteigen und sich ein wenig umsehen, aber höchstens zehn Minuten. Das ist weit von Ihrer Einsiedlerhöhle entfernt. Und es wird keine Restaurants oder Toiletten oder Reklametafeln auf dem Gletscher geben. Ich will nur diesen Leuten das Gefühl vermitteln in die Eiszeit einzutauchen. Es muss *wild* aussehen. Soweit die Sicherheit es also erlaubt, ist es in meinem ureigenen Interesse, dass dieser Ort so bleibt, wie er ist.«

Byrne nickt.

»Wo wird dieser Wendeplatz denn sein?«

20

Sie klettern den Eishang hinauf, bis in der Ferne der untere Gletscherbruch zu erkennen ist.

»Von hier aus können Sie den Platz gar nicht sehen«, sagt Trask. »Er wird über dem Gletscherbruch sein, auf dem Plateau.«

Mit erhobener Hand zeichnet Trask ein Schlangenmuster in die Luft.

»Die Straße wird in Serpentinen die Moräne hinabführen, etwa so, und dann ungefähr bis zur Mitte der Eisfläche verlaufen. Dazu werden wir eine Fläche räumen, etwa so groß wie eine Schlittschuhbahn.«

Er lässt die Hand sinken und blickt Byrne stirnrunzelnd an.

»Was mir noch ein wenig Sorgen macht sind die Schmelzwasserströme dort oben. Sie ändern ständig ihren Lauf, sagen Sie. Wie können wir das unter Kontrolle halten? Wenn da jemand hineinfällt, ist er weg, *wusch*, und schneller unten in einer Gletschermühle als ein Kaninchen.«

»Ich werde den Unterstand nicht mehr benutzen«, sagt Byrne.

»Wie?«

Byrne zieht an seinem Rucksackgurt.

»Ich trage gerade alles hinunter. Ich werde ein paar Mal gehen müssen.«

Trask schüttelt den Kopf.

»Ich weiß nicht, was ich Ihnen sagen soll, Ned. Das weiß ich eigentlich nie. Vermutlich hätte ich mir die Worte sparen können.«

»Ich steige jetzt hinunter.«

»Werden Sie denn ganz aus Jasper weggehen?«

»Nein. Ab und zu werde ich noch ein bisschen an der Gletscherstirn herumschnüffeln. Ich hab es nur satt, ständig hochzuklettern.«

»Nun, ich will Sie nicht aufhalten. Bis dann.«

»Sie sollten noch ein wenig hier bleiben, Frank. Sehen Sie sich um. Es ist ganz still hier. Vielleicht gefällt es Ihnen ja.«

»Vielleicht«

21

Der Himmel hat sich bewölkt und der auffrischende Wind bringt kleine Regentröpfchen mit sich.

Trask sieht zu, wie Byrne weiter unten über die Geröllebene wandert. *Ich werde nicht hinter ihm herlaufen wie ein Tourist, der sich verirrt hat.*

Stattdessen marschiert er quer über das Eis in Richtung Baustelle, entlang einer kleinen Spalte. Als er das andere Ende des Gletschers erreicht hat, sucht er sich einen Weg durch das Geröll am Fuß der Seitenmoräne. Schon nach wenigen Minuten erkennt er, dass er einen Fehler gemacht hat. Er ist in eine tiefer werdende Rinne mit losem Gestein geraten, das glitschig ist vom Schmelzwasser. Die Rinne geht kurz darauf in eine Schlucht über. Das Chalet wie auch alle übrigen vertrauten Orientierungpunkte sind seinem Blick entschwunden. Er bleibt stehen, sieht sich kurz um und flucht über seine Dummheit. *Trasks geführte Wandertouren.* Ihm bleibt keine andere Wahl, als an der steilen Seitenwand der Rinne hochzuklettern. Dabei rutscht er zweimal aus und schürft sich Hände und Knie auf. Als er den Gletscher endlich wieder erklommen hat, stellt er entsetzt fest, dass er vornübergebeugt nach Luft ringt und ihm ganz schwindelig ist. Er hat die letzten Jahre einfach zu viel am Schreibtisch gesessen.

Der Himmel ist jetzt noch dunkler und der Wind wird immer stärker. Eine wahres Ungetüm von einem Regensturm zieht über der Bergkette heran. Trask sucht mit den Augen die Geröllebene ab. Das dunkelrote Glimmen des Feuerfasses erscheint ihm aus der Entfernung wie ein Leuchtfeuer. Dort könnte er sich zumindest aufwärmen, bevor er zum Chalet hinunterläuft. Beim Abstieg sinkt er mit den Stiefelabsätzen im weichen Eis der Gletscherstirn ein.

Am Fuß des Gletschers hält er erneut an um Atem zu holen. Er hört das feine Knistern von Eisnadeln im Wind. Im schwindenden Licht erkennt er rings um sich Furchen und Rippen aus gefrorenem Schlamm, nasse Felsbrocken und stille Tümpel grauen Wassers. *Du hast's also geschafft.*

Er lehnt sich gegen eine aufrecht stehende Spitze aus schmutzigem Eis auf einer Platte am Rande des Schmelzwassersees. Die ersten dicken Regentropfen fallen herab, auf seine Jacke, in sein Genick. Die von Wasser und Sonne geformte Spitze erhebt sich in anmutigem Bogen über seinem Kopf. Einen Augenblick lang lässt er sich in ihrem spärlichen Schutz nieder. *Wie ein zusammengefalteter Flügel.*

22

Abends trifft Trask wieder im Chalet ein. Bis auf ein paar vereinzelte Tröpfchen hat der Regen nachgelassen. Der Himmel klart wieder auf.

Er stößt auf Byrne, der mit einem Feldstecher um den Hals auf den Steinstufen unterhalb des Vordereingangs sitzt.

»Ich dachte, Sie würden hinter mir herkommen.«

Trask schüttelt den Kopf und steigt über Byrne hinweg. An der Tür bleibt er stehen.

»Ja, es ist wirklich still da oben.«

In seinem Büro schließt Trask die Tür hinter sich und hängt die nasse Jacke auf den Haken. Er öffnet den Wandschrank in der Ecke, nimmt ein Schnapsglas und eine Flasche Whisky heraus und gießt es randvoll. Dann setzt er sich an den Schreibtisch, das Glas vor sich, trinkt aber nicht.

In dem Bautrupp muss ein Künstler sein, überlegt er, ein Mann, der seine wahre Berufung im Leben verfehlt hat. Ein unentdeckter Michelangelo. Schließlich sind die meisten der Arbeiter Griechen und Italiener.

Sie wuchsen in Dörfern auf, in denen solche Dinge an jeder Straßenecke stehen. Mythen. Ikonen. Gläubig bis zur Besessenheit.

Doch die ganze Arbeit war umsonst, wie sich herausgestellt hat. Als er zum Feuerfass kam, hörte er hinter sich das vertraute Donnern und Krachen des losbrechenden Eises und danach ein lautes Aufplatschen. Als er sich umwandte, sah er, wie sich auf dem Schmelzwassersee kleine Wellen ausbreiteten. Die Platte mit dem schmutzigen Eis am Rand war abgebrochen. Die Spitze war verschwunden.

Aber Eis schwimmt doch, dachte er da. *Wohin ist sie verschwunden?* Die Steine und der Schlamm, die an ihrer Spitze klebten, mussten sie hinabgezogen haben.

Trask schüttelt den Kopf. All die Mühe vergeudet. Hatte der Bursche denn nicht bedacht, wie kurzlebig sein Werk sein würde? Vielleicht wusste er es ja. Deshalb war das Ding unvollendet geblieben und hatte ausgesehen, als würde es aus dem Eis emporwachsen.

Bleib lieber dabei, Straßen und Brücken zu bauen.

Er kippt den Whisky hinunter, stützt den Ellbogen auf und hält das Glas auf Augenhöhe. Eine gerahmte Fotografie von Jim steht auf dem Schreibtisch. Lange Zeit blickt er in die Augen seines Sohnes, dann sieht er zum Fenster. Die Schatten von Regentropfen gleiten an dem dünnen Vorhang herab.

Denkbar wäre aber noch eine andere Möglichkeit, gesteht er sich schließlich ein, etwas, von dem er instinktiv weiß, dass er es für sich behalten muss. Es gibt hier schon genug seltsame Charaktere. Einzelgänger, Trinker, einen exzentrischen Arzt. Und es wäre ihm unangenehm, wenn man ihn zu diesen Leuten rechnen würde. Außerdem würde Byrne ihm bestimmt erklären, was er gesehen habe, sei ein ganz natürliches Phänomen der Eiserosion. Herablassendes dummes Geschwätz. Nein, er wird daraus keine seiner unglaublichen Geschichten machen, mit denen er die Gäste im Chalet unterhält.

Trask gießt sich noch ein Glas ein und hält es hoch. Ein Toast auf den anonymen Künstler.

23

Im neuen Jahr erhält Byrne ein Telegramm von seiner Stiefmutter, in dem sie ihm mitteilt, dass sein Vater krank sei und ihn sehen möchte. Er packt seinen Koffer, kauft eine Bahnfahrkarte und fährt mit einem von Trasks Motorbussen zum Chalet um mit Elspeth zu sprechen. Er findet sie im Gewächshaus, wo sie vor einem Beet kniet und Rosen schneidet. Er erzählt ihr, dass er übermorgen abreist.

»Ich hätte gern, dass du mitkommst. Um Kate kennen zu lernen. Und meinen Vater.«

»Als was willst du mich ihnen denn vorstellen?«

»Das ist meine Freundin, die Frau, die ich tagelang nicht zu Gesicht bekomme, die mir Blumen auf den Schreibtisch stellt, wenn ich weg bin. Die Frau, die mitten in der Nacht zu mir nach Hause kommt und am nächsten Morgen wieder verschwindet.«

Sie erwidert nichts darauf und wendet sich wieder ihrer Arbeit zu. Er nimmt eines der Werkzeuge, die auf dem Gerätetisch liegen, in die Hand, einen schlanken Metallkegel mit Holzgriff.

»In jedem Garten und jeder Pflanzschule, in die ich komme, gibt es so ein Ding, aber ich weiß nicht, wie man es nennt.«
»Das ist ein Dibbelstock.«
»Nicht gerade ein grandioser Name.«
»Er leistet ja auch bloß niedere Dienste. Löcher machen.«
Byrne lächelt.
»Gut, dass ich die Botanik nicht zu meiner Lebensaufgabe gemacht habe.«
Sie legt die Gartenschere beiseite, steht auf und wischt sich die Hände an der Schürze ab.
»Ich komme mit«, sagt sie, »aber bevor ich fahren kann, muss ich hier noch ein paar Dinge erledigen.«
»Ich werde warten.«

24

Im Frühjahr kehren sie zurück. Nach dem Tod von Byrnes Vater sind sie noch fast einen Monat bei Kate geblieben.

Es gibt Tage, da begegnet Byrne auf den Straßen von Jasper nur fremden Gesichtern, schnappt Gesprächsfetzen in Sprachen auf, die ihm völlig unbekannt sind. Auf den Schaufenstern der Restaurants und Andenkenläden liest er neue und unbekannte Namen. Die alten Holzfassaden von Geschäften und Hotels sind mit prächtigen Baldachinen verziert und mit kannelierten türkis- und rosafarbenen Neonlampen beleuchtet, eine Neuerung, die der Parkverwaltung ein Dorn im Auge ist. Er fragt sich unwillkürlich, ob er vielleicht irgendwie vom Weg abgekommen und unabsichtlich über einen unbekannten Pass in eine andere Stadt, in ein wohlhabenderes Tal geraten ist.

Ein kühler Abend im April bringt einen äußerst irritierenden Anblick. Am Connaught Drive steigt Sara leichtfüßig aus einem Automobil. Die Sara von vor einem Vierteljahrhundert. Ein Wunder, ein Ding der Unmöglichkeit. Er tritt näher, mit klopfendem Herzen, da dreht sie sich um.

Byrne starrt voller Verwunderung auf diese jugendliche und dabei so uralte Frau. Es ist Saras Tochter Louisa. Und ihr Mann, ein hoch gewachsener Mensch mit sanfter Stimme, dessen Namen Byrne wieder vergessen hat, kaum dass sie einander vorgestellt wurden. Die beiden sind gerade von ihrer Hochzeitsreise zurückgekehrt.

»Doktor Byrne ist ein Freund von Mama. Und von Dad. Einer von denen, die sich ihre endlosen Geschichten angehört haben.«

»Louisa, das mit Ihrem Vater tut mir sehr Leid. Ich war zwei Monate in England und habe es erst bei meiner Rückkehr erfahren.«

Louisa hat die gleichen grauen Augen wie ihre Mutter. In ihnen ist weder Furcht noch Verachtung.

»Mama verkauft die Farm. Dad hat sie darum gebeten. Sie zieht in die Stadt und will sich einen dieser neuen Phonographen anschaffen. Sie sagt, sie möchte auf der Veranda sitzen und dabei Opern anhören.«

Byrne schüttelt den Kopf.

»Ich kann's nicht glauben.«

»Sie war in Edmonton um den Verkauf des Landes abzuschließen. Wir holen sie am Bahnhof ab.«

»Ich begleite Sie. Ich habe sie seit letztem Sommer nicht mehr gesehen.« Louisa lächelt.

»Mir fällt da etwas ein, was Mama sagte, als wir Dad im Krankenhaus besuchten. Er hoffte im Frühjahr nach Hause zu dürfen und Mama meinte, es gebe in Jasper immer zwei untrügliche Anzeichen dafür, dass der Winter vorüber sei. Das eine sei, wenn die Gletscherlilie durch den Schnee sprießt, und das andere, wenn Doktor Byrne aus dem Zug steigt.«

»Ich hätte nicht gedacht, dass man sie jemals am Bahnhof antreffen könnte. Oder überhaupt in der Stadt.«

»Da ist sie.«

Byrnes Blick folgt Louisas ausgestreckter Hand. Dort, auf der anderen Seite der belebten Straße, steht Sara. Neben ihr am Boden die berstend volle Ledermappe, die Swift als seine Brieftasche bezeichnet und in der er alle seine wichtigen Unterlagen verstaut hatte.

Sara winkt und wartet eine langsam vorbeiziehende Schlange von Automobilen ab, bevor sie auf die Fahrbahn tritt. Diesen Ausdruck in ihren Augen hat er schon einmal gesehen. Sie will ihnen etwas mitteilen. Etwas, das sie auf der Reise erlebt hat, eine Geschichte, die es wert ist, erzählt zu werden.

Angetrieben von seinem tief verwurzelten Hang zur Höflichkeit geht er ihr entgegen um ihr über die Straße zu helfen.

In dem Augenblick, da er sich durch das Gewühl des Verkehrsstroms kämpft, begreift er, dass auch er zu ihrem Gewebe aus Legenden und Geschichte gehört, wie eine Figur auf einem dicht bevölkerten

Wandteppich. Und er hatte es mit ihr genauso gemacht. Sobald er ihre Worte in sein Notizbuch übergetragen hatte, hatte er sie beiseite gelegt wie einen Kunstgegenstand ins Museum. Die Fassette eines Bildes, auf dessen Vollendung er am Ende seiner langen Nachtwache hoffte.

Nun sieht er sich als eine Figur in einer Geschichte, die sie ihrer Tochter erzählt und eines Tages vielleicht auch ihren Enkelkindern. *Der Doktor, Edward Byrne. Der Mann, der in die Gletscherspalte fiel.* Er würde gerne wissen, wie die Geschichte, die sie ihnen erzählt, die, in der er sich gerade befindet, wohl enden wird.

25

Habe gestern Elspeth im Gewächshaus beobachtet, wie sie mit bloßen Händen die fette dunkle Erde umgrub. Sie meinte, sie würde dafür nie eine Harke oder einen Hohlspatel benutzen. Während ich anscheinend immer etwas in der Hand habe, einen Zungenspatel, ein Vergrößerungsglas oder einen Stock. Etwas, das ich zwischen mich und die kalte feuchte Haut der Welt schieben kann.

Sie fragt nie nach dem Gletscher oder ob ich immer noch meine Wache dort oben halte. Manchmal bilde ich mir ein, ich hätte endlich ihre Sicht der Dinge übernommen, aber eine fünfundzwanzig Jahre alte Angewohnheit lässt sich nicht so leicht ablegen. Eben höre ich, wie an meinem Fenster das Wasser herabrinnt. Der Schnee schmilzt.

26

20. Juni 1923. Jasper leidet unter einer Sonnenglut, doch das Arcturus-Tal wurde von der Frühlingswärme noch kaum gestreift. Will man an diesem Tag von einem Gebiet ins andere reisen, muss man eine Schwelle niedrig hängender, Eisregen versprühender Wolken überschreiten. Auf der anderen Seite klart der Himmel zwar auf, aber die Sonne hat dort nicht die gleiche Kraft.

Dieses Jahr ist Byrne Gast bei der Eröffnungsfeier der Gletschertour. Er hatte sich bereit erklärt bei der Generalprobe vor drei Tagen als Berater mitzuwirken, damit keine von Trasks Maschinen, geschweige denn deren prominente Passagiere, in eine Spalte stürzten. Nun, da die Straße und der Wendeplatz fertig gestellt sind, hat Trask ihn eingeladen als Erster von einer Eisraupe aus den Arcturus-Gletscher zu betreten.

Elspeth bringt ihn bis an die Stufen des Chalets.

»Bist du denn nicht eingeladen?«, fragt er.

»So etwas wäre Frank doch nie in den Sinn gekommen. Wahrscheinlich hat er sich ausgemalt, wie ich hier stehe und mit einem seidenen Taschentüchlein winke, wenn er und die Jungs zu ihren ruhmreichen Taten aufbrechen.«

»Und da stehst du ja auch prompt.«

»Ja, aber nur um dich um etwas zu bitten.«

Sie streckt ihm die Handfläche entgegen, in der ein grüner eiförmiger Stein liegt.

»Ein kleiner Junge hat mir das gestern gebracht. Er war mit seinem Vater den ganzen Tag über die Geröllebene gewandert. Touristen aus New York. Du hättest den Ausdruck auf dem Gesicht dieses Jungen sehen sollen. Er glaubte, dort draußen seien alle Schätze dieser Welt zu finden, und er wollte sie mit mir teilen.«

»Willst du ihn denn nicht behalten?«

Sie deutet mit dem Kopf zur anderen Talseite hin.

»Er gehört dorthin. Damit ihn noch viele andere Jungs finden können.«

27

Trask heißt alle willkommen, die Bürger der Stadt, die Touristen und die geladenen Würdenträger. Er stellt sich vor den frisch gestrichenen hölzernen Eingang des Busbahnhofs, damit das Panorama der verschneiten Berge die Kulisse für seine Willkommensansprache bildet.

Anschließend fährt die ganze Gesellschaft in vornehmen neuen Motorbussen vom Busbahnhof neben dem Chalet zum Haltepunkt der Eisraupen. Byrne sitzt neben einem japanischen Alpinisten, der die bevorstehende Expedition zum abgelegenen Mount Alberta führen wird. In der Stadt geht das Gerücht, die Japaner planten zu Ehren ihres Kaisers auf dem Gipfel einen silbernen Eispickel zurückzulassen. Der Bergsteiger trägt auf dem Jackenkragen einen winzigen Aufnäher, eine stilisierte Figur auf einem silbernen Emblem, die Byrne nicht identifizieren kann.

Als der Bus schaukelnd über die Geröllebene fährt, stoßen die beiden Männer mit den Schultern gegeneinander. Sie blicken sich an und lächeln.

Der Bergsteiger stellt sich förmlich, aber nicht ohne Witz vor.

»Erlauben Sie mir das Eis zu brechen, wie man auf Englisch sagt.«

Er heißt Kagami. Ein kurzer Händedruck. Kagamis Hand fühlt sich warm und trocken an. Er weiß, dass der Doktor Experte für die Gletscher dieser Region ist.

»Ich für meine Person«, sagt er leise, »bin sehr an der Bewegung der Gletscher interessiert. Vielleicht zu sehr. Einmal verbrachte ich eine Nacht in einer Gletscherspalte, auf dem Mer de Glace am Mont Blanc. Rein aus wissenschaftlicher Neugier.«

Er lächelt und rückt sich die Brille auf der Nase zurecht.

»Was ziemlich töricht war.«

Byrne nickt zustimmend; nach einer Weile fragt er: »Und wie war es da? In der Spalte.«

»Kalt«, erwidert Kagami.

Zu seiner eigenen Verblüffung muss Byrne lachen.

»Kalt«, wiederholt Kagami und Byrne fragt sich, ob er tatsächlich versucht hatte witzig zu sein. Kagami scheint vielmehr nach den richtigen Worten zu suchen.

»In der Nacht gab es ein Gewitter«, sagt er nach einer längeren Pause. »Das Eis leuchtete auf und blendete mich. Als es wieder dunkel war, dachte ich an meine Familie. Mir war, als hörte ich von weit her ihre Stimmen. Und ich dachte, so also werde ich von ihnen gehen. Kalt und allein.«

Die Unterhaltung ist in unerwartete Tiefen geraten. Byrne sucht nach einer Überbrückung.

»Das Symbol auf ihrem Kragen. Was stellt es dar?«

»Das ist Ryu, der Drache. Das Emblem unserer Bergsteigergesellschaft. Und ein Glücksbringer.«

»Inwiefern?«

»Der Drache hat Macht über Wolken und Regen. Im Winter zieht er sich in einen dunkelblauen See zurück und am ersten Frühlingstag steigt er hinauf zum Himmel.«

Mit einem Ruck kommt der Motorbus zum Stehen. Sie haben die Gletscherstirn erreicht. Dort hat Trask für seine Eisraupen eine Betonplattform bauen lassen. Die Gäste klettern verträumt aus dem Bus. Eingelullt vom Schaukeln der Maschine.

Die Windböen wecken sie auf. Jackenkragen werden hochgeschlagen, Handschuhe übergestreift. Männer, die es abgelehnt hatten, Winterkleidung anzuziehen, gehen in Hemdärmeln lässig auf und ab und hoffen den Eindruck zu erwecken, der beißende Wind könne ihnen nichts anhaben. Andere stehen in Gruppen zusammen, grinsen und machen Witze über das milde Wetter, gefesselt von der Atmosphäre des Abenteuers und zugleich unsicher und verlegen.

Die vier Eisraupen von Trask sehen aus wie Militärfahrzeuge. Ein eckiger Metallkasten mit Panzerketten und einer Platte im Dach, die sich wegschieben lässt, damit die Passagiere mit Ferngläsern oder Kameras in alle Richtungen hinausspähen können. An der Seitenwand trägt jedes der Fahrzeuge in Silber die Werbeaufschrift »Straße zum Himmel«. Die Fahrer stehen ausdruckslos bei den Türen stramm. Sie würden, geschniegelt wie sie sind, jede Inspektion auf dem Exerzierplatz bestehen.

Als alle auf der Plattform versammelt sind, hält Trask noch eine Rede, in der er seine Gäste bittet bis zum Einsteigen im Wartebereich zu bleiben. Er möchte, dass alle sich der Risiken bewusst sind, bevor es losgeht.

»Zuerst wird Ihnen unser Führer erläutern, was Sie auf dem Gletscher zu sehen bekommen und welche Vorsichtsmaßnahmen zu treffen sind, wenn Sie auf eigenes Risiko das Fahrzeug verlassen.«

Es stellt sich heraus, dass an Bord der Eisraupen nicht genügend Plätze für alle geladenen Gäste vorhanden sind; also muss der Führer seine Erläuterungen bereits vor der Abfahrt geben.

Der nervöse Führer tritt nach vorn und schiebt einen neugierigen Jungen vom Rand der Plattform weg. Er klatscht zweimal energisch in die Hände, errötet und beginnt zu reden.

»Wenn Sie nach links blicken, über das Dach unserer ersten Eisraupe ...«

Byrne steigt von der Plattform herab. Doch er wird wider Erwarten nicht zurückgerufen. Es muss an der beigefarbenen Kleidung liegen, denkt er. Sie macht ihn unsichtbar für den scharfäugigen jungen Führer. Er verschmilzt mit den Felsen.

28

Es ist das erste Mal in dieser Saison, dass er die Gletscherstirn besucht. Der Großteil des unteren Gletschers ist noch in Weiß gehüllt. Die Felsen rings um ihn tragen pilzförmige Schneehauben. Den Bergstock wie einen Pickel benutzend stochert er wachsam vor sich in den Boden um die Eiskruste auf dem Fels unter seinen Füßen zu prüfen.

Fern der Menge und des ratternden Motorbusses kann er regungslos stehen bleiben, den Atem anhalten und dem Plätschern des neuen Tauwassers lauschen, als würde es durch seine Adern fließen.

Trotz der kalten Witterung sind die ineinander verflochtenen Schmelzwasserströme bereits tief und schießen mit hoher Geschwindigkeit dahin. Er folgt einem dieser Bäche bergwärts bis an den Rand des Schmelzwassersees, bleibt dort stehen und rammt seinen Bergstock mit einem kräftigen Stoß in den nassen Lehm.

Er hockt sich hin, schiebt die Ärmel seiner Jacke hoch und taucht die Hand in das bitterkalte Wasser.

Im reflektierten Himmel tanzt der Geist des Mondes.

Mit seiner weißen, blutleeren Hand berührt er die abgeschliffenen Steine unter der Oberfläche.

Es war einmal ein Meeressaum, fällt ihm ein, der sich fern in grauem Dunst verlor. Die junge Frau aus seinem Traum schritt aus dem Sprechzimmer hinaus an dieses Ufer. Als er erwachte, hatte er Möwenschreie gehört und Wellenrauschen.

Wate nicht zu weit hinaus, ruft ihm eine Frauenstimme zu. Er dreht sich um. Sie geht über den Strand auf ihn zu, ihre weißen Leinenschuhe baumeln an den miteinander verknoteten Bändern in einer Hand. Mit der anderen hält sie ihren Sonnenhut auf dem Kopf fest. Byrne geht über den Strom auf sie zu.

Freya? Sara.

Hinter ihr erstreckt sich ein Ufer aus grauem Sand, nur von einer steinernen Treppe unterbrochen.

Sie winkt ihm zu und da erinnert er sich wieder. Mutter. Ein längst vergessener Tag, der plötzlich in seiner ganzen Fülle vor ihm liegt. Er zieht die Hand aus dem Wasser. Er wendet sich ab vom Meer, vom Gezeitenstrom an der Dublin Bay und geht blinzelnd auf sie zu, hinein ins grelle Sonnenlicht.

29

In einer plötzlichen Windbö wirbelt pulveriger Schnee um ihn auf. Das von kleinen Wellen durchzogene Wasser des Sees leckt an seinem Stiefel. Fröstelnd steht er da. Es gibt keinen Grund mehr für ihn hier zu sein. Er blickt hinter sich zur Plattform. Trask wartet.

Byrne dreht sich um und geht auf dem gleichen Weg am Seeufer, auf dem er gekommen ist, wieder zurück. Als er die nasse Hand in die Tasche steckt, entdecken seine Finger den Stein, den Elspeth ihm gegeben hat. Er nimmt ihn heraus, legt ihn in den dunklen Lehm und geht weiter.

Er kneift die Augen zusammen. Direkt vor ihm im grauen Geröll ist irgendetwas in der Sonne aufgeblitzt. Langsam geht Byrne weiter. Da taucht ein winziger Farbfleck vor seinen Füßen auf. Er geht in die Hocke, wobei er sich an seinem Bergstock festhält um nicht das Gleichgewicht zu verlieren, und betrachtet ihn genauer.

Zwischen den beiden Hälften einer geborstenen

Kalksteinstele lugt eine winzige purpurfarbene Blume hervor. *Orchidaceae*. Die Blätter zittern im eisigen Wind.

Eine überaus zarte und schöne Blume.

Rasch begutachtet er die Geschlechtsmerkmale, die Anzahl der Blätter, das einzelne eiförmige grundständige Blatt. Kein Zweifel. *Calypso bulbosa*. Die Calypsoorchidee, auch Frauenschuh genannt.

Er kniet sich in den kalten Schmutz.

Eine Orchidee. Das passt nicht zu seinen wissenschaftlichen Kenntnissen. Orchideen wachsen hier nicht. Nichts wächst hier. Der unaufhörliche Zusammenprall von Eis und Fels zermalmt sämtliches Leben. Nichts kann an der Gletscherstirn überleben.

Sanft räumt Byrne Felssplitter beiseite um den Blumenstiel freizulegen. Unter der Oberfläche muss sich irgendein organischer Stoff befinden. Seine Finger dringen in den kalten, mit Eissplittern durchsetzten Kies, gleiten an einer flachen Oberfläche entlang zu einer glatten Kante. Er gräbt tiefer und legt ein matt schimmerndes graues Metallstück frei. Der verbeulte, durchlöcherte Rest einer Botanisiertrommel aus Blech.

30

Als er zum Wartebereich zurückkehrt, stellen sich die Passagiere gerade an um in die Eisraupen zu steigen. Einer der Gäste, gekleidet in nagelneue Bergsteigerkluft, komplett ausgerüstet mit Rucksack und Nagelschuhen, fragt den Führer, wie lange es gedauert habe, all diese Felsbrocken entlang des Gletschers aufzuschichten.

»Nein, das war ein natürlicher Vorgang«, meint der Führer nachsichtig lächelnd. »Das ist eine Seitenmoräne. Wie ich schon erwähnte, hat das Eis dies bewirkt.«

»Wir warten schon auf Sie, Doktor«, ruft Trask.

»Tut mir Leid«, meint Byrne. »Ich habe beschlossen diesen Ausflug abzubrechen. Fahren Sie ohne mich weiter.«

»Wie Sie meinen.«

Byrne steigt hinauf zu dem japanischen Bergsteiger, der abseits der einsteigenden Leute steht, und tippt ihm auf die Schulter.

»Fahren Sie denn nicht mit der Eisraupe?«

»Nein. Mr. Trask hat mich an den Fuß des Gletschers eingeladen, aber nicht weiter.«

»Dann kommen Sie doch mit mir«, flüstert Byrne ihm zu und blickt dabei auf die unruhige Menge mit ihren vielen Kameras. »Ich möchte Ihnen etwas ziemlich Außergewöhnliches zeigen.«

Danksagung

Für ihre Hilfe und Ermutigung möchte ich mich bei den folgenden Menschen bedanken: Kristjana Gunnars, Rudy Wiebe, Wendy Dawson, Liz Grieve und Eva Radford von NeWest Press; Nana Avery für ihre Geschichten über Irland; David Arthur, der mir sein reichhaltiges Wissen über die Berge und ihre Legenden zur Verfügung stellte.

Ein besonderer Dank geht an Sharon und Mary.

Unentbehrlich war mir bei der Arbeit an diesem Roman Ben Gadds *Handbook of the Canadian Rockies* (Jasper, Alberta: Corax 1987). Die Schilderung von Sexmiths Expedition beruht auf der 1859-1860 durchgeführten Forschungsreise von James Carnegie, dem Earl of Southesk, die in seinem Buch *Saskatchewan and the Rocky Mountains* (1875) beschrieben ist.

Andere wichtige Werke waren: *Studies on Glaciers* von Louis Agassiz, herausgegeben und ins Englische übersetzt von Albert Carozzi (New York: Hafner 1967), »Edward Byrne: A Life in Ice« von Yoshiro Kagami, in: *Journal of Alpine Exploration*, ii, 6 (1951), *Climbs and Explorations in the Canadian Rockies* von Hugh Stutfield und J. Norman Collie (London: Longmans, Green and Co. 1903).

* Der Titel von Trasks Leitfaden lautet im Original *Ariel View of Jasper and Environs*. Richtig müsste er heißen *Aerial View of Jasper and Environs*. Der vom Autor beabsichtigte Schreibfehler legt den Gedanken an den Luftgeist Ariel nahe (S. 199).

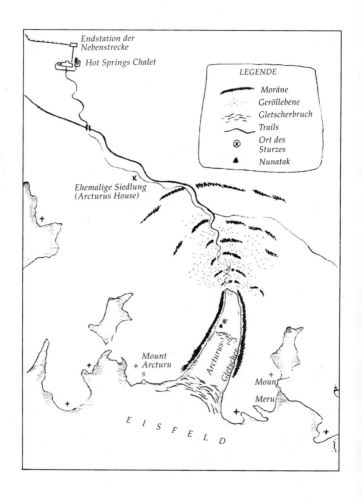